JANINE BOISSARD

Dès l'âge de vingt ans, Janine Boissard commence sa carrière d'écrivain sous le nom de Janine Oriano, son nom de femme mariée. Avec *B comme Baptiste*, elle est la première Française à publier dans la collection « Série Noire ». En 1977, la grande saga *L'esprit de famille*, publiée cette fois sous son nom de jeune fille, la fait connaître du grand public. Parallèlement, elle écrit pour la télévision. Les chambardements dans la famille, les problèmes de couple et la place de la femme moderne dans le monde du travail sont les thèmes le plus souvent abordés par Janine Boissard dans ses romans. Parmi ses plus grands succès, on retiendra : la saga des *Belle-Grand-Mère*, *Une femme en blanc* (1996) suivie de *Marie-Tempête* (1998) et de *La Maison des enfants* (2000). *Parce que c'était écrit…* (Pocket, 2010) a paru précédemment sous le titre *Les miroirs de l'ombre* chez Fayard.

Mère de quatre enfants, Janine Boissard a publié une quarantaine de romans, notamment, parmi les plus récents, *Un amour de déraison* (Le Rocher, 2008), *Malek* (Fayard, 2008), *Loup, y es-tu ?* (Robert Laffont, 2009), *Sois un homme, papa* (Fayard, 2010), et enfin *N'ayez pas peur, nous sommes là* (Flammarion, 2011).

LOUP, Y ES-TU ?

DU MÊME AUTEUR
CHEZ POCKET

MARIE-TEMPÊTE
CHARLOTTE ET MILLIE
HISTOIRE D'AMOUR
JE SERAI LA PRINCESSE DU CHÂTEAU
ALLEZ, FRANCE !
UN AMOUR DE DÉRAISON
PARCE QUE C'ÉTAIT ÉCRIT…
LOUP, Y ES-TU ?
N'AYEZ PAS PEUR, NOUS SOMMES LÀ

DANS LA SÉRIE MARGAUX LESPOIR

UNE FEMME EN BLANC
LA MAISON DES ENFANTS

LA CHALOUPE

LE TALISMAN
L'AVENTURINE

JANINE BOISSARD

LOUP, Y ES-TU ?

ROBERT LAFFONT

MIXTE
Papier issu de sources responsables
FSC® C003309
FSC www.fsc.org

Pocket, une marque d'Univers Poche, est un éditeur qui s'engage pour la préservation de son environnement et qui utilise du papier fabriqué à partir de bois provenant de forêts gérées de manière responsable.

ISBN : 978-2-266-20394-4

Et pourquoi pas ? Merci à vous, mes lecteurs et lectrices, qui depuis tant d'années, contre vents et marées, êtes fidèles à ma voix et m'encouragez à continuer.

Loup, y es-tu ?
Que fais-tu ?
M'entends-tu ?...

Première partie

MANON

1.

Vendredi soir. Brise frisquette d'avril qui fleure la giboulée. La nuit tombe lorsque, ma semaine de travail accomplie – et bien ! –, je descends du bus, arrêt Voltaire-place Léon-Blum, XIe arrondissement de Paris, heureuse d'un week-end de liberté pour lequel je nourris le grand projet de ne pas mettre le nez dehors, cocooner en compagnie d'un bon roman, si possible d'amour, et pourquoi pas en pyjama.

Bref arrêt chez M. Li où je fais provision de nems, rouleaux de printemps, barquettes de soja, poulet frit et riz cantonnais. Sans oublier ces douces crèmes à la fleur qui caressent le palais aussi bien qu'un baiser, sans autre risque qu'un rêve de voyage passager.

Ma rue est déserte ; c'est l'heure des infos. La lumière bleue de l'évasion palpite aux fenêtres, racontant de sombres faits divers, les guerres grandes ou petites que se livrent les hommes, les souffrances de la planète... avant de passer aux choses sérieuses, le foot. Ce soir, France-Irlande, m'a appris Vic. Il paraît que ça va chauffer. Moi, j'attends bêtement la « chaîne du bonheur », le bouton magique sur la télécommande qui n'annoncera que des bonnes nouvelles et n'existera que pour moi.

Arrivée devant mon immeuble, je consulte ma montre : 20 h 20. Je m'en souviendrai : dix minutes avant le tsunami.

Il y a de la lumière derrière le rideau de la loge où règne Mme Silva, la gardienne portugaise. Ça sent bon son pays de soleil. Certains n'aiment pas. Alors que je traverse le hall, il me semble percevoir un bruit, une sorte de froissement. Je me retourne, personne. À force d'entendre parler d'agressions, vous devenez parano.

Deux escaliers : le A et le B. Ce sont les locataires du A – ascenseur et tapis chiné chic – dont les odeurs de la loge irritent les nobles narines. Pas de musique après 22 heures.

L'escalier B est trop étroit pour y loger une cabine, son tapis a depuis longtemps perdu ses couleurs. Il s'effiloche au bord des marches, mais on s'y dit bonjour en se croisant, on aide la mamie à monter son cabas, il y a des rires derrière les portes, c'est plus gai ; c'est sans regrets.

La minuterie est allumée lorsque je m'y engage. Forte de mes vingt-huit printemps, je me donne trois minutes pour parvenir au sommet, le cinquième, où se trouve mon appart. M'y voilà, à peine essoufflée.

Je me fige.

Une petite boule, coiffée d'un exubérant buisson de boucles brunes, est recroquevillée contre ma porte. Pas un chien, non : un enfant. Le visage au creux des bras, il semble dormir.

Avant que je sois revenue de ma surprise, quelques notes de Schubert s'égrènent dans ma poche. Aucun nom sur l'écran de mon portable et, lorsque je prends l'appel, une voix étrangère, masculine, qui brouillarde un ordre.

« Sauvez-le ! »

C'est tout. L'homme a raccroché.

« Sauvez-le ! » ?

La sonnerie a réveillé l'enfant. Des bras repliés autour des genoux émerge la frimousse basanée d'un minuscule garçon. Prise entre l'angoisse et l'ahurissement, je pose mes emplettes sur le tapis, m'accroupis pour le regarder de plus près et m'assurer que je ne rêve pas.

Si c'est un rêve, il sent franchement mauvais : une petite boule de crasse. Au-dessus des sillons plus clairs qu'ont tracés les larmes sur les joues, deux yeux d'un bleu incroyable me fixent. Ces yeux... mon cœur s'affole.

La minuterie s'éteint. Ce n'est pas possible, c'est un cauchemar, j'y suis sujette. Je vais me réveiller dans mon lit, il fera jour, on sera samedi. Mais, lorsque je rallume, l'enfant est toujours là, cette fois debout, dépassant à peine mes genoux. Quel âge ? Trois, quatre ans ? Je ne suis pas une spécialiste. Je dirais : encore l'âge des couches.

« Sauvez-le ! »

De qui ? De quoi ? Et pourquoi moi ?

Le froissement dans le hall, la minuterie en marche dans l'escalier B, l'appel... Celui qui l'a déposé sur mon paillasson a guetté mon retour pour s'assurer de sa bonne réception. Qu'est-ce que j'attends pour le prendre sous mon bras et le retourner à l'expéditeur ?

Allons, je sais très bien que je ne trouverai personne. Et, pour couronner le désastre, voilà que les larmes coulent à nouveau, entrecoupées de gros sanglots. Vous feriez quoi ?

— Pleure pas, Minou.

Introduisant la clé dans ma serrure, je suis consciente de commettre la bêtise de ma vie, la folie plutôt, une folie turquoise, comme les yeux rares du petit garçon qui, lorsque j'allume dans le salon, où l'on entre directement du palier, se serre, apeuré, contre ma cuisse. « Sauvez-le ! » Que craint-il ?

Je persiste et signe en lui tendant la main.

— N'aie pas peur. Viens.

Une patte d'araignée glacée agrippe mes doigts et je m'avise seulement que, giboulées ou non, mon visiteur n'a que trois fils sur le dos : un short de faux satin qui a sans doute eu une couleur il y a cent ans, un polo léger et des baskets délabrées. C'est tout.

Je l'entraîne vers le canapé cerise, devant la table laquée noire de mes quatre-vingt-cinq mètres carrés flambant neuf, où j'ai emménagé il y a à peine un an. Versailles, après la ronde des chambres de bonne ! Entièrement décoré par Vic, merci Vic, grâce à toi, chaque fois que je rentre chez moi – « chez moi », vraiment ? – j'ai envie de fermer les yeux puis de les rouvrir très lentement pour savourer la surprise, éprouver ce divin sentiment de reconnaissance et d'incrédulité devant un vœu exaucé au centuple.

Et j'irais gâcher ça ?

Tandis que le chaton cherche à disparaître entre mes jambes, je pose mes emplettes chinoises sur la table basse, mon sac à dos sur la moquette, et sors résolument mon portable. Voilà ce que je vais faire : je vais appeler le 17, la police. Ou, mieux, le 18, les pompiers. Je leur expliquerai la situation et ils viendront me débarrasser du paquet-cadeau en douceur, comme dans ces séries américaines dont je me régale le soir, avant de m'endormir dans mon palais.

Pour commencer, je retire le bonnet de laine – ça gratte – qui protège mes délicates oreilles à otites, et libère mes cheveux. C'est alors que le petit, le regard extasié comme devant une apparition, prononce avec enthousiasme son premier mot.

— Manon.

Un prénom : le mien !

À demi suffoquée, je parviens à articuler :

— Attends... et toi... tu es qui ?

— Mano.

Mano, Manon, un hasard ?

Avant que j'aie pu reprendre mes esprits, il se tord comme un ver en désignant son short de sportif.

— Pipi, *per favóre*.

Une bonne raison d'agir : sauver ma moquette neuve ! J'attrape la patte d'araignée et conduis mon visiteur du soir dans la salle de bains. Sans attendre que j'aie soulevé le couvercle des toilettes, il a déjà baissé son short et le lambeau de tissu qui a dû un jour s'appeler « slip ». La cascade qui s'ensuit indique que j'ai pris la bonne décision.

Lorsque, hébétée, je déclenche machinalement les grandes eaux du rinçage, le petit bondit en arrière comme s'il me soupçonnait de vouloir le noyer. J'aurais intérêt ! Puis, le flot se calmant, il se rapproche avec des précautions de Sioux, désigne la manette argentée et demande d'une voix suppliante : « *Io ?* » C'est clair, il veut essayer.

Ces yeux... Turquoise mêlée de reflets lilas.

Ai-je accordé la permission ? Il appuie à son tour. Ça marche. Oubliées, les larmes ! Le visage extasié, il rit. On dirait Babar découvrant l'ascenseur dans son grand magasin.

Après un second essai, confirmant le premier – au diable le réchauffement de la planète –, il fait le tour de ma petite surface de beauté.

Baignoire et lavabo vert amande ! Vic ! Vic toujours, le miroir de vedette entouré d'ampoules, le large plan de travail-maquillage, la cabine de douche et l'élégant carrelage.

Et soudain, vent de panique chez le chaton. Trois gouttelettes se sont échappées de son robinet personnel. Il tombe à genoux et les fait disparaître avec la manche de son polo. C'est comme ça qu'on fait le ménage chez toi ?

L'explorateur s'introduit à présent dans la cabine de douche. Son nez arrive juste à hauteur des manettes qu'il commence à manipuler. Une catastrophe, ce petit. Il va s'ébouillanter. Qu'est-ce que j'attends pour appeler les pompiers ?

Trop tard ! Définitivement, irrémédiablement trop tard. Le saisissant par son polo pour le sauver, je me suis condamnée moi-même. Sous le polo, j'ai senti quelque chose de rigide. Je pourrais encore ne pas chercher plus loin, courir composer le 18 sur mon portable, je n'y songe même pas.

Il s'agit d'une pochette en plastique, suspendue à son cou par une cordelette, comme en portent les enfants qui voyagent seuls en avion. Il la passe par-dessus sa tête et me la tend en me regardant de ses yeux immensément turquoise.

— *Per te.*

Pour moi ? Je vais enfin avoir la clé du mystère. Je devrais être soulagée, la panique me met en eau.

À l'intérieur de la pochette, se trouve un petit sachet de tissu et une enveloppe kraft. Je commence par le sachet. Il contient une fine chaîne dorée retenant une médaille. Côté face, sainte Agathe. Côté pile, une date de naissance. Dans l'enveloppe se trouve une photo représentant deux jeunes filles.

L'aînée a seize ans, de courts cheveux châtains, de grands yeux verts. Jolie ? Sans doute. Mais ce n'est rien à côté de la cadette dont elle entoure les épaules d'un bras protecteur. Elle a un visage ravissant encadré de longs cheveux blonds, des lèvres en forme de cœur, des yeux turquoise.

À son cou, la médaille que je tiens au creux de ma main.

La photo a été prise à Toulon, il y a douze ans.

La fille de seize ans, c'est moi, Manon.

Celle de douze ans, ma sœur, Agathe.

Morte il y a un peu moins de quatre ans.

Sans laisser d'enfant.

2.

Ce samedi-là, nous avions fêté l'anniversaire d'Agathe : douze bougies sur le gâteau au chocolat fait maison. Sitôt celles-ci soufflées, mon père notaire avait quitté la table pour se rendre à son étude ; une succession difficile. À peine le bruit de sa voiture évanoui, maman, les joues rosies par son secret, avait chuchoté : « Vite, les filles, on va prendre une photo. »

Maman parlait toujours à mi-voix, même quand le « dictateur » n'était pas là, comme si elle craignait qu'il ne l'entende. Et elle n'avait pas tort : c'était le genre à cacher des micros sous les lits.

Elle avait acheté l'appareil avec les quelques sous qu'elle grattait sur l'argent des courses chichement octroyé par son mari. L'un de ces appareils jetables qui inclut le développement des clichés. Il avait dû lui falloir des semaines avant d'y parvenir ! Et des trésors d'imagination pour le cacher.

— Allez, un p'tit sourire, les filles !

À la maison, sous le joug de celui qui s'en voulait le maître absolu, les « p'tits sourires » étaient rares. Comme maman, je pliais, les dents serrées sur la promesse que je m'étais faite : le jour de mes dix-huit ans, je claquerais la porte et travaillerais à la télévision.

Il ne faut pas se moquer des rêves. Ils vous permettent de respirer. Et, chez nous, tout le monde vivait la poitrine plombée. Quant à la télévision, elle offrait à mon père son jeu favori : le grand jeu de la frustration. Ces émissions ou ces films dont discutaient passionnément les copines, et qu'il lui arrivait, dans sa grande bonté, de nous laisser regarder, jusqu'au moment – bien sûr le plus palpitant – où il frappait dans ses mains : « Allez, au lit, mauvaise troupe. »

Ainsi était né mon rêve d'apparaître en personne sur le petit écran pour le narguer.

Contrairement à maman et à moi, Agathe ne se laissait pas faire. Elle se rebellait, n'hésitait pas à défier le dictateur, parfois même lui riait au nez. Ce qui lui valait le plus perfide des châtiments. Pas de coups dont les traces auraient pu le dénoncer, mais de longs sermons, prononcés d'une voix douloureuse, conjugués de diverses façons mais qui tous portaient un même message destructeur.

— Ma pauvre chérie, je t'aime quand même mais tu ne vaux rien.

Message accompagné, si le pervers le jugeait bon, de larmes hypocrites qui aidaient le poison à s'infiltrer dans la conscience d'Agathe, son âme, si vous préférez.

Et, pour mériter ce « rien », elle avait fait de son mieux.

À huit ans, elle piquait dans les poches de ses camarades d'école les menus objets dont nous étions privées. Elle était passée ensuite aux grandes surfaces, pas mécontente d'être ramenée au bercail par les gendarmes qui se satisfaisaient des excuses désolées de l'éminent notaire. Entre-temps, elle ne se privait pas de taxer mes maigres économies.

Comme je me l'étais promis, à dix-huit ans, je m'étais sauvée à Paris.

Au même âge, après s'être fait établir un passeport, Agathe quittait la maison pour n'y plus revenir, daignant seulement avertir maman qu'elle s'envolait pour la Sicile. Point.

Ma mère pleurait. Mon père, d'abord muet, adoptait l'une de ses attitudes favorites, celle du martyr sur lequel s'acharne le sort, malgré de louables efforts. L'ingratitude... un mot auquel son métier le confrontait hélas chaque jour.

La maison était vide.

— Tu me promets que tu n'as pas reçu de nouvelles ? implorait maman lorsque je descendais à Toulon, le moins souvent possible.

— Aucune nouvelle, maman.

Elle sortait une carte de Sicile, dissimulée derrière les livres de la bibliothèque et la déployait sur la table. Elle y promenait son doigt de ville en ville.

— Tu me dirais si tu apprenais quelque chose ? Si jamais elle te donnait son adresse.

— Bien sûr.

Moi seule savais que *jamais* elle ne me la donnerait.

Et puis un jour de septembre aux couleurs d'été indien, un appel de mon père, aux côtés duquel j'entendais sangloter ma mère, me fracassait le cœur. La police venait de passer à la maison. Agathe était morte, ainsi que son compagnon, Ernesto Vitali, dans l'incendie de leur immeuble, à Palerme. Le décès remontait à plusieurs semaines. Ils n'étaient pas les seules victimes et l'identification des corps s'était révélée difficile. Le couple avait été inhumé dans le caveau de la famille Vitali.

Palerme... Sur la carte que maman ne cherchait plus à cacher à mon père, elle pouvait entourer une ville, la capitale. Elle pouvait y ajouter le nom d'un homme : Ernesto Vitali. Elle dégringolait dans le gouffre sans fond des « pourquoi » et des « comment », posés tant à sa fille qu'à sa propre conscience.

Quelques mois après la mort de ma sœur, un autre appel, cette fois, me réveillait à l'aube. Le cœur de ma mère s'était arrêté de battre durant son sommeil. Elle était partie comme elle avait vécu : tout bas.

3.

D'un geste mécanique, je promène le jet de la douchette sur le corps maigrelet du fils d'Agathe. Son fils, vraiment ? J'y ai cherché avec effroi des traces de maltraitance. Mais non. Juste les quelques égratignures, aux coudes et aux genoux, que se font tous les petits garçons du monde, qui se cassent la figure tant ils sont pressés de vivre.

Tout content, il se tortille sous l'eau tiède. « Il faut que je réfléchisse. Il faut que je réfléchisse... » Ces mots tournent dans ma tête comme la musique d'un manège emballé dans la nuit.

Les cheveux à présent.

— Ferme fort les yeux, Minou, ça va piquer.

Le « Mano » refuse de passer. Mano-Manon. Et avec l'eau sombre qui peu à peu s'éclaircit et s'échappe dans la bonde, qu'est-ce que j'essaye, moi, d'évacuer ?

Démêlage. Séchage.

— Dis-moi, mon chat, quel âge as-tu ?

Quatre doigts levés avec fierté me répondent.

Vertige. Agathe est morte il y a un peu moins de quatre ans. Je l'ai lu de mes yeux verts à moi trempés de larmes, sur l'avis de décès, écrit en italien. Et nulle part, dans la lettre qui l'accompagnait, il n'était question d'un enfant, un petit qui aurait, qui sait, donné à ma mère la force de vivre encore un peu pour l'élever.

Quatre ans... Il faut que je calcule. Il faut que je calcule.

Les cheveux séchés, j'ai revêtu l'enfant d'un de mes tee-shirts-pyjamas. Tiens ! N'avais-je pas prévu d'y cocooner tranquille ce week-end ? Ça commençait fort !

Il lui descendait jusqu'aux pieds. Un fantôme. Il l'était bien !

— Tu as faim, Minou ?

Un grand oui.

Nous sommes passés à la cuisine où il s'est hissé lui-même sur un tabouret, devant la table.

Quand j'ai fait glisser sous son nez une cannette de Coca-Cola dans laquelle j'avais introduit une paille, les yeux turquoise ont brillé.

Il a fait la grimace devant mes emplettes chinoises. J'ai sorti du réfrigérateur un reste de jambon, du fromage et un yaourt, il s'est jeté dessus comme un affamé.

Depuis combien de temps n'avait-il ni bu ni mangé ?

Son regard ne quittait pas le petit poste de télévision. Le grand écran plat se trouve au salon. Deux postes à la santé du dictateur. Je l'ai allumé.

France-Irlande, j'avais oublié. « Ça va chauffer », avait prédit Vic. Elle parlait d'or, ma Vic ! Le chaton s'est mis à sauter sur son tabouret en piaillant : « *Avanti Pietro... Avanti Pietro...* » Pietro ? Il faudrait que je me renseigne.

J'ai risqué un : « Tu aimes le foot ? »

Il a répondu : « Beaucoup. *Adoro il pallóne*. »

Le fantôme était bilingue.

Et voilà que mon portable sonne au salon. Le petit se fige. Deux yeux m'appellent au secours.

— N'aie pas peur, mon chat. Reste là. Et surtout ne bouge pas.

Je referme la porte. Je cours.

Cette fois, un prénom s'affiche sur l'écran : Marc. Qu'ai-je redouté ? Qu'ai-je espéré ?

— Je ne te dérange pas, Manon ? Tu es seule ?

Pourquoi est-ce que je réponds « oui » ?

— Ça te dirait de venir dîner demain à la maison ? On a des copains qui rêvent de connaître la vedette.

Je parviens à rire.

— Pour la « vedette », il va falloir attendre encore un peu. Et demain je ne suis pas libre. Désolée.

— Tu as une drôle de voix, Manouchka. Pas d'ennuis au moins ?

Ma gorge se plombe. De gros, de colossaux ennuis, Marc. À la mesure des hurlements du public qui explosent à la cuisine.

— Mais non. Ça va. Juste un petit coup de fatigue. La semaine a été rude.

Dans le bel appartement du VIIIe arrondissement me répond un silence de doute.

— Si ça n'allait pas, tu me dirais, bien sûr ?

— Ne dit-on pas tout à son avocat préféré ?

Sauf qu'on a trouvé sur son paillasson un petit basané qui prétend être de la famille et qu'on l'a recueilli sans autre forme de procès.

Là, « l'avocat préféré » ne manquerait pas de tiquer. Qui sait s'il ne rappliquerait pas ? Qui dit qu'il ne m'enverrait pas les services sociaux ? Bref, tout ce qu'une personne un tant soit peu sensée aurait fait depuis belle lurette.

J'ai détourné la conversation en prenant des nouvelles de sa famille à lui. Sa voix m'a fait du bien : une brise fraîche montant du passé. Deux heures avant le tsunami.

Il n'y en a que pour les amis d'enfance. Qui ose parler des amitiés nées d'aventures passagères qui se sont bien terminées ? Amitié entre sexes que l'on dit « opposés », nette de toute ambiguïté, sans ombre et sans regrets, tissée dans la complicité.

N'étais-je pas la marraine du premier enfant de mon ex-amant ?

— Je t'embrasse, ma Manouchka, n'hésite pas à m'appeler.

— Promis. Bisous, Marc.

Lorsque je suis revenue à la cuisine, l'Irlande avait gagné. En boule sur le sol, le pouce dans la bouche, le supporter de Pietro dormait comme un plomb.

Un tout petit bout de plomb tiré à bout portant dans mon cœur.

4.

J'ai éteint la télévision, j'ai soulevé le chaton dans mes bras et je l'ai porté jusqu'à ma chambre.

Il ne s'est pas réveillé, juste une plainte infime, une sorte d'appel venant de paysages inconnus. Et quand j'ai remonté la couette jusqu'à son menton et posé mes lèvres sur sa joue, un soupir a fait éclore un fin bouquet de bulles au coin de ses lèvres, comme de celles d'un noyé qui revient à la vie, et son visage s'est apaisé.

D'où viens-tu ?

Assise au bord du lit, j'ai regardé longtemps le petit voyageur. Sans la teinte rare des yeux, cachés par les paupières aux longs cils sombres, en corolle sur les joues, avec sa peau mate et sa masse de cheveux bouclés, on aurait dit un enfant du voyage. Quel voyage, Agathe ?

Sans doute tenait-il ces couleurs de son père, le Sicilien, Ernesto Vitali, dont j'avais oublié l'âge inscrit sur l'acte de décès. Quel compagnon a-t-il été pour toi, petite sœur ? Et quelle tempête a jeté ton fils à ma porte pour qu'il m'arrive si démuni et se montre si craintif ?

« Sauvez-le ! »

De qui ? De quoi ?

Un éclair de peur a brûlé ma poitrine. J'ai couru

jusqu'à la porte d'entrée vérifier que j'avais bien tiré les verrous. Vic avait tenu à ce qu'elle soit blindée. « Pas question qu'un salopard vienne t'arracher les plumes, le moineau. Déjà que tu n'en as pas tant. » Merci, Vic ! L'œilleton m'a indiqué que la minuterie était éteinte dans l'escalier. Merci, mon Dieu !

Sous mes pieds, me sont parvenus les rires du jeune couple qui logeait au quatrième. Je les connaissais, ces rires. Ils accompagnaient l'amour. Et, chaque fois que je les entendais, ce pinçon de honte au cœur. Moi, l'amour, cela faisait combien de temps ?

De la porte, je suis passée à la fenêtre. J'ai écarté deux lames du store et j'ai sondé la rue. Aucune ombre suspecte ne se cachait au coin des porches. Personne dans la cabine téléphonique. Un vieil homme promenait un long labrador sable, un livreur de pizzas est passé dans une pétarade rouge. J'aurais voulu être ce tranquille promeneur, ce doux labrador, les copains qui attendaient leur pizza. J'aurais voulu être hier, quand jamais je n'aurais songé à pareilles bêtises.

Ranger la cuisine m'a fait du bien. « Il faut que je réfléchisse. Il faut que je réfléchisse. » Le manège continuait à tourner. Après avoir refermé le réfrigérateur sur mon dîner chinois intact et ce qu'avait laissé le petit affamé, je l'ai rouvert et j'en ai sorti la bouteille de vodka que je garde au frais pour accompagner mon repas préféré : œufs de saumon sur blinis. Je m'en suis versé un godet que j'ai avalé d'un trait. Ce n'est pas tous les jours fête !

Il était plus de 23 heures, trois heures après le tsunami, lorsque j'ai posé sur la table laquée noire la photo d'anniversaire, la médaille de baptême d'Agathe et un bloc.

J'ai commencé mes calculs.

Sur cette photo-message : Agathe, douze ans, moi, seize.

Agathe partie en Sicile à dix-huit ans.

Morte à vingt ans dans l'incendie de son immeuble à Palerme.

Mano, quatre ans.

Né juste avant la mort de sa mère.

Mais alors, pourquoi n'en était-il pas fait mention dans les papiers remis à mes parents par la police ?

Sur le bloc, trois petites lignes, un point c'est tout. Un point c'est rien.

Rien pour la « Vaurienne ».

J'avais envie d'y crayonner, comme autrefois sur les pages luisantes des « cahiers magiques » où apparaissaient sous la mine, comme par enchantement, une maison, un arbre, des personnages, une histoire cachée.

Quelle histoire se cachait sous la venue de cet enfant ?

Du plus profond de moi, ma conscience a crié.

Je me suis levée.

Allons, Manon, il était temps d'ouvrir le sac à chagrin.

5.

Après l'enterrement de maman, j'avais proposé à mon père de l'aider à ranger ses affaires.

— Fais comme tu veux, avait-il grommelé.

Pour la première fois, je le voyais désemparé. Plus personne sur qui régner ? Je n'éprouvais aucune pitié, n'était-il pas responsable de la fuite de la « bonne à rien » ? Suivie de sa mort, puis de celle d'une épouse minée par vingt-cinq années d'asservissement à un despote que, pour son malheur, elle devait aimer quand même, un pervers qui jouait si bien la comédie que tous le pensaient le meilleur des maris et des pères.

Vidant la penderie de maman, j'avais fait deux tas : l'un « à jeter », l'autre « à donner ». Dans ce dernier, si peu de choses ! Mais ce qui m'avait écrasée de chagrin et de colère avait été le spectacle de ses souliers.

C'est à la façon dont ils sont chaussés que l'on reconnaît les miséreux. Mis à part la paire d'escarpins qu'elle portait aux réceptions où papa daignait l'emmener, ma mère n'était qu'une « va-nu-pieds ».

Profitant d'une absence du dictateur, j'avais rassemblé à la hâte ce qu'elle appelait ses « trésors » : photos, cartes postales, coquillages peints, dessins d'enfants et autres colliers de nouilles faits à l'école pour les fêtes. J'avais fourré le tout dans un sac-poubelle que j'avais caché dans le coffre de ma voiture et rapporté à Paris. Pas question qu'il bave dessus.

J'ai défait le lien jaune, jaune comme ces rubans que l'on tend autour de la scène d'un crime, et j'ai retourné le sac sur la moquette.

Une odeur fade, poussiéreuse, l'odeur flétrie du « plus jamais », l'aile d'un papillon mort, s'est envolée du petit monticule, me donnant la nausée.

— Tu me bazardes ça une fois pour toutes et tu oublies, m'avait ordonné Marc lorsqu'il m'avait aidée à déménager.

« Bazarder » mes souvenirs d'enfance aurait été comme déchirer une histoire ; je m'en sentais incapable. Comme je l'étais de jeter un livre même si je ne parvenais pas à le terminer.

Vic avait le raisonnement inverse.

— Ouvre ce sac, le moineau. Regarde une fois pour toutes ce qu'il contient et basta. Tu ne pourras écrire ta propre histoire que lorsque tu auras fait ton deuil du passé.

Un rire nerveux m'a secouée : pour le deuil, vu ce qui dormait sous ma couette, c'était mal parti.

Qu'avais-je espéré trouver dans les « trésors » de ma mère ? Une lettre d'Agathe ? Une carte postale de Sicile ? Un mot parlant de sa vie avec Ernesto Vitali ? Pourquoi pas l'annonce qu'elle était enceinte pendant que j'y étais ? Mais, si elle reprochait à maman sa lâcheté, Agathe devait bien l'aimer quand même un peu, non ?

Mis à part la carte de Sicile, froissée par le temps et les larmes, il n'y avait rien. De toute façon, si elle avait reçu un signe de « l'ingrate », maman l'aurait détruit ou caché pour que le « dictateur » ne s'en empare pas.

J'ai classé les photos par ordre d'âge. La vodka ? Il me semblait sentir derrière mon épaule le souffle pressé de ma sœur.

Sur celle-ci, elle a un an et s'essaye à marcher sous mes yeux éblouis. Je ne me souviens pas d'avoir été jalouse. Du jour de sa naissance, je me suis sentie « deux », c'était merveilleux. Je ne tarderais pas, lorsqu'on nous demanderait nos noms, à les associer : Manon-Agathe, Monagathe.

Au dos de celle-là, maman a marqué : six ans. Mon Agathe fait la gueule devant son gâteau d'anniversaire : elle a dû recevoir un cadeau nul.

Une série de clichés, pris par la voisine – elle était gentille, la voisine, peut-être avait-elle tout compris, mais que faire contre une des personnalités de la ville ? Série montrant Agathe, huit-neuf ans, avec Prince dans ses bras. Le « Prince », un affreux chat de gouttière qu'elle avait recueilli et chérissait d'autant plus que papa ne le supportait pas. Le matou avait parfaitement compris la situation. Il ne fréquentait la maison que lorsque la voiture de son propriétaire avait quitté la cour. Alors, on pouvait le voir se glisser hors d'un fourré et venir s'enrouler autour des mollets d'Agathe extasiée.

Il n'avait pas fait long feu, le Prince ! Au retour de vacances d'été, que nous avions passées dans un gîte rural des Hautes-Alpes – notre père aimait la montagne et il nous rejoignait le week-end –, nous ne l'avions pas retrouvé. L'une des rares fois où j'avais vu ma sœur pleurer.

Elle l'avait cherché en vain durant des semaines : les fourrés ne répondaient plus.

— C'est toi, avait-elle accusé papa. Dis-le que c'est toi.

Et comme, sans répondre, il tendait la main vers sa

joue pour une caresse hypocrite, elle avait hurlé : « Je te déteste. » Ne pas savoir comment il s'était débarrassé de son chat l'avait longtemps torturée. L'avait-il étranglé ? Perdu ? Au mieux, donné à la SPA ?

Et puis cette photo, la dernière prise d'Agathe et de moi, celle qui, sans doute, m'empêchait d'ouvrir le sac : la photo du remords.

J'ai vingt et un ans, ma sœur dix-sept. J'habite Paris depuis trois ans et commence à y faire mon chemin. Je suis descendue à Toulon pour l'anniversaire de maman. Dès mon arrivée, j'ai remarqué les cernes sous les yeux d'Agathe et, dans sa chambre, j'ai flairé l'odeur du cannabis. À mon travail, nombreux sont ceux qui en fument. Je me le suis toujours interdit. Et Vic m'a avertie : si j'y touche, elle me tue.

Nous sommes allées toutes les deux choisir le gâteau d'anniversaire dans la meilleure pâtisserie du quartier. Tandis que nous y plantons les quarante-cinq bougies, je tente de la faire parler. Elle n'ouvre la bouche que pour des sourires ou des rires factices.

J'ai apporté de Paris pour maman un bracelet fantaisie. Agathe lui a offert un bouquet de fleurs variées, piquées dans le cimetière voisin où elle se réjouit de trouver de plus en plus souvent d'autres espèces que des mortuaires. C'est dans une friperie que papa a dû dégoter ce pull lamentable qu'il a grossièrement enveloppé de papier cadeau. J'ai honte pour lui.

Maman pose entre ses deux filles, l'air presque heureux. « Presque », ce mot pourrait la définir : jamais « tout à fait ». Entre deux eaux. Ou plutôt, comme on disait autrefois de certaines femmes : « effacée ». Par celui qui a pris la photo ?

Dans un peu plus de trois ans, je serai la seule survivante du cliché de la « presque » fête.

Je rentre dès le soir à Paris. Alors que je vérifie que mon billet de train se trouve bien dans mon portefeuille, je découvre que ma carte de crédit a disparu. En un éclair, je revois le regard d'Agathe derrière mon épaule tandis que j'en formais le numéro pour régler le gâteau de maman. C'est elle ! Cela ne fait aucun doute pour moi.

Interrogeant mon compte, je découvre qu'il a été vidé et ma carte « avalée ». Agathe ne cherche même pas à nier. Elle plane. Mes quelques sous se sont volatilisés dans la fumée du cannabis.

— Tu ne vas quand même pas porter plainte contre ta sœur ? me nargue-t-elle.

C'est alors que je crie.

— Dégage, Agathe. Je ne veux plus te revoir, jamais !

Vœu exaucé.

Je regarde l'ultime portrait de ma sœur et de moi. Elle porte les boucles d'oreilles que maman lui avait remises pour ses treize ans. Celles qu'elle avait elle-même reçues au même âge, transmises par sa mère, grand-mère Marceline que nous aimions tant : deux cœurs d'améthyste au bout d'une chaînette dorée.

Il avait fallu percer les oreilles d'Agathe. Je m'étais félicitée d'avoir reçu, moi, la bague ornée d'une pierre semblable. Deux bijoux destinés à être portés ensemble. Par miracle, notre père ne s'était pas opposé au don, se contentant de froncer les sourcils. Un notaire ne se doit-il pas de respecter les dernières volontés de ses clients ? Fussent-elles de sa famille ?

— On ne s'en séparera jamais, même la nuit, m'avait fait promettre ma sœur, en faisant danser les pierres à ses oreilles.

Même la nuit.

Des yeux, je crayonne la dernière page du « cahier magique ». Y apparaît un petit garçon aux yeux turquoise, au regard implorant. Je ris et je pleure à la fois. Mano-Manon ! C'est clair, atrocement clair : en m'envoyant du ciel, où, j'espère, elle se trouve, cet enfant qui porte mon prénom, moins une lettre de rien du tout, ma sœur ne fait que continuer à me taxer.

Un léger bruit m'a réveillée. Un minuscule revenant, vêtu de mon tee-shirt blanc s'approchait de moi à pas précautionneux. La pendule indiquait 7 h 10. À quelle heure avais-je sombré dans le canapé cerise ? J'ai déroulé mes membres engourdis et j'ai ouvert mes bras à Mano. Il s'y est blotti. Il s'était mouillé. Tant pis ! Au point où j'en étais.

Découvrant les photos, il m'a échappé et il a commencé à farfouiller. Soudain, il a ri en brandissant l'une de celles où se trouvait le chat.

— Le Prince ! s'est-il exclamé.

Avant que mon cœur ne se reprenne, il a appuyé le doigt sur celle qui le tenait dans ses bras et ses yeux se sont remplis de larmes.

— Ma *mamma morta*.

Je me suis décidée à appeler Vic.

6.

Vic, Victor, Victoria...

J'étais à Paris depuis plus d'un an. L'Institut catholique m'avait trouvé une chambre de bonne offerte par une vieille dame en échange de quelques heures de ménage le matin.

Voilà pour l'habitat.

Je travaillais de 22 heures à minuit comme serveuse dans un fast-food, payée correctement en raison des horaires.

Voilà pour le vivre.

Ma logeuse m'offrait le petit déjeuner, histoire de me conter encore et encore un passé où les horreurs de la guerre côtoyaient des amours de fulgurance et de feu. Et, avant de prendre mon service au fast, j'avais droit à un repas du même nom.

Voilà pour le couvert.

Durant mon temps libre, j'allais de chaîne en chaîne poser ma candidature à la télévision, en tant que stagiaire. Munie de mon seul bac et sans piston, je pouvais lire dans le regard des assistantes pressées l'incrédulité et la pitié accordées aux utopiques : « Savez-vous, mademoiselle, que nous avons des licenciées ès lettres qui postulent ? »

« Sans utopie, comment réaliser ses rêves ? » glissait à mon oreille Jean Cocteau le Magnifique, mon poète préféré.

Et enfin – je venais de fêter tristounettement mes vingt ans – une porte s'ouvrit : celle d'une toute nouvelle venue dans le bouquet de la TNT : Téléphare, une petite maison de production. On y avait besoin d'une fille à tout faire, je me présentai le bon jour, au bon moment et tombai sur la personne adéquate ; merci, utopie, j'étais engagée.

Au fast, je servais les repas. À Téléphare, j'aidais, entre autres, à garnir les buffets qui accompagnent nécessairement chaque tournage : boissons chaudes et froides, viennoiseries, chips variées, pour combler les « p'tits creux » et offrir un moment de détente aux divers protagonistes de la belle aventure de l'image. Je devais également me tenir à la disposition de chacun si quoi que ce soit venait à manquer. J'en profitais pour m'instruire. Ayant donné satisfaction, j'obtins un CDI, merci mon Dieu. Entre travail de jour et travail de nuit, je ne sais plus très bien quand j'avais le temps de dormir. Je vécus ainsi durant plus d'un an.

Jusqu'au jour où...

— Un café pour Vic, Manon ! Serré et brûlant. Dépêche, elle n'aime pas attendre.

Je n'avais encore jamais eu l'occasion d'approcher la productrice de nombreuses émissions grand public, mais je la connaissais de réputation. Walkyrie pour les uns, amazone pour les autres, tous reconnaissaient son talent.

« Dépêche... »

Je me dépêchais si bien qu'arrivée à destination, je renversai le gobelet en plastique qui me brûlait la main sur les pieds de la fameuse Victoria.

— Putain, mes Dior neuves ! rugit-elle.

Je devais être fatiguée, je fondis en larmes.

Un regard vert bronze plongea sur moi, une quinzaine de centimètres plus bas, et celle que tous appelaient Vic me tendit une poignée de Kleenex.

— Mes baskets, ça ne te suffit pas ? Tu veux aussi inonder mon plateau ? Mais d'où tu sors, le moineau ?

Mon « nom de scène » était trouvé et, quelques heures plus tard, la productrice n'ignorait plus rien de ma vie à Paris et de mon rêve d'enfant. Embauchée comme « bras gauche » (*sic*) par celle-ci, je reçus l'ordre de rendre mon tablier au fast mais demeurai, pour un temps, chez ma vieille conteuse.

La cinquantaine, 1,83 mètre, crinière rousse conquérante à la Sonia Rykiel, Vic vivait exclusivement en survêt et baskets, objets d'art créés pour elle, sur mesure, par les grands couturiers dont, à l'occasion, elle filmait les défilés.

Elle partageait la vie d'Armelle, même âge, médecin des hôpitaux, gynécologue. Lorsque Armelle lâchait la blouse blanche, c'était pour d'élégants tailleurs pantalons et des escarpins. Le langage « charretier » de la productrice répondait au parler châtié du médecin. Elles s'aimaient et se chamaillaient comme tout vieux couple qui se respecte. Lorsque ça chauffait trop, elles se vouvoyaient.

Il leur manquait un enfant, je tombais pile.

— Tu m'auras évité les couches, avait constaté Armelle avec une tendresse qu'elle cachait volontiers sous un ton pincé.

— Mais pas l'âge ingrat, avait lancé Vic, ravie à l'idée de m'aider à en sortir.

Ainsi, cette brave utopie m'avait-elle offert, en sus de la réalisation de mon rêve de petite fille – travailler à la télé –, deux mères de substitution se parant du beau titre d'« anges gardiennes ». Pardon maman, mais lorsqu'on n'a reçu de la « vraie » que l'image d'une femme soumise, sans voix, sans force pour vous défendre des coups d'un authentique salaud qui s'est amusé à bousiller votre enfance, on a forcément tendance à s'en chercher d'autres, et deux à la fois, c'était le top.

J'avais envoyé mon texto sur le portable de Vic un peu avant 8 heures. Le temps de réparer les dégâts commis dans mon lit par le chaton, de le passer à l'eau, de l'installer devant un bol de lait, 9 heures sonnaient lorsqu'on a carillonné à la porte. J'achevais de me doucher, j'ai ouvert à mes anges, en peignoir, les cheveux dégoulinants.

— Pour les SOS, un cinquième sans ascenseur, c'est pas jouable, a attaqué Vic hors d'haleine. On s'est plantées en t'installant si haut. Prépare-toi à descendre de ton perchoir, le moineau.

— Si tu cessais de traiter Manon comme une gamine ? Ce n'est pas nous, mais elle qui a choisi, lui a rappelé Armelle. Et cinq étages, mon cher Victor, c'est excellent pour tes artères.

Elle s'est tournée vers moi.

— À part ça, Doudou ?

Doudou-le-moineau a commencé par promener son bec dans leur eau de toilette : muguet pour Armelle, un peu plus poivré pour Vic. Résultat, gorge plombée et bouche cadenassée. D'autant que je m'étais prudemment juré de ne pas pleurer.

Je les ai donc précédées en silence jusqu'au canapé devant lequel elles ont découvert le contenu du « sac à chagrin ».

— Tu t'es quand même décidée à l'ouvrir, s'est réjouie Vic en passant un bras protecteur autour de mes épaules. Sûr que ça n'a pas dû être facile, mais tu vas enfin pouvoir grandir un tout petit peu.

— Au lieu de dire n'importe quoi, laisse Manon s'exprimer, a protesté Armelle.

Toujours dans l'incapacité de prononcer le moindre mot, je les ai conduites à la cuisine.

Au cours de leurs longues carrières, l'une sur les plateaux, l'autre à l'hôpital, elles en avaient vu de toutes les couleurs et affirmaient volontiers que plus rien ne pourrait les étonner.

Découvrant le minuscule garçon, sous son avalanche de boucles, trempant dans son lait une tartine de Nutella tout en suivant les délires de la famille Simpson sur le petit écran, anges ou pas, elles s'en sont carrément pris plein la figure.

À leur entrée, Mano a émis un petit piaulement d'effroi et a couru se réfugier dans mes bras.

— Putain, ces yeux ! On peut te l'emprunter pour un tournage ? s'est exclamée Vic d'une voix brouillée.

— Raconte-nous, Doudou, a simplement dit Armelle.

J'ai enfin pu laisser libre cours à mes larmes.

7.

Comme c'est vite raconté, un tsunami ! Aussi vite qu'il s'abat sur votre vie. Une poignée de secondes et l'essentiel est dit : « Plus rien, jamais, ne sera pareil. »

Mano, fils d'Agathe.

Retenue par une sorte de honte, je n'avais pratiquement rien dit à mes amies de ma lamentable famille : ce père qui imposait sa loi, cette mère faible, cette sœur rebelle. Elles avaient vite compris que je n'étais pas prête à leur en révéler davantage. Lorsque Vic m'avait conseillé d'ouvrir le « sac à chagrin », dissimulé au fond de ma penderie, se doutait-elle que c'était le remords que je tentais de museler ?

J'avais abandonné ma sœur pour une histoire de gros sous.

Avare comme mon père ?

Je lui avais fait défaut lorsqu'elle avait eu besoin de moi.

Lâche comme ma mère ?

« Tu vas enfin pouvoir grandir un tout petit peu », venait de me dire Vic.

À condition de parvenir à rester debout.

Cette fois, entre deux sanglots, ou deux rires qui y

ressemblaient, elles ont eu droit à presque tous les chapitres de l'histoire.

— Quel fumier, ce type ! Si je le rencontre..., a fulminé Vic en esquissant un geste qui ne laissait place à aucun doute : il ne s'en sortirait pas entier.

— Pauvre petite, a soupiré Armelle.

Agathe ou moi ? Au singulier ou au pluriel ?

Derrière la porte de la cuisine, Titeuf avait succédé au fils Simpson. Bienheureux dessins animés qui libèrent les parents le samedi matin.

Après que j'en ai eu terminé – provisoirement – avec mes états d'âme, mes amies se sont penchées sur les photos.

— Il est vrai que, pour la couleur des yeux, la ressemblance est troublante, a remarqué Armelle. À propos, d'où lui viennent ces yeux « lagon » ?

— Du côté de ma grand-mère paternelle. Paraît-il...

— Paraît-il ?

— Nous ne l'avons pas connue.

Sujet tabou à la maison. Nous ne savions même pas son prénom, seulement qu'elle avait commis un crime affreux : elle avait quitté son mari et abandonné son enfant, papa.

« Chut », disait maman lorsque nous cherchions à en apprendre plus. « Votre père a beaucoup souffert. »

— Est-ce qu'elle était jolie ? avait demandé Agathe un jour.

Phrase innocente qui avait provoqué une sorte de panique chez maman. Incapable de répondre, elle fixait Agathe, des larmes plein les yeux. Quel terrible secret cachait son silence ? Nous n'avions plus jamais reposé la question.

— La médaille est bien la même, a remarqué Vic en comparant celle de la pochette avec celle qu'Agathe portait au cou.

— Et n'oubliez pas qu'il a reconnu le chat. Et sa propriétaire..., ai-je ajouté faiblement.

« Ma *mamma morta.* »

— N'allons pas trop vite, a recommandé Armelle avec douceur.

— Armelita, ne me dis pas que tu doutes ? s'est exclamée Vic. On a toutes les preuves, là !

— Pardonne-moi, chérie, de ne pas vivre comme toi dans l'image, mais j'ai besoin de concret.

Vic a poussé un profond soupir.

— Une vie sans images, sans rêves, ma pauvre ! Quelle tristesse... Je ne voudrais pas être à ta place.

Imperturbable, Armelle a sélectionné quelques photos et s'est levée.

— Tu permets, Manon ?

Sans attendre ma réponse, elle s'est dirigée vers la cuisine. J'ai voulu la suivre. Vic m'a arrêtée.

— Laisse-la faire, le moineau. Comme ça, elle a l'air d'une banquise, mais, dessous, bat un cœur.

Je me suis laissée aller au creux de l'aile de mon ange gardienne. Elle était là. Elles étaient là. Je pouvais respirer.

Le nez dans sa tendresse, j'ai avoué.

— Tu sais, Vic, je crois que tu as raison : je n'ai pas tellement grandi.

— Tu m'étonnes ! Avec une famille de rêve comme la tienne... Mais crois-moi, ça vaut mieux que de grandir en s'enfermant dans un bunker. Tu te souviens du jour où tu avais bousillé mes baskets ? Moi, j'avais vu une minuscule petite fille qui criait : « Au secours ! » Pourquoi tu ne nous as pas appelées hier ?

— J'arrivais pas à y croire. Ce tout petit minuscule sur mon paillasson. Et cette voix qui m'ordonnait : « Sauvez-le. »

— C'est sûr que si ton gaillard te l'avait déposé

avec un bouquet « de la part de votre sœur, prenez-en bien soin et merci d'avance », ça aurait été plus cool.

J'ai tenté en vain de rire.

— Tu sais, j'ai eu une drôle d'impression. Comme si Agathe m'envoyait un message... de là-haut.

Les larmes remontaient.

— C'est clair, a constaté Vic, on est en plein dans un roman de Musso.

La porte de la cuisine s'est rouverte et Armelle est revenue sans hâte vers nous. Comment avait-elle trouvé le temps de se faire si élégante ?

Pantalon de lin blanc, veste saharienne, foulard de marque autour du cou, escarpins. Et, bien sûr, cheveux auburn mi-longs impeccablement coiffés.

Elle s'est posée délicatement sur le rebord du canapé.

— Il n'y a pas seulement ses yeux, a-t-elle laissé tomber. D'autres détails semblent indiquer qu'il s'agit bien de ton neveu. Il a même pris un peu de toi, Doudou...

Lorsqu'on vit l'inexplicable, le pire est quand l'on ne vous croit pas. Un indicible soulagement m'a emplie. J'ai eu envie de dire « merci ».

— Bien sûr, nous devrons étudier ça de plus près à l'hôpital, a-t-elle ajouté.

— L'hôpital ? Pourquoi ça, l'hôpital ? Il est malade ? s'est inquiétée Vic.

— Apparemment non. Mais certains examens s'imposent, a répondu patiemment Armelle. Nous en profiterons pour effectuer une recherche d'ADN.

Vic a levé les yeux au ciel.

— Mais écoutez-la ! Ça vous a l'allure d'une actrice américaine des années trente, ça cause pareil, et ça vous parle d'ADN ! Cherchez l'erreur.

— L'erreur est l'âge que Mano prétend avoir, a

répondu froidement Armelle. Quatre ans ! J'ai du mal à y croire.

— Cher maître, si quelqu'un qui vit dans l'image peut se permettre une humble remarque, n'oublie pas que tu es gynécologue, pas pédiatre, a remarqué Vic.

C'est à cet instant qu'on a sonné.

En un éclair, Vic a été sur ses pieds. D'un geste autoritaire, elle m'a désigné la cuisine puis elle s'est retournée vers Armelle.

— Tu me couvres ?

Tandis que je courais, le cœur en débandade, me placer en rempart devant la porte de la cuisine au cas où Mano viendrait aux nouvelles, Vic s'est dirigée vers celle de l'entrée, accompagnée d'Armelle rasant le mur. Au passage, le digne « docteur des hôpitaux » s'est emparé d'un lourd cendrier en grès. Et soudain, dans ma terreur, j'ai eu envie de rire. Oui, nous étions bien dans un film. Le metteur en scène allait frapper dans ses mains : « On coupe. »

Après avoir regardé dans l'œilleton, Vic a tiré les verrous.

— Madame Silva, quelle bonne surprise !

La gardienne n'a pas semblé plus étonnée que ça de trouver mes amies avec moi. Elles avaient largement eu le temps de sympathiser durant les travaux. Je les ai rejointes en tentant de faire bonne figure. Elle m'a tendu une épaisse enveloppe brune.

— Je l'ai trouvée devant ma porte, ce matin, mademoiselle Manon. J'ai pensé que c'était pour vous.

Sur l'enveloppe, en lettres capitales, seul un nom était inscrit : « Monagathe ». Mon Agathe... Le nom que j'avais imaginé pour mieux me lier à ma sœur...

Reconnaissant l'écriture, une réplique du tsunami s'est levée. Je me suis éloignée. Dans un brouillard, j'entendais des voix. Puis la porte s'est refermée.

La main d'Armelle a saisi mon coude. Elle m'a soutenue jusqu'au canapé. J'y suis tombée.

— Veux-tu que je m'en occupe, le moineau ? a proposé Vic.

J'ai secoué la tête. Un peu de courage, Manon !

Le rabat de l'enveloppe ne tenait que par un bout de Scotch jauni. Elle s'est décachetée toute seule.

Elle contenait une pochette en plastique renfermant une tresse de cheveux blonds entremêlés d'un ruban.

Les cheveux d'Agathe.

8.

— Manon, viens voir, vite !

Agathe a neuf ans. Nous ne partageons plus la même chambre, ce qui m'arrange et me désole. C'est un après-midi de novembre, je crois. Sa voix haletante m'a interrompue dans mon travail. Que lui arrive-t-il encore ? J'y vais, bien sûr.

Torse nu devant la glace, elle me désigne ce qu'elle appelle « ses poitrines ». Ça lui faisait drôle sous son pull, alors elle a regardé de plus près.

— Ça y est, Manon. Ça y est !

Deux tendres fraises rosées.

— Y en a une plus grosse que l'autre, tu ne trouves pas ?

J'éclate de rire. Elle embraye. Désormais, chaque matin, son premier mouvement sera de courir à la glace et de mesurer. Et, accompagnant le miracle, ne voilà-t-il pas qu'un duvet doré pousse sous ses aisselles et au bas de son ventre ?

Il lui faudra attendre d'avoir presque douze ans pour être réglée.

— Ça y est, Manon ! Ça y est !

Et malgré la douleur qui, chaque mois, la plie en

deux sur des bouillottes brûlantes, ces premiers pas vers la femme l'émerveillent.

— Tu es donc si pressée, mon Agathe ?

— D'être LIBRE ! Pas toi ?

Si !

Moi, je vise toujours Paris. Plus qu'un an. Elle, regarde s'éloigner les bateaux dans la rade de Toulon que nous apercevons de nos fenêtres. « Tu me garderas une petite place chez toi pour quand je reviendrai ? Promis ? »

Avec l'adolescence, un autre miracle s'est produit. Au collège, malgré de piteux résultats, la « bonne à rien » a découvert qu'elle pouvait plaire. Aux garçons, cela va de soi, la plupart sont amoureux, mais également aux filles qu'elle séduit par sa joyeuse insolence, sa liberté d'esprit. Car, à l'école, Agathe rayonne. Qu'elle ait pu résister à la stratégie destructrice de papa me stupéfie. Sa vengeance doit être de vivre intensément malgré tout. Malgré lui.

Les professeurs eux-mêmes se montrent indulgents devant ces yeux uniques dont elle a appris à jouer avec un art consommé. « Jouer » est l'une de ses passions. Elle fait partie de la troupe de théâtre que le collège partage avec le lycée. Elle chante et danse. Lorsqu'un spectacle est monté à l'occasion d'une fête ou d'une autre, on se la dispute.

La nuit, il lui arrive de venir se glisser dans mon lit.

— J'ai trouvé ! Plus tard, toi, tu seras présentatrice à la télé. Moi, je serai la vedette internationale que tu inviteras au Vingt Heures. On pulvérisera l'Audimat, d'accord ?

— D'accord.

— Essaye d'être engagée sur la 2.

La chaîne préférée de notre cher père.

— La gueule qu'il tirera...

Nous plongeons sous le drap pour rire à notre aise. C'est ainsi que les dictateurs font naître des vocations grandioses.

À propos, comment notre « cher père » prend-il la spectaculaire transformation de la rebelle ? Est-il fier ou jaloux du succès que lui vaut sa beauté ? Les sermons maléfiques ont fait long feu. Restent les brimades à la maison : corvées diverses, privations de sorties. Au grand dam du dictateur, son pouvoir s'arrête aux portes du collège, la loi lui interdisant de l'en retirer. Savoir qu'elle s'y lâche l'enrage. Craint-il également qu'elle ne dénonce la maltraitance morale à laquelle il se livre à la maison et que tous ignorent à l'extérieur ?

Il a parlé de la mettre en pension. « Oh oui ! Le plus loin possible ! » a applaudi Agathe, sincèrement partante. C'est moi qui ai pleuré. Ce n'était que pour la tester. On n'en a plus parlé.

Avec les garçons, je suis du genre sage. Quelques baisers et caresses, pas davantage. Agathe papillonne de l'un à l'autre sans états d'âme. Quand elle aura fait le grand plongeon, promis, elle me racontera tout. Un médecin est passé dans les classes pour parler aux élèves des maladies sexuellement transmissibles, dont le sida bien sûr. À la fureur de notre père, des distributeurs de préservatifs ont été installés dans le hall des bâtiments scolaires.

Les filles ont également été mises en garde contre le risque de se retrouver enceintes. À l'heure de la contraception, l'insouciance n'est plus permise : à elles de se prendre en main, il s'agit d'une vie. Comme j'en parle à Agathe, m'attendant à ce qu'elle ricane, « pilule après l'amour ou IVG ? », elle me lance un défi :

— Enceinte ? Et après ? Au moins, celui-là, personne ne me l'enlèvera.

À qui pense-t-elle ? Au « Prince » ?

J'ai dix-sept ans, Agathe treize. L'âge ingrat n'a pas voulu d'elle et c'est en douceur qu'elle est passée de l'exquise fillette à la svelte et ravissante adolescente sur laquelle se retournent tous les garçons.

C'est la veille des grandes vacances. J'ai récolté, à l'épreuve de français, un bon nombre de points d'avance qui me permettront d'obtenir, avec mention, le bac L que je présenterai l'année prochaine. En septembre, Agathe passera en quatrième, ce qui, à treize ans, n'a rien d'infamant.

Pour clore l'année scolaire, une comédie musicale a été prévue demain soir, samedi, dans la cour du lycée, devant parents, professeurs et élèves. Elle en sera la vedette.

Il est 17 heures, ce vendredi. Au son de la musique du spectacle, assise devant la glace de sa chambre, ses longs cheveux blonds dénoués, ma sœur se fait un visage de star. D'où vient cette trousse de maquillage ? Elle est devenue experte en « emprunts » dans les grands magasins et voilà longtemps que l'artiste ne se fait plus prendre.

Paupières bleutées, noir aux cils, joues rose pailleté et, sur les lèvres, un rouge éclatant, elle est superbe.

Soudain, la porte s'ouvre sur papa.

Jamais il ne rentre à cette heure-là. La musique mise à fond nous a empêchées d'entendre sa voiture. Nous restons paralysées. A-t-il calculé son coup ?

Derrière lui, une ombre : maman.

Il regarde le visage d'Agathe avec un sourire mauvais.

— Ça te plaît de ressembler à une putain ?

— Pourquoi pas ? Il y en a de célèbres au théâtre et au cinéma, crâne celle-ci en battant des cils.

Le dictateur reste impassible. Obscurément, je sens que la résistance d'Agathe lui convient. Avec maman et moi, c'est trop facile, gagné d'avance. Elle lui offre l'occasion d'exercer sa perversité.

— Dehors, Manon ! ordonne-t-il.

J'hésite. Il ne nous a jamais frappées, mais, ce soir, son expression annonce le pire. Il s'empare de mon bras et me pousse hors de la chambre dont il referme doucement la porte. La douceur, chez lui, c'est la cruauté qui prend son élan.

Dans le couloir, maman met un doigt sur ses lèvres et me fait signe de la suivre.

Je me souviens de l'avoir détestée.

Je reste, le cœur battant, l'oreille tendue.

Je me souviens de la musique brusquement interrompue. De minutes qui duraient une éternité.

La porte s'est rouverte et papa est sorti sans un mot. On a entendu très vite sa voiture repartir. Dans la chambre, le silence était total. Je me souviens de m'être dit : « Il l'a tuée. »

Agathe était toujours assise devant la glace. Sur le plancher, autour de sa chaise, ses cheveux jonchaient le sol.

Il s'y était pris comme un boucher, avec ce qui lui était tombé sous la main, les ciseaux à ongles.

Je me souviens que maman et moi nous sommes mises à pleurer. Pas ma sœur.

Le lendemain, Agathe était sur scène, la coupe égalisée avec les ciseaux appropriés. Ses cheveux très courts redonnaient à ses traits une touche d'enfance, une fragilité qui ajoutait à sa beauté. On avait envie de la prendre dans ses bras pour la protéger. Grand-mère Marceline aurait été satisfaite : jamais l'améthyste des boucles d'oreilles n'avait si bien été mise en valeur, ajoutant le mauve à l'émeraude des yeux. On ne voyait plus qu'eux. Elle a tenu son rôle à la perfection.

Tous les parents étaient présents et nul n'aurait compris que mon père ne soit pas là. Le « boucher » nous avait donc accompagnées, maman et moi.

Contrairement à son habitude, il ne paradait pas. Avait-il conscience d'être allé, cette fois, trop loin ? Craignait-il qu'Agathe l'ait dénoncé ?

Je me rappelle que, lorsqu'elle a été ovationnée, ma sœur s'est tournée vers lui avec un sourire triomphant.

L'éminent et respecté notaire devrait à sa souffre-douleur de pouvoir continuer à arborer, sans être soupçonné, l'image trompeuse d'un homme, certes austère – le métier ne le voulait-il pas ? – mais juste et bon.

Agathe s'était payé le luxe de revendiquer sa nouvelle coiffure.

Dans le sachet que je tiens entre mes mains, ce sont ses cheveux qui se trouvent. Elle en avait ramassé les mèches les plus longues et les avait tressées, y mêlant le ruban vert dont la couleur a passé, comme celle de l'encre avec laquelle elle a lié nos prénoms sur l'enveloppe.

Qui a traversé la mer pour me porter ce déchirant message ?

Et soudain, vient me frapper en plein cœur la phrase qu'elle m'avait lancée lorsque que je lui avais parlé du risque d'attendre un enfant.

« Celui-là, au moins, personne ne me l'enlèvera. »

À présent, elle aussi me crie : « Sauve-le ! »

9.

Je n'ai plus eu droit à la parole, seulement celui d'obéir. L'air devenait franchement malsain ici, on mettait les voiles et sans discussion.

Ça m'allait. Parce que en effet, cette fois, c'était trop !

Trop de manège emballé, de tours de magie noire ou autres tunnels fantômes. Après la tresse défraîchie, quel autre morceau d'Agathe allait me parvenir d'outre-tombe ?

Mon cœur s'est soulevé. Je me suis retrouvée dans ma princière salle de bains, à genoux devant la cuvette des W-C, la main d'Armelle sur mon front.

— Vas-y, ne te retiens pas, ça va te faire du bien, Doudou.

La bile, ça ne fait pas de bien. C'est de la souffrance qui sort en lave.

— Maintenant, tu t'habilles, le moineau, a ordonné Vic en me tendant une poignée de vêtements. Je m'occupe de ton baluchon.

Elle a jeté quelques effets dans mon sac de voyage, y a ajouté ma trousse de toilette, le dessus de ma table de nuit : réveil, photos, roman en cours, ce que maman aurait appelé ses « trésors », alors qu'on le sait bien, ce genre de trésors perd son pouvoir en cas de malheur comme, à mon doigt, la bague fétiche de mes quinze ans.

De son côté, Armelle rangeait avec soin dans ma valise à roulettes tout ce qui concernait Agathe et son petit : la pochette-avion, l'enveloppe-tresse et une partie du sac à chagrin. Sans compter le polo râpé, le short en faux satin, l'ersatz de slip et les baskets immondes. Tiens, dans « immonde », il y avait « monde ». Comme dans Monagathe, il y avait Manon et Agathe. À la voir faire, on aurait dit qu'elle rassemblait les pièces à conviction. Il est vrai qu'il y avait eu mort de femme.

L'oisillon voletait de l'une à l'autre. Inquiet de devoir changer de nid ?

De sa voix de dessin animé, il me harcelait de « *perché* » ? « *Perché* partir » ? « Pouquoi pas rester à la *casa* ? » Mêlant italien et français sans effort aucun.

À la demande d'Armelle, je lui ai enfilé l'un de mes sweats à capuche dans lequel il a totalement disparu. Là, sont venues les larmes : « Manon, Manon, tu venir *con me* ? »

Avant de fermer la porte à double tour, j'ai regardé cet appartement où je m'étais sentie si bien, et je me suis demandé avec stupeur si j'y reviendrais un jour.

Vic a rabattu la capuche du petit. Elle l'a attrapé dans ses bras et nous avons descendu les étages, Armelle et moi nous chargeant des bagages. On n'entendait plus que des cris étouffés sous le sweat. J'ai réussi à atteindre une main, elle s'est furieusement agrippée à la mienne et Mano s'est calmé. Nous n'avons croisé personne.

La belle voix de Stanislas interprétait *Le Manège* derrière le voilage tiré de Mme Silva. La voiture d'Armelle était garée tout près. Vic s'est engouffrée à l'intérieur avec son fardeau, je me suis assise devant, à la place du mort. Manège, Mano, mort... Il y a des jours où le dictionnaire s'ouvre tout seul à la bonne page pour vous jeter les mots à la gueule.

La rue était calme, une Black occupait la cabine téléphonique, un homme en costume trois-pièces est passé, journal sous le bras, carton à gâteaux à la main. Armelle a démarré sans hâte. L'oisillon enserrait toujours mes doigts, tordant douloureusement mon bras. Apparemment aucune voiture suspecte ne nous a suivis.

Passé quelques feux, Vic a baissé la capuche du petit et, très vite, les reniflements se sont transformés en piaulements enthousiastes alors qu'il découvrait le carrosse de la reine Armelita, le top étant les boutons qui actionnaient les vitres : encore mieux que l'ascenseur de Babar. Les monter et les baisser l'a occupé une partie du trajet. Ensuite, c'est la ville que l'éléphanteau a regardée, fasciné, comme s'il sortait de sa forêt et n'avait jamais vu autant de maisons, d'animation, de véhicules toutes catégories.

Le temps à giboulées de la veille avait fait place à un soleil trompeur d'avril. Les étalages bigarrés des marchés du samedi fleurissaient tout au long du parcours. Panier au bras, les ménagères s'approvisionnaient pour la semaine. C'était joli, gai, sans surprise. On aurait pu se croire un jour comme les autres.

Y aurait-il encore pour moi des jours comme les autres ?

Midi sonnait quand nous sommes arrivés à bon port.

Imaginez, en plein Paris, un îlot de verdure peuplé de maisons basses entourées de jardins. Vous êtes dans ce qu'on appelle une « villa » : voie privée habitée par des bienheureux que tout l'or du monde ne convaincrait pas de déménager.

Au centre de cette villa, protégée à chaque extrémité par une haute grille munie d'un Interphone, imaginez un hôtel particulier datant de l'Exposition universelle, flanqué d'un tilleul exubérant et d'un saule tortueux, dit « saule de sorcier » par les experts en botanique. Ajoutez-y une pelouse parfaitement entretenue. Vous êtes chez Armelle – donc chez Vic –, au « Pavot ».

La bâtisse était coiffée d'une verrière qui lui donnait un aspect Grand Palais. Ses murs s'ornaient de motifs végétaux où la fleur de pavot, œuvre d'un artiste facétieux, dominait, d'où son nom. Le seul élément que Vic s'était permis d'ajouter au chef-d'œuvre était un panier de basket, son sport favori, fixé à un complaisant peuplier dont le feuillage frissonnant répandait alentour le langage coloré du répertoire de la sportive.

Deux ans auparavant, à la recherche d'une jeune fille au pair sachant cuisiner, ce qu'aucune de mes anges gardiennes n'avait le loisir de faire, elles avaient vu se présenter un jeune homme calme et doux venu de Sumatra, en Indonésie, après que le raz-de-marée, suivant le tsunami, avait emporté tous les siens, l'épargnant par miracle.

Maï avait vingt ans et il était la beauté même. Long, fin, souple comme une liane, une peau abricot, des cheveux jais et, dans ses yeux effilés, cette petite flamme que les épreuves n'avaient pas réussi à éteindre, probable héritage d'ancêtres bouddhistes.

Il savait tout faire, y compris se montrer le plus discret des hommes. Très vite, il s'était retrouvé engagé à plein temps. D'une certaine façon, avec lui, Vic et Armelle m'avaient offert le petit frère qui me manquait.

10.

Il nous a accueillis sur le perron du Pavot, vêtu d'un pantalon noir, d'une chemise blanche et d'espadrilles.

Tandis qu'il descendait les marches pour venir à notre rencontre, Vic a libéré Mano de son sweat et le chaton a été de retour, nu sous mon tee-shirt, coiffé de son épais buisson brun. Maï n'a posé aucune question. Après m'avoir embrassée, le réfugié d'Indonésie s'est accroupi devant l'enfant perdu sicilien dont les petites griffes serraient toujours mes doigts et, sans que celui-ci semble s'en effrayer, il a effleuré de ses lèvres les joues salies de larmes.

Mano a relevé la tête. Ses narines se sont dilatées aux délicieuses odeurs de poulet grillé qui s'échappaient de la maison. Dis-moi, insatiable Minou, depuis combien de temps n'as-tu pas mangé à ta faim ? Et là-bas, dans ton île, étais-tu correctement nourri ? Et si, tout simplement, ces quatre ans que ne s'expliquait pas Armelle étaient dus à un problème de malnutrition ?

« Tout simplement »... Allons, Manon, ces mots-là n'existent que dans les chansons !

Soudain, pour la première fois depuis que nous avions quitté mon appartement, il a libéré ma main.

— *Prego*, Manon...

Les yeux brillants de convoitise, il désignait le ballon de basket rouge au pied du peuplier. J'ai dit : « Vas-y, Pietro », il a foncé et, sous le regard incrédule de Vic, a commencé à le faire danser au bout de son pied.

— Il va falloir le chausser, a remarqué Armelle d'une voix brouillée.

Puis elle s'est tournée vers Maï :

— Manon et le petit vont camper quelques jours chez nous. Peux-tu les mettre dans la chambre « bambou » ? On t'expliquera tout après le déjeuner.

Maï a incliné la tête. Il s'est emparé de mon sac et, laissant le champion à l'entraînement, m'a précédée dans la maison.

Une fine averse de couleur tombant de la coupole Grand Palais éclaboussait les larges dalles du hall lorsque nous l'avons traversé, avant de monter l'escalier de bois sombre qui menait aux chambres.

Mis à part celle de Vic et d'Armelle, chacune d'entre elles portait le nom d'une des espèces végétales qui ornaient les murs de la propriété. J'y avais souvent été invitée à passer le week-end et j'en avais occupé plusieurs. Un jour, je m'étais amusée à les compter : bambou, iris, volubilis, fougère, liane et pavot. Mes amies occupaient, elles, la chambre « femme », autre motif retrouvé fréquemment dans la décoration de l'époque : femmes-fleurs, souples et lascives, parfois vêtues de leur seule chevelure.

Les murs de la chambre « bambou » étaient d'un vert tendre mêlé d'orange. Rideaux et couvre-lits s'ornaient de la plante verticale dont on dit qu'elle mène à la lumière. Dans la salle de bains attenante, une profusion de serviettes attendait les invités.

« Campement cinq étoiles ».

Je n'ai pas entendu Maï refermer la porte.

Maï, Mano, Manon... décidément.

Je suis allée à la fenêtre dont j'ai écarté le voilage. Devant le petit ébloui, Vic exécutait des paniers parfaits. Comme elle était belle ! Comme je l'aimais ! Plus aucun signe de frayeur du côté de Mano. Avait-il compris qu'il était désormais en sécurité, en quelque sorte arrivé à bon port ? Mais que vais-je faire de toi, chaton ? Qui t'a envoyé à moi alors que je ne demandais rien ? Sincèrement, ça allait, j'étais heureuse. Sans doute aurais-je même fini par le jeter sans l'ouvrir, le « sac à chagrin ».

« Il faut que je réfléchisse. »

Le manège a recommencé à tourner dans ma tête et soudain une immense fatigue, une eau épaisse et grise m'a envahie. Y plonger, dormir, m'y noyer.

Trois brefs tintements de cloche ont retenti, indiquant que l'heure du déjeuner était venue. Elle y tenait, Armelita, à sa cloche d'enfance, accrochée au mur, aussi rouillée que sa chaîne. Maison de famille, famille où l'on s'aime, terreau de souvenirs impérissables que nul ne peut vous enlever, sur lesquels le malheur lâche un moment prise.

Ce dont j'avais été privée.

J'ai passé un peu d'eau sur mon visage de déterrée, trois coups de brosse dans mes cheveux et j'ai répondu à l'appel.

Le couvert avait été dressé sur la table ronde de la véranda. Mano trônait sur une chaise équipée de plusieurs coussins. Seul Maï pouvait lui avoir confectionné ce slip fait d'une pièce d'étoffe drapée, qui lui donnait l'allure d'un Gandhi miniature. Son regard s'est éclairé lorsque je suis entrée.

Armelle a pris place en face de lui – pour l'étudier plus à son aise ? –, Vic s'est assise à côté de son amour, Maï et moi avons entouré le chaton.

Le chaton... Pussy... l'oisillon... « Si on l'appelle par

son prénom, Mano-Manon, on n'arrêtera pas de vous confondre », avait déclaré Vic.

Avec ces mots, savait-elle qu'elle me tuait ? Comme Armelle avec son « Il a pris un peu de toi ».

En guise d'apéritif, elle a rempli mon verre de vin rosé gardé au frais dans un seau à glace embué. Lorsque Maï a posé devant l'enfant un verre de jus de fruits pressés, il a tapoté mon bras.

— Coca, s'il te plaît, Manon.

— Il n'y a pas de Coca ici, mon chéri. Mais essaye, tu verras, c'est très bon.

Suivi par le regard attendri de la tablée, il a tendu les deux mains pour saisir son verre, s'appliquant à n'en pas renverser une goutte, et y a trempé ses lèvres.

— *Grazie*.

« S'il te plaît, merci, *prego*, *grazie*... » Qui lui avait appris à être si poli ? En italien comme en français. Celui ou celle qui l'avait élevé connaissait donc les deux langues.

Parmi les crudités, les tomates cerises l'ont enchanté. Il les a disposées en collier sur son assiette, avant de les déguster une à une. Et, alors que depuis la veille je n'avais rien pu avaler, voilà que soudain j'avais faim. C'était d'être entourée, de partager la peine en même temps que le pain.

Maï est l'empereur du riz. Il vous l'accommode de mille et une façons. Pour ne pas heurter le palais de notre invité, il nous l'a servi sans piment ni autre fantaisie.

— Ketchup, s'il te plaît, Manon.

— Allons bon, Coca, ketchup... cet enfant est trilingue, n'a pu s'empêcher de pouffer Vic, s'attirant le regard courroucé d'Armelle.

— *Carino*, essaye avec un peu de beurre, c'est meilleur, a proposé celle-ci.

Le buisson de boucles s'est vigoureusement agité.

— Ketchup dans la *casa de Filomèna.*

Maria ? Tous les souffles se sont suspendus : le premier nom qu'il nous offrait.

— *La casa de Filomèna ? E dov'è, tesòro ?* a repris Armelle, avec un accent italien grand style qui a allumé dans les yeux de Vic, mêlée à l'inévitable moquerie, la petite flamme de la fierté.

En un éclair, le chaton a dégringolé de son trône. Il a trottiné jusqu'aux vitres de la véranda et tendu le doigt.

— *È qui, al mare.*

Au bout de son doigt, nous avons vu battre les vagues. Ne dit-on pas « villa » pour les maisons en bord de mer ?

— *Io so pescare*, a-t-il annoncé fièrement en revenant vers nous, et se tournant tout naturellement vers Maï pour qu'il l'aide à reprendre place sur son siège, tandis qu'Armelle nous faisait signe de ne pas intervenir.

— Tu sais pêcher, Mano ?

Afin de ne pas rompre le fil, le ton se faisait arachnéen.

— *Io so*, a répondu fièrement l'enfant.

— Et tu pêches avec qui ? Avec Filomèna ?

Un rire perlé lui a répondu.

— Pas Filomèna, Eduardo !

Eduardo, un second prénom.

— Si tu veux, *io mostrare a te*, a-t-il ajouté en désignant à nouveau la mer.

Armelle s'est contentée de répondre par un sourire. Le repas s'est poursuivi. Cette fois, c'étaient mes anges gardiennes qui manquaient d'appétit ; chacune son tour. En revanche, nous avions réglé son compte à la bouteille de vin et ma tête commençait à tourner.

Celle de Mano dodelinait. D'un seul coup, avant que

le dessert soit servi, il a piqué du museau dans son assiette. Maï s'est levé aussitôt. Il l'a soulevé dans ses bras avec délicatesse et il l'a emporté comme un trésor.

Nous avons gardé le silence un moment. Armelle l'a rompu la première.

— Avez-vous remarqué l'attitude du petit dans la voiture ? Tout lui paraissait nouveau. Il est probable qu'il n'avait encore jamais vu de ville. Un village ou un hameau, une plage, la mer ont sans doute été jusqu'ici son unique horizon.

Vic s'est ébrouée. Elle a étiré bras et jambes comme on fait lorsqu'on retrouve la terre ferme au sortir d'un long voyage.

— Bordel, quelle histoire ! Où on est, là ? Dis donc, Armelita, si mes souvenirs sont bons, ne dit-on pas que le bambou aide à saisir le temps ? Dans ce cas, au moins, on l'a casé dans la bonne chambre, ton *tesòrino*. Parce que le temps, il nous l'a bel et bien flanqué cul par-dessus tête !

Et, pour une fois, la puriste n'a pas bronché.

11.

Saisir le temps ? Depuis la veille, j'en avais perdu le contrôle. Entre passé et présent, les frontières s'effondraient et je ballotais au gré d'une sombre marée, la pince d'un crabillon accrochée à mes doigts. Merci, Agathe !

Et merci pour le vin rosé, Vic. M'avait-elle saoulée exprès ? Dans un bienheureux brouillard, je l'entendais, relayée par Armelle, raconter à Maï une histoire de fou qui ne pouvait m'être arrivée. Parfois, l'une ou l'autre se tournait vers moi, tentant de m'associer à la farce : « N'est-ce pas, Doudou ? » « C'est bien ça, le moineau ? » Je me gardais bien de répondre. Pas question de sortir des limbes – ni paradis ni enfer – où m'avait envoyée l'alcool. Encore un peu de rosé, s'il vous plaît.

Je me souviens qu'à un moment la main de mon petit frère en intempéries s'est posée sur la mienne et je me suis dit : « Il n'y a que lui qui peut vraiment comprendre. » Il me semble que l'on m'a proposé d'aller refaire la garde-robe de Mano. « Garde-robe »... du Armelle tout craché, ce langage ! Une « garde-robe » pour un crabillon plein de vase. « On ne l'emmènera pas avec nous, ne t'en fais pas, Doudou, pas question de l'exposer. »

À l'abri du rocher Pavot, j'avais cessé de m'en faire.

A-t-il été également question des cheveux de Mano ? Un crabe a-t-il d'autres cheveux que de goémon ?

Je ne me souviens pas du moment où, comme lui, j'ai sombré dans le sommeil.

On a tous vécu ça. Vous ouvrez les yeux et, durant quelques secondes, vous êtes perdu. Ce lieu, ce lit, ces bruits, ces odeurs ne sont pas les vôtres. Où êtes-vous ?

Les premières lueurs du jour me permettaient de distinguer des formes étrangères : un bureau ? Une commode ? Et là, tout près du mien, un autre lit ?

MANO ! Comme le hurlement bref d'une sirène m'a arrachée aux dernières vapeurs du sommeil. Je me suis redressée, le cœur battant, et j'ai tâtonné à la recherche du bouton de la lampe de chevet. La lumière s'est répandue sur les murs vert d'eau de la chambre « nénuphar ». Le second lit était vide.

Fumerolles de souvenirs.

La voix de Maï : « Je dormirai avec le petit. »

La voix d'Armelle : « Tu ne veux pas prendre un bol de bouillon, Doudou ? Ça te ferait du bien. »

Des mains me dévêtent, m'aident à enfiler ce doux pyjama de soie. Des lèvres effleurent ma joue : « Dors bien, le moineau. »

QUELLE HEURE ?

Sur le réveil posé sur ma table de nuit, à côté d'une bouteille d'eau, j'ai lu 6 h 30. Avais-je fait, comme on dit, un tour de cadran ?

DIMANCHE.

Je suis retombée sur l'oreiller.

La voix de Vic : « Si tu as besoin d'aide, on est à côté. »

Mes chéries.

Peu à peu, le brouillard se dissipait dans ma tête. L'incroyable histoire se recomposait. NON. Pas encore ! Pas maintenant ! Je me suis assise. Ma bouche était comme du carton. J'ai bu longuement à la bouteille puis je me suis levée.

Le plancher était lisse et frais sous mes pieds. J'ai fait glisser le long de leurs anneaux les rideaux « nénuphars » : fleurs blanches au pistil d'or sur la sphère vert tendre de la feuille. J'ai ouvert la fenêtre. Le jardin aussi se réveillait, il s'étirait en crépitant, il se coloriait au chant des oiseaux revendiquant leur territoire : « C'est là, c'est moi, gare à ne pas venir vous y frotter. » L'odeur de la pelouse luisante de rosée m'a piqué les narines. Il faisait froid mais le ciel clair annonçait une belle journée.

Une belle journée ?

Je suis restée un long moment sous la douche, les yeux fermés, laissant l'eau, l'eau douce, dissiper les dernières vapeurs nocturnes, revoyant un petit garçon se trémoussant dans ma propre salle de bains tandis que je le décrassais. C'est là qu'une question absurde m'est venue. J'ai repoussé la réponse à plus tard.

Armelle avait laissé pour moi, sur le dossier d'une chaise, un déshabillé assorti au pyjama. Merci, Armelita ! Après l'avoir enfilé, j'ai passé les douces mules blanches que vous offrent ces grands hôtels dans lesquels, sitôt franchie la porte à tambour, vous vous retrouvez sur le tapis roulant des contes, bercé par une musique éthérée, loin du commun des mortels dont vous percevez vaguement, à l'extérieur, le gris bourdonnement, et je me suis dirigée vers la porte.

Tu n'oublies rien, Manon ?

Je suis revenue sur mes pas et, rejoignant le « commun des mortels », j'ai puisé au fond de mon sac l'objet à l'œil argenté que j'ai enfoui dans ma poche.

Le couloir était silencieux. Silencieuses, les chambres « bambou » et la chambre « femme ». J'ai pris garde à ne pas faire craquer les marches de bois de l'escalier, j'ai traversé le hall « Grand Palais », baigné par la lumière laiteuse de l'aube et je me suis glissée dans la cuisine dont j'ai refermé la porte derrière moi. Ouf ! Arrivée !

Dans toutes les cuisines rôdent des odeurs d'enfance. Ce seul mot en ranime la chaleur. À Toulon, lorsqu'« il » n'était pas là, nous nous y réfugiions, Agathe et moi, pour nous livrer à des orgies de chocolat chaud dans lequel nous trempions des tartines de Nutella, tout en nous racontant des bêtises et en riant trop fort exprès.

Si maman était présente, elle nous gâchait tout le plaisir en bourdonnant autour de nous comme une mouche affolée, l'œil rivé à la pendule, calculant le temps qu'il lui faudrait pour tout remettre en ordre, effacer toute trace de fête avant le retour du dictateur.

Et s'il lui prenait la fantaisie de rentrer plus tôt ?

Ce qu'il avait fait le très fameux jour des cheveux massacrés d'Agathe.

Quatre tasses de porcelaine étaient disposées sur la table de bois clair. La brioche coupée sous le molleton de la panetière, entourée de confitures et de miel. Du lait gardé au chaud dans la Thermos. Il n'y avait qu'à appuyer sur le bouton de la machine à café. J'ai appuyé. Puis je me suis versé un verre de jus de fruits et je me suis installée.

Pour la première fois depuis que j'avais trouvé l'oisillon sur mon paillasson, je me sentais l'esprit clair. Prête à faire le point. J'ai commencé par sortir mon portable de ma poche et l'ai posé près de ma tasse. La dernière voix que j'y avais entendue avait dit : « Sauvez-le ! » Le dernier message que j'y avais inscrit, adressé à mes mères : « Venez vite ! » Deux SOS. Ensuite, je l'avais mis hors service. Presque vingt-quatre heures s'étaient écoulées. Que recelait-il ? Qu'allait-il me crier à l'oreille ?

Courage, Manon !

Je l'ai allumé et j'ai formé mon code secret. Une enveloppe est apparue, puis la petite musique indiquant un appel. Mes doigts tremblaient sur le clavier en en prenant connaissance. Marc ! Marc à deux reprises : « Où es-tu ? Qu'est-ce que tu fous ? Appelle-moi. »

Qu'avais-je redouté pour éprouver ce soulagement ?

« Effacer ? Faites le 3. »

J'ai conservé l'amitié.

Le café était passé. Je me suis servie. J'ai ajouté lait et sucre. Tout en tournant la cuillère dans le mélange, je regardais la bague améthyste et je revoyais les mêmes pierres aux oreilles d'Agathe après que maman les lui avait fait percer.

Les avait-elle gardées ?

D'où m'es-tu tombé, l'oisillon ?

La question qui m'était venue sous la douche m'a mordu le cœur. Même s'il s'agissait d'une question absurde, il me fallait y répondre si je ne voulais pas rouvrir en moi un sac à chagrin, à remords : question de conscience.

Si l'on me donnait le choix.

... Je suis venue passer le week-end chez mes anges gardiennes. Il ne s'est rien passé. Pas de Mano sur mon paillasson, Agathe pour toujours silencieuse à Palerme, ma confortable vie entre mes précieuses amies et le passionnant métier auquel j'aspirais depuis l'enfance.

Ou bien.

Agathe de retour avec son cadeau empoisonné, le crabillon à la pince dressée, l'émouvant oisillon apeuré, ma vie dévastée.

Au moins, me mettre au clair avec moi-même, regarder en face mes sentiments et les accepter, quels qu'ils soient, pour pouvoir avancer.

Réponse, Manon ?

Le premier choix sans hésiter : le reniement.

D'une main résolue, j'ai pris une part de brioche, je l'ai beurrée, j'y ai ajouté une couche de ma confiture préférée – cassis. Je l'ai trempée dans mon café au lait, et j'ai fondu en larmes.

J'aurais mieux fait d'étouffer ma conscience, comme mon père.

Il était presque 8 heures lorsque la porte de la cuisine a été poussée tout doucement, vous savez, comme lorsque s'annonce une surprise.

Un petit garçon se tenait sur le seuil, fier comme Artaban.

Il portait un tee-shirt « Star Wars », un pantalon baggy, si large qu'il aurait pu y inviter un copain, et des baskets argentées de champion.

À son poignet, qu'il levait pour me faire admirer, une énorme montre de couleur.

Le buisson brun avait été élagué, juste le nécessaire pour que les yeux émeraude ne soient plus cachés. On fait ça pour certains chiots.

Je lui ai ouvert les bras. Il y a couru.

J'ai choisi de le choisir. Ça se dit ?

Nous avons partagé la brioche.

12.

Si un jour – sait-on jamais – je rendais mes mères de substitution grands-mères, j'étais avertie. Avec elles, les cloches de Pâques, qui avaient caché leurs œufs dans le jardin le week-end précédent, remettraient ça toute l'année : poules aux œufs d'or !

Concernant la « garde-robe » du *tesòrino*, elles avaient pillé les boutiques pour bambins du quartier. Prenant soin, avant l'achat des somptueuses baskets, de mesurer ses royaux petons.

— On en a profité pour couper ses ongles, de vraies griffes ! Je ne te dis pas la galère. Il a fallu s'y mettre à deux, a raconté Vic avec enthousiasme. Un vrai lionceau.

Combien de temps as-tu passé sur les routes, petit sans papiers ? Quels chemins as-tu empruntés pour m'arriver si sale et démuni, petit clandestin ?

En plus de la montre, d'un sac à dos et d'un ballon de foot, le *bambino* avait eu droit – et là éclatait la faiblesse des apprenties mères-grands – à deux produits jusque-là bannis des étagères du réfrigérateur par la propriétaire des lieux : ketchup et Coca-Cola.

— Il faut un début à tout, même à l'hérésie, a rigolé Vic qui s'était résignée, au Pavot, à remplacer les bulles de la fameuse boisson américaine par celles, non moins fameuses, d'un champagne bien français.

— L'exception fait partie de la règle, a décrété Armelle.

— Et deux exceptions ? Moi, par exemple, ai-je risqué.

— Ce n'en serait plus une, d'accord ?

D'accord.

Pendant que, paraît-il, je me la « coulais douce » dans la chambre nénuphar, mes anges gardiennes n'avaient pas chômé. Après leurs emplettes, elles avaient fait un saut chez moi pour avertir Mme Silva qu'elle ne me reverrait pas de sitôt. En effet, après un week-end au vert, j'avais un tournage en province. Bref, pourrait-elle, durant mon absence, garder l'œil sur mon appartement ? L'une ou l'autre passerait prendre le courrier.

— La présence du petit lui a complètement échappé. On a manœuvré comme des chefs, s'est félicitée Vic.

Je n'en doutais pas.

— Si tu es d'accord, on profitera de la sieste du *carino*, après le déjeuner, pour faire un point complet sur la situation, a proposé Armelle.

Là, pas d'accord !

Le temps s'était réchauffé et, durant cette matinée-oasis, une partie de foot, à laquelle tous ont été priés de participer, a été organisée sur la pelouse. Vêtu d'un tee-shirt de champion, short et socquettes assorties, l'oisillon a montré des talents évidents et une expérience digne de ses quatre ans, comme Vic ne s'est pas privée de le faire remarquer à Armelle qui a rétorqué que pour quatre ans il n'était vraiment pas haut.

Durant le match, nous avons glané quelques informations supplémentaires : deux prénoms, Pipo et

Angelo. Plus un *va fà' uncùlo* qui a ravi qui l'on devine.

Il est 13 heures. Le déjeuner, concocté par Maï pour permettre au sportif de refaire ses forces, a été servi dans la véranda. Jambon et *pasta* qu'il noie sous la sauce américaine et arrose de Coca, tout en se léchant les lèvres. Tandis qu'il se régale, cherchant sans doute à me ramener sur mon terrain à moi, Vic me rappelle que demain, lundi, une journée importante nous attend à Issy-les-Moulineaux, siège de Téléphare. Casting pour *J'ai besoin de votre aide*, l'émission dont je suis l'animatrice.

Lancée en janvier dernier, cette émission attire de plus en plus de téléspectateurs. En me permettant d'apparaître sur le petit écran, après quatre années d'apprentissage, Vic m'a offert de réaliser mon rêve d'enfant. Il paraît que je « passe bien ».

« Tu seras la présentatrice. Je serai la vedette que tu inviteras au Vingt Heures. Essaye d'être engagée sur la 2 », fantasmait Agathe.

Pardon, petite sœur, c'est l'après-midi, sur une chaîne de la TNT, inconnue à l'époque, que je passe et, toute proportion gardée, la « vedette », c'est moi.

— On partira tôt. Je t'emmènerai sur Gélinotte.

Cheval de course réputé : la moto de Vic.

Demain, un jour comme les autres ? J'ai du mal à y croire. Sous le regard « psy » d'Armelle, je parviens à plaisanter.

— Et si je me présentais au casting ? *J'ai besoin de votre aide*, une émission faite pour moi.

— Que demanderais-tu aux auditeurs, Doudou ? s'enquiert d'une voix légère le médecin.

Bonne question ! J'hésite sur la réponse lorsque la sonnerie de l'Interphone retentit dans le hall.

À l'exception de Mano, occupé à faire des bulles dans son Coca avec sa paille, nous nous pétrifions.

— Quelqu'un attend-il quelqu'un ? chuchote Vic, comme si le visiteur pouvait l'entendre depuis la grille protégeant le hameau.

Négatif pour tout le monde.

Maï se lève : « J'y vais. »

Tandis que, d'une foulée qui tient davantage de la ceinture noire de karaté que du cheminement paisible du bouddhiste, il traverse le hall, la sonnerie retentit à nouveau : on s'impatiente ! Bien que de la véranda il soit impossible de distinguer l'entrée de la villa, Vic se penche et scrute l'horizon.

La voix de Maï nous parvient dans un silence de plomb : « Résidence Le Pavot, je vous écoute ? »

Il a enclenché le haut-parleur ; la réponse nous libère. Nous échangeons de grands sourires.

— Bonjour, Maï. C'est moi, Marc. Peux-tu m'ouvrir ?

— Une minute, monsieur Marc, s'il vous plaît.

En trois enjambées, il nous rejoint. Le regard de mes amies m'interroge. J'esquisse un « oui ». Armelle file dans le hall.

— Tu es seul, Marco ?

— N'en déplaise à ces dames.

— Je t'ouvre, viens vite.

— En voilà un qui tombe pile poil, tu ne trouves pas, le moineau ? se réjouit Vic.

13.

Mes anges gardiennes m'avaient présenté Marc quatre années auparavant, et certainement pas par hasard. Elles n'avaient pas eu grand mal à découvrir que, du côté vie sentimentale et épanouissement sexuel, je n'étais pas au top. À la vérité, j'avais fait le grand plongeon dont parlait Agathe deux ans après mon arrivée à Paris, avec un résultat désastreux. Un garçon, rencontré au fast auquel j'avais cédé un soir de cafard. Une initiation qui aurait pu porter le nom de l'établissement pour lequel je travaillais.

En deux temps trois mouvements, « sans hors-d'œuvre ni dessert », avait traduit prosaïquement Vic, l'affaire avait été conclue et je m'étais retrouvée sur le drap taché, déchirée corps et âme, pleine de honte et de dégoût de moi-même. Je m'étais juré de ne pas renouveler l'expérience.

Ne l'entendant pas de cette oreille, mes mamans de substitution avaient décidé de m'aider à rencontrer celui qui saurait réparer les dégâts et, s'adressant directement au ciel, m'avaient fourni une série de prétendants, tout droit sortis d'un célèbre hebdomadaire catho. À leur grande déception, aucun n'avait réussi à réchauffer mon cœur ni ma libido.

Jusqu'à Marc.

Ami de mes protectrices, récemment divorcé, dix ans de plus que moi – un atout selon elles –, Marc exerçait avec talent le métier d'avocat. Il était bel homme, tendre et compréhensif, et avait su attendre mon bon plaisir pour m'en donner un peu. Ni à la folie ni pas du tout car, si certaines parties de mon anatomie réagissaient à ses caresses, aucune tempête ne m'avait emportée lors du fameux plongeon.

Bon ! Bien ! J'étais frigide, et après ?

Après, Marc avait rencontré Liliane, enseignante en droit, femme libérée, et s'était produit un coup de foudre non prévu par les entremetteuses qui se bagarraient déjà sur le choix de ma robe de mariée. Nouvelle déception, notre aventure avait pris fin, laissant place à cette tendre amitié entre « ex », pour moi irremplaçable.

— Ta présence ici et l'arrivée de Marc ont-elles un lien ? m'a demandé Armelle en revenant dare-dare vers nous après avoir ouvert la grille.

— Il m'a appelée vendredi soir à la maison. Mano venait de débarquer. Je ne lui ai rien dit, ai-je avoué. Je n'ai pas non plus répondu aux messages qu'il a laissés sur mon portable. Il doit se douter de quelque chose.

— Tu m'étonnes ! a dit Vic en levant les yeux au ciel. D'accord pour le mettre au parfum ?

— Tu sais que nous pouvons compter sur sa totale discrétion, a renchéri Armelle.

J'ai regardé mon crabillon aux prises avec un esquimau, un Magnum chocolat, vanille, double caramel, même provenance que ketchup et Coca-Cola – troisième hérésie qui m'avait échappé –, et je me suis rendue.

Il était temps ! Un grondement de moto faisait frémir la paisible allée de la villa.

Mano a tendu l'oreille.

— Toi, Minou, tu ne bouges pas, a ordonné Vic en faisant les gros yeux.

Il a replongé les moustaches dans son esquimau.

Marc s'engageait dans le jardin, son casque sous le bras, lorsque nous sommes sorties sur le perron. Armelle m'a donné une petite poussée. Je suis allée seule à sa rencontre.

Avec ses longs cheveux châtains, sa courte barbe, ses yeux clairs derrière les élégantes lunettes de vue, je l'ai trouvé beau. Et, reconnaissant son eau de toilette alors qu'il m'embrassait, j'ai regretté de l'avoir seulement aimé « bien ».

— Quel bon vent ? ai-je demandé d'une voix épouvantable.

— Arrête de me prendre pour un imbécile, veux-tu ? Vendredi, tu me racontes des fariboles. Samedi, mademoiselle est injoignable, elle ne daigne pas répondre à mes appels. Et ce matin, ta gardienne m'apprend que tu es partie elle ne sait où, pour elle ne sait combien de temps...

— Tu es passé chez moi ? l'ai-je interrompu, une douce chaleur se répandant dans ma poitrine.

Il a tapoté mon front.

— N'oublie pas, Manouchka, que tout ce qu'il y a là-dedans, je le connais par cœur.

Non ! Pas « tout » ! Les larmes sont montées.

Marc s'est tourné vers Vic et Armelle qui s'étaient discrètement rapprochées et le couvaient d'un air plein de regret.

— Quant à vous, je vous avertis. Je ne partirai d'ici que lorsque vous aurez craché le morceau.

C'est cet instant que Mano a choisi pour jaillir sur le perron, magnum au poing.

Découvrant le nouveau venu, il a lâché sa glace, dégringolé les marches au risque de se rompre le cou et il s'est jeté dans ses bras.

— *Padrino !*

Traduction « parrain ».

— Morceau de choix, a remarqué Vic, hilare.

14.

« Padrino » a été épatant. Il s'est laissé léchouiller les joues sans broncher, tirer les poils de sa barbe et voler ses lunettes par l'oisillon extasié, tandis que chocolat, vanille et double caramel pleuraient en gouttes épaisses sur les marches de pierre usées par les années.

C'est seulement lorsque Marc l'a redéposé sur le sol, avec toute la douceur souhaitée, qu'un doute a semblé l'effleurer. Ses yeux sont passés des souliers cirés au jean impeccable. Ils sont remontés sur l'élégant pull cachemire ras du cou, qui apparaissait sous le blouson de cuir et il a répété, cette fois avec une interrogation douloureuse : « *Padrino ?* »

Marc s'est tourné vers nous. Constatant que Vic ne songeait plus à rire, il a compris la gravité de la situation et il s'est accroupi devant le petit.

— *Padrino, sì !*

Le sourire du chaton est revenu. Il a pris la main de l'avocat et, lorsqu'il l'a portée à son front, puis à sa poitrine, puis à droite, enfin à gauche, la lumière s'est faite. Le signe de croix.

Padrino, padre : un curé.

— Je te présente le fils d'Agathe, ai-je bredouillé. Mano, mon neveu.

Il dort. Pour le convaincre de lâcher la main de Marc, il a fallu toute la fermeté d'Armelle et la patience sans limites de Maï. En postulant au titre de jeune homme au pair, celui-ci était loin de se douter qu'entre autres tâches, il aurait à remplir celle de nounou.

Les pièces à conviction ont été disposées sur la table basse du salon, table kitsch, mélange de bois et de faïence, une pièce unique, commandée par les grands-parents d'Armelle à un artiste réputé.

Aurait-il pu imaginer, l'artiste, que son œuvre, conçue pour l'agrément, porterait un jour ce puzzle infaisable, mêlant la vie et la mort ?

Lambeaux de vêtements, médaille, photo, et cette tresse de cheveux blond passé que l'on frissonne à regarder.

C'est Armelle qui, à ma demande, a exposé les faits et, tandis qu'elle racontait l'étrange histoire de sa voix posée, une sorte de paix est revenue en moi. Rien n'est inexplicable. Pour un peu, je me serais dit : « Tout va s'arranger. »

Ben voyons !

Marc contemple les photos tout en buvant à petites gorgées une deuxième tasse de café.

— Un avis personnel, Armelita ?

— Sous réserve du résultat des analyses d'ADN, je pense que le petit est bien le fils d'Agathe. La seule chose qui me trouble est l'âge qu'il dit avoir : quatre ans. Son développement physique comme les réponses qu'il a apportées à mes questions semblent indiquer plusieurs mois de moins.

— Ça la reprend ! soupire Vic en levant les yeux au ciel. Autant que tu sois prévenu, Marco. Notre scientifique fait une fixation sur l'âge du chérubin. Elle lui a demandé en quelle année Einstein avait reçu son prix Nobel, il a hésité, et voilà ! Comme si quelques mois de plus ou de moins changeaient la donne. Il est là, il est là, non ?

— Dans la mesure où nous ignorons tout sur sa naissance, ces quelques mois peuvent avoir leur importance, la reprend Marc avec patience.

Il se tourne vers moi.

— Manouchka, te souviens-tu de la date exacte à laquelle ta sœur a... disparu ?

— La date exacte ? Non, avouai-je. Quand la police est venue apprendre la nouvelle à mes parents, Agathe était morte depuis un certain temps. L'incendie avait fait d'autres victimes. Il avait fallu identifier les corps. Ce dont je suis certaine, c'est que papa m'a appelée début septembre, le 3 au soir.

Je venais de rentrer de vacances : une dizaine de jours en Bretagne, chez les parents d'une amie. Je n'habitais pas encore mon bel appartement. Je louais une chambre de bonne, transformée en studio, W-C sur le palier. Papa avait une drôle de voix, pleine de rocaille. Derrière lui, j'entendais sangloter maman. Je refusais de croire à ce qu'il me disait. Ce n'était pas possible, Agathe ne pouvait pas être partie comme ça, sans que nous ayons fait la paix. Sans que J'AIE fait la paix. Que m'importaient les dates ? Je n'entendais que deux mots : « plus jamais ».

— Crois-tu que le petit puisse mentir en affirmant avoir quatre ans ? demande Marc à Armelle.

— Certainement pas ! Quelqu'un le lui a mis dans la tête.

Marc consulte les notes qu'il a prises durant le récit d'Armelle et ajoute quelques mots dans la marge.

— Il ne sera pas difficile de retrouver la date de l'incendie. Manon, as-tu vu le ou les papiers remis à tes parents par la police ?

— Je ne sais plus s'il y en avait plusieurs. Je n'étais pas en état de lire vraiment.

— Es-tu certaine que nulle part un enfant n'était mentionné ?

— Mais comment veux-tu ? C'est impossible !

J'ai crié. Elle est absurde, sa question. Si un enfant avait été mentionné, serions-nous là à nous torturer les méninges au sujet d'un oisillon crasseux déposé sur mon paillasson ? Si un enfant avait été mentionné, sans doute maman aurait-elle vécu dans l'idée – l'espoir ? – qu'il pourrait avoir besoin d'elle.

Le regard d'Armelle cherche à m'apaiser, celui de Vic assassine Marc.

— Pardonne-moi, chérie. N'oublie pas que je débarque dans cette histoire. Je me dois de poser toutes les questions, même les plus invraisemblables.

— Le gamin est né juste avant l'incendie où ses deux parents ont péri. Ils n'ont pas eu le temps de le déclarer, voilà tout, bougonne Vic.

— Et pourquoi la personne chez qui il se trouvait ne l'a pas déclaré elle non plus ? objecte Marc.

— Attendez, intervient Armelle. Il est évident qu'Agathe a caché sa grossesse. Elle n'est pas la première. Nous en avons eu de nombreux exemples ces dernières années : des femmes qui arrivent jusqu'à l'accouchement sans que nul, à commencer par leur mari ou leur compagnon, ne se soit douté de leur état.

— Parole de spécialiste, tente de plaisanter Vic.

— Résumons, reprend Marc. Agathe confie le nourrisson à une personne à qui elle fait confiance pour garder le secret. Sur ce, survient l'incendie et ladite personne le garde. Elle le cache, l'élève sans révéler son identité. Jusqu'à ce que, pour une raison que nous ignorons, elle décide de le ramener en France. Ou plutôt, de TE le ramener, Manon. Reste à savoir pourquoi.

« Sauvez-le ! »

— Mais c'est clair, non ? Parce qu'il est en danger. Sinon Agathe l'aurait déclaré.

— C'est sûr, acquiesce Armelle. Cela aussi, nous le savons tous. Nous ferions mieux de réfléchir à autre chose. Quelque chose, pour moi, de très significatif.

Tous les regards se tournent vers elle. Pourquoi ai-je si peur, soudain ? Envie de me boucher les oreilles. « Accusée, levez-vous ! »

— Vas-y, la relance Marc.

— Dès le départ, si l'on peut dire, tout semble avoir été calculé dans l'optique d'un retour en France du petit et de sa prise en charge par Manon. La personne qui l'élève lui apprend à baragouiner le français. Elle lui montre des photos de famille et lui explique ce qu'elles représentent afin qu'il sache qui était sa mère. Et qu'il te reconnaisse, Manon.

Le premier mot qu'il a prononcé : mon nom.

Mano élevé dans le but de m'être confié.

De la fenêtre de sa chambre, à Toulon, Agathe regardait s'éloigner les bateaux. « Un jour, je partirai, se promettait-elle. Loin. Tu me garderas une petite place chez toi pour quand je reviendrai, promis ? »

Dans un brouillard, j'entends la voix de Vic. Sauve-moi, Vic ! Contredis mes juges.

— Tout ça est bien joli. Mais comment cette personne a-t-elle fait pour retrouver Manon ?

— Elle était la confidente d'Agathe. Elle savait que Manon vivait à Paris. Et, que je sache, Manon n'est pas sur liste rouge.

Alerte rouge.

D'un seul coup, les digues ont lâché. Mes yeux ont débordé. J'ai crié :

— C’est de ma faute. Tout est de ma faute.

D’un même mouvement, Vic et Armelle se sont levées. Je ne pouvais plus compter les bras qui m’entouraient. Je cherchais à m’en dégager.

— Pourquoi vous ne me croyez pas ? C’est de ma faute si elle est morte. Je l’ai chassée.

— Arrête de déconner, le moineau, a crié Vic plus fort que moi. On t’aime.

15.

C’était bien le problème.

Vous édifiez, année après année, des murailles autour de votre faute, votre très grande faute. Bon an, mal an, vous parvenez à vivre avec, vous avez même de bons moments, ceux qu’on appelle de « rémission ». Et ce sont vos plus proches, vos amis de cœur, qui, vous ouvrant le leur, vous manifestant leur amour et leur compassion, pulvérisent vos fortifications de papier mâché et remâché par les larmes.

« On t’aime. »

Donnez-moi des indifférents, des insensibles, et même des ennemis, qui vous obligent à garder votre cuirasse.

Vic, Armelle, Marc... sans compter le regard fraternel de la victime du tsunami, c’était trop.

J’ai vingt et un ans, Agathe dix-sept. Je suis descendue à Toulon pour l’anniversaire de maman, ma sœur me vole ma carte bancaire et vide mon compte.

« Dégage, Agathe. Je ne veux plus te revoir, jamais ! »

Amen ! Je n’aurai plus jamais de nouvelles.

J’ai gueulé, j’ai sangloté, la phrase assassine, cadenassée depuis sept ans au fond de mon cœur. Bien sûr que si je n'avais pas bouté ma sœur hors de ma vie, elle n'aurait pas perdu la sienne. Évidemment, elle m'aurait donné son adresse en Sicile, invitée à venir la voir, confié qu'elle était enceinte, révélé qu'un danger la menaçait, appelée à l'aide, sachant bien que sa bêtasse de sœur serait accourue au premier coup de sifflet pour lui porter secours.

J'avais rompu le pacte des améthystes. « On les portera toujours, même la nuit, promis, Manon ? » J'avais abandonné mon Agathe dans sa nuit. Et, pour pénitence de mon péché mortel, elle m'envoyait du ciel un petit orphelin doté de son regard turquoise.

Confesseurs et confesseuses malgré eux ont pris le temps de m'entendre. Ils ont eu l'intelligence de ne pas me chercher d'excuses, ni de m'offrir d'absolution. J'étais la seule à pouvoir me pardonner.

J'ai compris à cet instant-là que ce ne serait qu'en reprenant la main de ma sœur et en refaisant avec elle tout le chemin de croix, depuis le jour de la rupture, que j'y parviendrai. Quoi qu'il doive m'en coûter de larmes et de sang.

Je partirai sur tes traces, Agathe !

— Un canard, le moineau ?

Vic tend vers mes lèvres un sucre imbibé de Williamine, l'alcool de poire, son péché mignon, dont elle a rempli trois petits verres pour les grandes personnes : Armelle, Marc et elle. Maï ne boit pas d'alcool. Celui-là est trop fort pour moi.

Je prends, ça brûle, c'est bon.

Le péché mignon de Vic est la Williamine, celui d'Armelle, les cigarillos commandés à Genève chez le fameux Davidoff. Qui songerait à interdire de fumer au Pavot ? Maï lui-même s'y est mis. En ce qui me concerne, une certaine odeur de cannabis, flottant autour d'un mémorable anniversaire, m'a vaccinée à vie.

Non merci.

Monté faire un tour à l'étage, Maï vient de redescendre les yeux brillants.

— Il dort.

Avec lui, j'ai trouvé un petit frère. Sera-t-il un jour le grand frère de Mano ?

Soudain, je me sens plus légère, soulagée de la faute encore jamais avouée à personne. Je sais bien que cela ne règle en rien les problèmes à venir mais comme c'est bon à prendre !

Près de la fenêtre donnant sur le jardin où, dans de crépitants murmures, se fourbissent des amours de printemps, Marc discute à voix basse avec mes anges gardiennes tout en me surveillant du coin de l'œil. Il m'est arrivé de me demander si, entre les deux, il avait une préférence. Mauvaise question : l'une n'allant pas sans l'autre, vous prenez la paire ou pas.

Je lance :

— Vous avez fini vos cachotteries, là-bas ?

Ils reviennent vers la table d'où une main charitable a fait disparaître les pièces à conviction, ne laissant que les photos.

— Ça va mieux, Manouchka ? demande Marc.

— Ça baigne. Qu'est-ce qu'on attend pour continuer ?

— Sûre que tu ne préfères pas remettre à plus tard ?

— Je croyais qu'il y avait urgence.

Les sourires refleurissent. Que personne ne s'avise de me dire que je suis courageuse. Je profite de l'accalmie, je galope pour que la souffrance ne me rattrape pas. C'est tout.

— Pour commencer, j'ai une question à vous poser,

mademoiselle. Acceptez-vous de me prendre pour avocat ?

— Oui, répondent Vic et Armelle en chœur.

— Cela signifie que vous devrez m'accorder toute votre confiance, ne rien chercher à me cacher, suivre mes instructions à la lettre, poursuit Marc imperturbable.

— À la lettre ! réitère le duo.

— C'est d'accord, dis-je.

Mon avocat se place de façon à me faire face.

— Alors, on y va. Cet Ernesto Vitali, que saviez-vous de lui, tes parents et toi ?

— Rien. Sinon qu'il était Sicilien.

Maman promenait son doigt sur la carte : « Tu me dirais, Manon, si tu apprenais quelque chose. »

— L'homme qui a déposé le petit devant ta porte, il n'a rien dit d'autre que « Sauvez-le ! » ?

— Rien d'autre. Avec un accent étranger à couper au couteau.

— Et d'où penses-tu qu'il t'a appelée ?

— De la cabine téléphonique de ma rue.

Trois regards stupéfaits accueillent l'affirmation.

— Tu l'as vu ? souffle Vic.

— Non, mais il a tout fait pour ne pas être repéré, alors il n'allait pas s'amuser à utiliser un portable. Et puis il n'avait pas une voix à ça.

Un rire court, qui détend l'atmosphère.

— OK pour la « voix pas à ça », acquiesce Marc en souriant. Ce qui ne nous empêchera pas de la rechercher pour l'étudier.

Il consulte ses papiers.

— Autre chose. Ton interlocuteur a fait ses dépôts en deux temps. Vendredi soir, l'enfant et la pochette. Samedi matin, l'enveloppe contenant la tresse. Comment expliques-tu ça ?

— Il voulait être certain que je garderais Mano. J'ai failli appeler les pompiers.

— Et tu ne l'as pas fait...

— À la seconde même où j'ai vu ses yeux, j'ai su que c'était le fils d'Agathe. Je n'avais plus le droit.

Je pose brièvement la tête sur l'épaule de Marc :

— Pas plus que celui de parler à mon ex.

Comme la légèreté s'est vite envolée. Pourtant, il en prend, des gants, pour m'interroger, mon avocat ! Vic tend vers mon bec un second « canard ». Je reprends. Tant pis.

— Puis-je donner ma version pour les « dépôts en deux temps » ? demande Armelle en posant son cigare sur le rebord d'un cendrier après en avoir tiré une profonde bouffée.

— Tu puis-je, chérie. À condition d'employer un langage accessible à nos QI déficients. Et d'y mettre du doigté, répond Vic en me désignant du menton.

Tous les regards reviennent vers moi. Je crâne.

— Vas-y !

— Manon l'a dit elle-même. Son interlocuteur voulait s'assurer qu'elle garderait Mano, avant de lui donner une preuve supplémentaire concernant la filiation.

Marc approuve :

— Les cheveux, et aussi la photo, la médaille... Son but étant que les origines puissent être clairement établies.

— Vous avouerez que ce n'est pas banal qu'Agathe ait emporté cette maudite tresse en Sicile. Moi, je l'aurais bazardée vite fait, s'étonne Vic.

Je m'efforce de plaisanter :

— N'oublie pas que c'est de famille. On adore les sacs à chagrin. Et, comme tu vois, ça peut servir.

Et, soudain, une évidence me poigne. Sans l'incendie, Agathe serait rentrée en France avec Mano. Elle avait tout préparé. Sans l'incendie, c'est elle qui aurait frappé à ma porte, elle serait là, ils seraient là. Et voilà bien une nouvelle preuve de sa mort à laquelle il m'arrive encore de refuser de croire : elle a survécu... elle se cache quelque part... elle m'envoie son petit pour que je le protège.

— Normal que ce genre de pensées te tourmente, m'a rassurée Armelle. On ne fait pas son deuil avec trois lignes sur un papier. Tu penses à quelque chose, Doudou ? demande-t-elle.

Aux « trop tard », aux « si » meurtriers. Ça ne finira donc jamais ?

— À rien.

Je lui pique son cigarillo, j'en tire une bouffée, je m'étouffe dans une quinte de toux. Je ris et je pleure à la fois. Cela s'appelle une « diversion » et, le plus hilarant, c'est que ça marche. Vic me tapote le dos, Maï court me chercher un verre d'eau, Armelle me tend une poignée de mouchoirs en papier.

Je bredouille :

— Dégueulasses, tes Davidoff ! Ne m'en propose plus jamais.

— Entendu, promet Armelle résolument.

Et c'est « je t'ai entendue » que je comprends.

16.

Quinze heures ont sonné au cartel doré suspendu au mur. « Cartel »... Pas si riche que ça, la langue française ! Ne dit-on pas aussi le « cartel de la drogue » ?

Marc a vérifié sur sa montre. Par la porte ouverte, il a jeté un coup d'œil dans le hall.

— Essayons d'établir un programme avant le réveil de... mon filleul, a-t-il proposé en rassemblant ses notes. Pour ma part, je prendrai contact dès demain avec le juge des tutelles de ton quartier, Manon, pour l'avertir de l'arrivée du petit chez toi. Pardon, chez sa tante.

— Le juge des tutelles ? me suis-je écriée, ne comprenant pas son ton léger. Mais il va nous l'enlever ?

— C'est si nous sommes soupçonnés de vouloir le cacher qu'il nous l'enlèvera, a répondu Marc. Et ne t'inquiète pas, j'ai bien l'intention d'en obtenir la garde durant les recherches.

— Les « recherches » ? s'est renseignée Armelle.

— Le terme exact est « recherches dans l'intérêt des familles ».

— Et pourquoi LES familles ? s'est enquise Vic, agressive.

— Mano en a obligatoirement une en Sicile.

— Mais Ernesto et Agathe n'étaient pas mariés. Là, j'en suis sûre. C'était marqué « compagnon » sur le papier : « Mlle Agathe Vignon et son compagnon. »

— Ce qui n'empêche que, jusqu'à preuve du contraire, c'est lui le père de l'enfant.

Un silence consterné s'est abattu.

— Vu la complexité de la situation, ces recherches devraient prendre un certain temps. De notre côté, nous n'allons pas rester les bras croisés, a déclaré Marc.

— On est tes hommes ! a clamé Vic.

— Qu'attends-tu de nous ? a demandé Armelle en attrapant le stylo laissé par Marc sur la table et en tirant une feuille devant elle.

— Toi, Armelita, tu te charges des analyses d'ADN. Mano, Manon, Agathe. Quand bien même les résultats ne semblent faire aucun doute, nous devons les avoir à disposition le plus rapidement possible.

— Fin de semaine ! Veux-tu que je fasse également pratiquer des tests de vieillissement sur la tresse ainsi que sur l'écriture de l'enveloppe qui la contenait ? a proposé Armelle. Je sais à qui m'adresser.

— Comme quoi, la gynécologie mène à tout, a persiflé Vic, mais l'amoureuse admiration dans son regard n'a échappé à personne.

— Excellente idée, a approuvé Marc.

Il s'est tourné vers moi.

— Toi, Manouchka, tu ne changes rien à tes habitudes. La vedette reprend le travail dès demain comme si de rien n'était.

J'ai grimacé un sourire. Vu la vie en miettes de la vedette, c'était joliment présenté.

— Et pour moi, il reste quelque chose ? a demandé Vic.

— Tant que nous ne connaîtrons pas la nature de la

menace qui pèse sur l'enfant, tu t'occupes de sa sécurité. Il me semble qu'elle ne peut être mieux assurée qu'ici.

— Oui ! est intervenu Maï de sa voix « ceinture noire ».

Marc lui a souri.

— Pour l'instant, il me semble inutile d'ébruiter sa présence au Pavot, a-t-il ajouté.

— Il m'arrive de savoir la boucler, cher maître, a rétorqué Vic.

C'est à cet instant qu'il est apparu.

Coiffé du casque que Marc avait laissé dans l'entrée et qui, sur lui, prenait des allures de scaphandre, visière baissée, égaré dans un tee-shirt clouté d'argent, petit frère d'ET, tombé d'une planète inconnue.

D'où viens-tu ?

Nous découvrant, il s'est immobilisé.

— Laissez faire *padrino*, a chuchoté Marc.

Sans hâte, il est allé vers l'enfant et il lui a tendu la main. Mano s'en est saisi. Et comme il trottinait vers nous sur ses pieds nus, toutes nos supputations, nos interrogations, nos doutes, se sont délités, évaporés, ne laissant que ce tout petit à protéger envers et contre tout, envers et contre tous. Et l'ordre était si impérieux que nous nous sommes levés.

Parvenu à nous, Marc a lâché la main de l'enfant. Il s'est accroupi pour se mettre à sa hauteur et il a soulevé la visière opaque. Deux yeux que les larmes rendaient plus bleus sont apparus. J'ai senti le frémissement de Maï, prêt à s'élancer.

— Si tu veux, je t'emmènerai sur ma moto et tu auras un casque rien que pour toi, a dit Marc. D'accord ?

Le petit a fait « oui » et, cette fois, Marc lui a retiré le casque.

Il y allait avec une grande douceur. On voyait qu'il avait l'habitude des enfants avec Jade, trois ans, ma filleule. Un sanglot dans la gorge, j'ai prié pour qu'il soit un jour le parrain de Mano.

Un visage chiffonné est apparu, deux lèvres gonflées, la petite averse de boucles brunes. Il ressemblait à ces angelots que l'on voit sur les toiles des peintres de la Renaissance. Comme tu aurais été fière de lui, mon Agathe ! Comment accepter que tu ne l'aies connu que nouveau-né ?

— *Un casco con una visiera ?* a demandé la voix ET.

— *Con una visiera*, a promis Marc en posant le casque sur la table, près des photos sur lesquelles l'oisillon a promené le bec avec curiosité. Mais d'abord, tu dois me dire ton nom.

Son nom ? J'ai croisé le regard incrédule de Vic et d'Armelle. Ne l'avions-nous pas répété cent fois à Marc ? Mano, bien sûr !

— Mano, a confirmé l'enfant.

— Mano comment ?

Un vertige m'a traversée. Aucune de nous, même la rigoureuse Armelle, n'avait songé à lui demander son nom de famille. Mano Vignon, c'était évident.

« Jusqu'à preuve du contraire, c'est Ernesto le père de l'enfant. »

Il m'a semblé que mon cœur s'arrêtait de battre. Et s'il répondait « Vitali » ?

Il a remis le nez dans les photos. Il y a puisé celle d'Agathe avec son chat dans ses bras.

— Je m'appelle Mano Leprince, comme *il gatto*, et j'ai quatre ans, a-t-il répondu avec force.

« Celui-là, personne ne me le prendra. »

À nouveau, la voix d'Agathe m'est parvenue. Cette fois, c'est elle qui m'a ordonné : « Sauve-le ! »

17.

Jasmine a trente-trois ans, un fils qu'elle élève seule avec son salaire d'aide-soignante dans un hôpital parisien. La banlieue « sensible » où elle habite a, peu à peu, été abandonnée par les transports publics. Dans la nuit du 24 décembre dernier, sa voiture ainsi que plusieurs autres ont été transformées en feu de joie par des imbéciles. Feu de détresse pour leurs propriétaires, tous modestes. Joyeux Noël !

Depuis, nous raconte la jeune femme, les larmes aux yeux, c'est la galère pour se rendre à son travail. Une bonne demi-heure de marche jusqu'au RER, trajet qu'elle effectuait en voiture avant la nuit fatale, et, chaque soir, au retour, l'angoisse en pensant à son « grand », onze ans, livré à lui-même après l'école. Il lui arrive, malgré l'épuisement, de courir.

Jasmine reconnaît sa faute : elle n'avait pas renouvelé son assurance, trop chère. Son vœu est modeste : une voiture d'occasion qu'elle pourra payer par mensualités, cette fois en s'assurant, promis ! « J'ai besoin de votre aide. »

René, lui, est horloger. Il travaillait, secondé par sa femme, dans une ville moyenne des Hautes-Alpes, ébranlée jour et nuit par le passage de poids lourds. À peine s'il entendait la sonnerie de ses pendules.

Parvenu à la retraite, il a fermé boutique et vendu tout ce qu'il possédait pour réaliser son rêve : une maisonnette à la campagne, loin du vacarme, près d'une rivière à goujons. Le rêve s'est vite transformé en cauchemar lorsqu'il a découvert que la maison était insalubre. Sous la couche de peinture fraîche, passée par un vendeur sans scrupules, de gros champignons de salpêtre ont gonflé. Les murs se fissurent, l'humidité est partout. Responsable, la rivière, dont le propriétaire avait omis de lui révéler qu'elle débordait régulièrement, ainsi que l'absence de cave.

Comme Jasmine, René reconnaît sa faute. L'opération s'est faite par petite annonce. La maison n'était pas chère, il a signé sans prendre d'avis autour de lui. Depuis, sa femme déprime, leur fils unique, expatrié au Canada, ne peut rien pour eux. Le vendeur a quitté la région. Ruiné, René cherche un avocat qui accepterait de se charger, bénévolement, de son cas. Le petit homme soigné, aux cheveux blancs et aux verres à double foyer, ajoute à son « j'ai besoin de votre aide » un déchirant « s'il vous plaît ». Un monsieur bien élevé qui devait plaire à ses clients.

Jasmine et René, deux parmi la trentaine de candidats qui patientaient dans le salon d'attente de Téléphare quand nous sommes arrivées, Vic et moi, ce lundi à 10 heures. Trente regards d'espoir qui nous ont escortées tandis que nous allions vers le bureau où nous attendaient Christophe, le réalisateur, et Damien, l'assistant de production. Nous devrons avoir trouvé, avant ce soir, les quatre personnes qui assureront le mois de juin, avant la pause été. Quelques candidatures seront gardées en réserve au cas où.

J'ai besoin de votre aide est tourné en direct. C'est

plus risqué qu'en différé, où il y a toujours moyen de rattraper les choses en cas de pépin, mais Vic y tenait dur comme fer. En direct, les participants sentent la présence des téléspectateurs, ils s'adressent à eux les yeux dans les yeux, conscients de n'avoir pas droit à l'erreur. L'émission est plus vive, la tension palpable.

Cela avait donné, lors de notre troisième émission, ce routier, baraqué comme King Kong – surnom donné par les copains –, à la recherche de sa mère qui s'était, selon ses dires, « évanouie dans la nature » lorsqu'il avait quinze ans. Si King Kong avait décidé de sillonner les routes, n'était-ce pas dans l'espoir de la prendre un jour en stop ? (Rires de l'intéressé.) Il avait vu notre émission dans son camion. Depuis, ça le démangeait de lancer un appel à la « déserteuse de foyer » ; sait-on jamais ? (Nouveaux rires.)

Il avait passé le casting haut la main. Forte présence et humour en prime. Et voilà que le grand jour venu, formulant sa demande, le costaud et joyeux King Kong explose en sanglots : « Maman, maman, où tu es, maman ? » Un petit garçon perdu. Sur le plateau comme en régie tous retenaient leurs larmes. Alors, bien entendu, dans les chaumières, cela avait été l'inondation. Une marée d'appels avait submergé Téléphare, King Kong n'avait pas retrouvé sa mère mais l'émission était lancée.

Tandis que nous recevons les postulants, j'entends la voix d'Armelle, hier, répondant à ma boutade : « Et si je me présentais ?

— Que demanderais-tu, Doudou ? »

Aidez-moi à retrouver la trace de ma sœur décédée. À refaire le chemin qui l'a conduite à me confier son fils. Aidez-moi à me réconcilier avec moi-même.

Aucun doute. Ma candidature serait rejetée, avec tous les égards réservés aux foldingues.

— Bonne pioche ! se réjouit Vic à la cafétéria où nous déjeunons de club-sandwiches, copieusement arrosés de Coca, bu à la santé du Pavot et de sa propriétaire – on l'aime quand même – en compagnie de Christophe et de quelques autres membres de l'équipe.

Jasmine et René ont été retenus. Nul doute que les deux autres candidats seront trouvés avant ce soir. Dès demain, l'assistant de production pourra entrer en action. Il se rendra sur les lieux cités par les invités et interrogera le voisinage afin de vérifier leurs dires. Dans une quinzaine, les élus seront convoqués au studio – tous frais payés – où le déroulement de l'émission leur sera expliqué en détail et des essais organisés.

Je consulte ma montre. Combien de fois cela m'est-il arrivé durant cette matinée ? Que fait-il ? Où est-il ? Comment vas-tu, Mano Leprince ? L'assurance avec laquelle il nous a, hier, lancé son nom et rappelé son âge, montrait bien, si nous en avions encore douté, que ceux-ci lui avaient été mis dans la tête par une personne craignant que son existence soit découverte. De quelle menace est-il l'objet ? Qui peut t'en vouloir, mon crabillon ?

— Vous m'excusez une minute ?

Suivie par le regard indulgent de Vic, je m'éloigne, mon portable à la main. Arrivée à la baie, je forme le numéro du Pavot. Maï décroche aussitôt.

— Tout va bien, Manon. On a joué au ballon. Il a dessiné. Pour déjeuner, nous avons mangé des pâtes. Il dort. Il t'a demandée.

Je raccroche sur ces mots, si doux, si lourds. Et si j'appelais Marc pour savoir où il en est ? Où nous en sommes. Trop tôt. Ce soir.

Je remets le portable dans ma poche et, la mine faussement dégagée, je regagne la table où Vic, seule, boit un café en faisant la grimace : « Du jus de chaussettes... » Ça ne l'a pas empêchée d'en commander un pour moi.

— Alors ?

— J'ai eu Maï. Pas de problème. Tout roule.

Elle a un soupir aussi faux que mon air dégagé.

— À propos de rouler, il va falloir que je trouve un casque pour le chaton. Tu crois que ça existe autrement qu'en jouet ? Parce que, la balade, je n'y couperai pas.

Il fallait voir les yeux exorbités du Minou quand, ce matin, elle a sorti du garage une moto aussi « top » que celle de Marco. Il a eu droit à la même promesse.

L'après-midi s'est passé sans encombre. À 18 heures, le casting était bouclé. Nous avions retenu une vieille dame persécutée par un voisin qui réclamait une partie du terrain sur lequel se trouvait sa maison – une sombre histoire de bornage –, et le père d'un enfant handicapé de onze ans que l'école voisine refusait d'accueillir, faute d'encadrement suffisant. « Paul est pourtant si intelligent, assurait le papa, des larmes dans la voix. Il rêve d'être un enfant comme les autres. »

Mano ne me quittait pas. Serait-il un jour un « enfant comme les autres » ?

Le cœur serré, le sensible Damien a annoncé aux postulants qui patientaient depuis le matin – certains venus de l'autre bout du pays – qu'ils allaient devoir rentrer chez eux. À chacun, on avait fait remplir un dossier où il exposait son cas et formulait sa requête.

« On vous rappellera éventuellement. »

Ils étaient venus sur leur trente et un pour faire bonne impression, les hommes cravatés, les femmes un peu trop bien coiffées. Ils sont repartis la tête basse, les épaules courbées, comme des élèves ayant échoué à l'examen. À l'« éventuellement », aucun ne croyait. La chance ne se représente pas deux fois.

Le ciel était encore clair lorsque nous avons quitté Téléphare. Les jours rallongent. On changera bientôt d'heure et tout le monde râlera. Moi, ça me plaît bien de gagner du temps sur la nuit.

Elle s'avançait, tendre et parfumée, tandis que, les bras autour de la taille de Vic, je me laissais emporter vers le Pavot. Des péniches enrubannées de lumières glissaient sur la Seine, éclairant au passage de leurs projecteurs les marronniers en fleur. J'avais envie de dire : « Moins vite, ma Vic, moins vite. » J'aurais voulu que cet instant de grâce dure toujours.

— Le petit est au lit, Manon. Il n'a pas voulu que j'éteigne avant que tu sois montée l'embrasser. Monsieur Marc a téléphoné il n'y a même pas cinq minutes. Il demande que tu le rappelles. Vic, le plombier est passé. C'est réglé pour votre douche. Armelle ne sera pas là avant 20 h 30, 21 heures. Le champagne est au frais. Vous me direz quand vous voudrez que je serve l'apéritif. Il y a une surprise pour vous sur la table du salon.

18.

— Tout va bien, Manouchka, me rassure d'emblée mon ex, mon ami et avocat, maître Marc Dubreuil. Le juge s'est montré très compréhensif. Je n'ai même pas eu à insister pour qu'il nous accorde la garde de l'enfant jusqu'aux conclusions de l'enquête.

J'aime ce « nous ». Il répartit le poids. C'est « ensemble » que le combat se mènera pour protéger Mano, tenter de voir clair dans la tempête qui a conduit l'orphelin jusque dans mes bras. Ils sont loin, mes états d'âme ; je prends, je garde, j'assume. J'arrête avec les « si » qui ne vous conduisent qu'à marcher la tête tournée vers d'impossibles recommencements, la voie sans issue des regrets. « Si j'avais eu un père différent... » « Si ma mère avait été moins lâche et moi moins pitoyable. » Si, si, si... Pourquoi pas « Si je n'étais pas née ? » Là, c'est sûr, je ne dégusterais pas.

Dans le bureau d'Armelle où je me suis réfugiée pour appeler Marc, les livres qui tapissent les murs me rappellent que les orages font partie de la vie – n'est-ce pas, monsieur de Chateaubriand ? – et que, s'ils en écrasent certains, d'autres en sortent grandis.

— Je lui ai parlé du « Sauvez-le ! » de notre mystérieux interlocuteur, poursuit Marc. Cela ne l'a pas impressionné outre mesure. Dans ce genre d'affaire, il n'est pas rare que la sécurité des enfants soit en jeu. Il est plus rare, cependant, qu'ils n'aient pas d'identité. Les enquêteurs commenceront par fouiller dans la vie de ta sœur à Palerme ; en association avec la police, bien sûr !

— Mais alors, là-bas, ils apprendront l'existence de Mano. Tout ce que redoutait Agathe. C'est grave, Marc !

— Le juge en est conscient. Dans un premier temps, les enquêteurs ne parleront pas du petit. Ils se contenteront de tâter le terrain. Et puis, ils ne sont pas encore partis. Tu connais l'administration. De notre côté, nous allons agir très vite. Toi, tu commences par réfléchir à la façon dont tu pourrais récupérer les papiers remis à ton père par la police. Tu m'as dit les avoir seulement « survolés ». Qui sait si, en y regardant de plus près, nous n'y trouverons pas quelque chose qui nous permettra d'avancer.

— C'est tout réfléchi. Je descends à Toulon le week-end prochain.

Marc se tait. Soupçonne-t-il que je viens de prendre la décision ? C'est son « dans un premier temps ». Et après ? Dans un « second » ?

— Cela fait longtemps que tu n'as pas vu ton père, Manon ? demande-t-il.

— Depuis la mort de maman, presque trois ans.

— Et vous êtes restés en contact ?

— Si l'on peut dire. Une carte de bons vœux en fin d'année.

Et, chaque fois, la peur qu'il en profite pour décrocher son téléphone et me reprocher de l'abandonner. Crainte infondée : il doit se contenter de se plaindre auprès des voisins.

— Si tu y vas, pas question bien sûr de lui parler de

son petit-fils. Tel que tu me l'as décrit, il serait capable de nous ficher un bordel noir.

— C'est clair, Marco. Et que papa soit mis au courant est bien la dernière chose qu'aurait voulue Agathe.

— Que lui diras-tu pour justifier ta venue ? Réfléchis bien. Ne lui demande pas les papiers d'emblée. N'oublie pas qu'il est notaire. Il flairerait tout de suite qu'il y a anguille sous roche.

— Crabillon sous roche. Ne t'inquiète pas, je trouverai.

— Veux-tu que je descende avec toi ? propose soudain Marc. Tu n'auras qu'à dire que je suis un ami.

— Tel que je connais mon père, il demandera tout de suite : « À quand le mariage ? » Vois d'abord ça avec Liliane.

Marc rit. C'est avec son rire qu'il m'a séduite. Vic itou. Il faut reconnaître que les rires étaient denrée rare à la maison.

Soudain, le souffle me manque : « Qui sait si on ne trouvera pas dans ces papiers quelque chose qui nous permettra d'avancer ! » a dit Marc.

— Marc ?

— Ma Manouchka ?

— Imagine que papa ait découvert, je ne sais pas comment, qu'Agathe était enceinte. Et qu'il ne m'en ait pas parlé.

— Ça te paraît possible ?

— Non. Aussi impossible que quand je me dis qu'Agathe n'est pas morte.

— Arrête de te faire du mal pour rien, Manon. On en a déjà parlé, je crois.

« Ma *mamma morta*... » Les yeux turquoise trempés de larmes. Comme si un enfant pouvait mentir sur un tel sujet ? Et si Agathe avait survécu à l'incendie, c'est elle qui aurait ramené Mano en France. Question à laquelle j'ai déjà répondu.

— Pour ma part, reprend Marc, je vais très vite prendre contact avec la police de Palerme.

Il le fera discrètement pour ne pas se mettre les enquêteurs à dos. Il connaît quelqu'un là-bas. Il va falloir qu'il révise son italien.

Tandis qu'il parle, j'entends derrière lui le rire perlé de Jade, ma filleule. Jade, Agathe, les améthystes... Décidément, mon chemin est pavé de pierres précieuses. Pourquoi ce rire d'enfant me pince-t-il le cœur ? Si j'avais bien joué, peut-être aurait-ce été avec moi que Marco aurait eu un enfant. Je n'ai jamais su jouer.

Agathe, elle, était experte. Et pas seulement au théâtre.

— Je te rappelle très vite, Manouchka. De ton côté, sache que je suis à ta disposition, jour et nuit.

— Une minute, monsieur mon avocat. Vous ne m'avez pas indiqué le montant de vos honoraires.

— Considérable. À hauteur de mon ambition. Le bonheur que vous méritez, mamz'elle.

Que je mérite ?

19.

Armelle était rentrée lorsque j'ai poussé la porte du salon attenant à son bureau. Vêtue d'un kimono bleu nuit, orné de fleurs de lotus et d'oiseaux, chaussée de satin, cheveux dénoués, assise contre Vic, celle-ci en survêt velours d'appartement, elles devisaient à mi-voix.

Le bisou du soir à Mano, le long appel à mon avocat, je n'avais pas pris le temps de me changer. J'ai hésité.

— On te garde comme tu es, Doudou, a dit Armelle. Viens là.

Fait pour nous, le canapé trois places ! Elle a tapoté celle qu'elle m'avait réservée près d'elle, j'ai obtempéré et promené mes lèvres dans son cou-muguet. « Tu sens bon, tu sens l'ange ! » Elle a ri.

Un court silence a suivi durant lequel j'ai entendu le « Et alors ? » que retenait stoïquement Vic. « Et alors, que t'a dit Marco ? » Armelle avait dû lui faire la leçon : elle ne l'a prononcé qu'avec les yeux.

— Nous avons droit à une surprise, m'a annoncé Armelle.

Elle m'a tendu trois dessins de Mano. Le nom de chacune avait été inscrit par Maï en haut de la feuille, repassé par le petit en lettres de couleur.

Mon dessin représentait une maison ornée de deux larges fenêtres, barbouillées de bleu et une porte de même couleur devant laquelle se tenait un personnage avec de longs cheveux qui semblait être une femme. Près de la maison, un arbre. Au ciel, un gros soleil.

— C'est clair, toi, tu représentes le foyer, m'a indiqué Armelle, et ma gorge s'est nouée.

— Et moi, l'aventure à ce qu'il paraît, s'est félicitée Vic en montrant, sur sa feuille, une moto sur laquelle deux formes casquées étaient juchées. Le Minou sait où il met les moustaches.

Le troisième dessin montrait la mer, un bateau, un homme qui brandissait ce qui semblait être un poisson. L'homme avait une barbe.

— Certainement Eduardo, nous a rappelé Armelle. Vous vous souvenez ? Mano nous avait dit qu'il pêchait avec lui.

— Quoi qu'il en soit, Picasso n'a qu'à aller se rhabiller, a applaudi Vic. Et d'après notre savante geisha, ici présente, le soleil sur les trois chefs-d'œuvre, ajouté aux fenêtres de ta maison, le moineau, signifie que le bambino n'a pas manqué d'amour.

Armelle a rassemblé les dessins :

— Avec votre autorisation, je les soumettrai à un spécialiste. Grâce à eux, nous en apprendrons davantage sur la petite enfance de Mano.

— Et, qui sait, sur son âge, a persiflé Vic.

Elle a désigné le plateau d'apéritif préparé par Maï.

— Si nous passions aux choses sérieuses ?

Tandis que je disposais sur la table les coupelles d'olives farcies, amandes et autres gourmandises destinées à accompagner le rituel du soir, elle s'est chargée de l'ouverture du champagne, gardé au frais dans le seau à glace. Pas question d'utiliser l'un de ces instruments modernes qui vous font ça en un tournemain et sans effort. Question de savourer par avance la boisson royale en déliant délicatement le fil doré retenant le bouchon, amorçant son ouverture en le poussant du bout du doigt, avant de l'enfermer dans sa paume et de le faire sauter, presque sans bruit, libérant la mousse aussitôt versée dans la coupe tendue par Armelle.

Regardant agir Vic, j'ai pensé qu'elle devait bien faire l'amour.

— On boit à quoi ? a-t-elle demandé joyeusement lorsque chacune a été servie.

Me souvenant des grises soirées toulonnaises, une bouffée de reconnaissance m'est venue et je m'en suis voulu de ne pas leur avoir annoncé tout de suite la bonne nouvelle.

J'ai levé ma coupe.

— À Mano. Il reste avec nous jusqu'à la fin de l'enquête.

— Cachottière ! a protesté Vic.

Elle a sauté sur ses pieds et couru à la porte.

— Maï, viens vite. Et apporte-toi une coupe. On le garde !

Maï est apparu dans son tablier de cuistot, son fin visage illuminé. Nous nous sommes tous embrassés. Puis nous avons trinqué et retrinqué. Et, tandis que je résumais ma conversation avec Marc, lisant un authentique bonheur sur les visages de mes amies, le plus doux était de découvrir que, par-delà l'amour qu'elles me portaient, elles s'étaient réellement attachées au petit.

Afin de ne pas assombrir ce moment d'allégresse, j'ai remis à plus tard l'annonce de ma décision de descendre à Toulon.

J'ai bien fait !

Si Maï partage les déjeuners du week-end, pris le plus souvent dans la véranda, les amantes se réservent les dîners en tête à tête, servis dans la salle à manger, dite joliment « d'automne et d'hiver ».

Pour décorer celle-ci, les ancêtres d'Armelle avaient choisi l'étrange : le trompe-l'œil. Dans de longues vitrines, savamment éclairées, plats et assiettes amplement garnis étaient exposés : un festin de fruits de mer, légumes, viandes variées, œufs sous toutes leurs formes, agrumes divers. Les tomates étaient mûres à point, un bouquet d'asperges s'accompagnait d'une sauce onctueuse, la tranche de bœuf se parait de persil, les lèvres des figues s'entrouvraient, l'eau vous montait à la bouche, on avait envie de prendre ses couverts et de se servir.

Je me suis installée à la table ronde, entre mes mamans de substitution. Tirant ma serviette d'un rond en argent, aux armes des anciens propriétaires, j'ai apprécié le privilège qui m'était fait.

Nous avons débuté par le potage de rigueur. Comme pour le riz, Maï en possédait une infinité de recettes, toutes plus savoureuses et parfumées les unes que les autres.

Pendant que j'appelais Marc, Vic avait raconté notre journée à Armelle, celle-ci nous a rendu compte de la sienne.

— J'ai confié la tresse et l'enveloppe à une personne de confiance pour pratiquer les tests de vieillissement, nous a-t-elle appris. J'effectuerai demain, avant de partir, les frottis buccaux pour la recherche d'ADN et je les déposerai moi-même au service de génétique moléculaire à Garches. D'autre part, en accord avec Marc, j'emmènerai le petit à l'hôpital mercredi, en vue d'un état des lieux complet : radios, examens de la vue et de l'appareil dentaire...

— Arrête, a supplié Vic en se bouchant les oreilles. « Frottis buccaux... appareil dentaire... » Au moins parle des dents, comme tout le monde. Je te rappellerai que nous ne sommes pas dans *Les Experts*.

— Tu vas emmener Mano à l'hôpital ? Je ne peux pas t'accompagner, me suis-je écriée.

— Figure-toi que mercredi est jour de tournage. C'est sans doute pour ne pas nous avoir dans les pattes qu'Armelle l'a choisi, a relevé Vic.

Quand Armelle s'énerve, cela se traduit par un calme encore plus grand. C'est à moi qu'elle s'est adressée, ignorant ostensiblement sa partenaire.

— Ta présence ne manquerait pas de susciter des questions, Doudou. N'oublie pas que Marc a recommandé la plus grande discrétion. Si tu veux bien, je présenterai Mano comme un neveu à moi. Cela me permettra de trouver une astuce pour ne pas ouvrir tout de suite de dossier. N'oublie pas que, pour l'instant, il n'a pas d'identité.

Un enfant en trompe l'œil ? Comme les mets exposés aux murs ? Regardez, ne touchez pas, ne vous attachez pas...

Des soles grillées, joliment présentées, ont succédé au potage. J'ai refusé le vin blanc. Pourquoi en voulais-je soudain à mes anges gardiennes ? Me sentais-je trop liée, trop dépendante de leurs humeurs ?

— À propos d'identité, je descends à Toulon le week-end prochain pour récupérer les papiers laissés à mon père par la police, ai-je annoncé. Marc en a besoin pour connaître la date de l'incendie. Entre autres...

Les couverts de Vic ont tinté sur son assiette.

— Pas question ! Tu lui téléphones, un point, c'est tout.

— « Allô, papa ? Peux-tu me donner la date de la mort d'Agathe, s'il te plaît ? – Mais bien sûr, ma chérie, tu as un crayon pour noter ? » Tu crois vraiment que ça se passera comme ça ? Je DOIS descendre, Vic.

— Alors, je descends avec toi. Promis que je n'étranglerai ce salaud que lorsqu'il aura craché tout son jus.

— Marc aussi m'a proposé de m'accompagner, j'ai refusé. Si je veux avoir une petite chance d'aboutir, je dois y aller seule.

— Tu vas te faire croquer toute crue, le moineau ! Il ne t'a pas assez démolie comme ça ? Et d'abord, qu'est-ce que tu vas lui dire pour expliquer ta venue ?

Même inquiétude que Marc.

— Pas de souci. Je trouverai.

— Pas de souci ! Écoutez-la... !

Quémandant son soutien, Vic s'est tournée vers Armelle. Souveraine dans son kimono fleuri, celle-ci dégustait paisiblement sa sole avec des gestes délicats.

— Inutile de demander son avis à la geisha, s'est emportée Vic. Elle en est restée au cinéma muet.

Tranquillement, Armelle a posé ses couverts. Elle a essuyé ses lèvres et dardé sur sa compagne un regard lassé.

— Si tu laissais Manon tranquille, Victor ? Elle est grande, non ?

— Non, ai-je dit. Mais j'irai quand même. Seule.

20.

Déjà, il y avait cette touffeur parfumée, vert piquant, bleu profond, bourdonnant de soleil, qui, sitôt franchie la porte de l'avion, vous enveloppait de son ample caresse. Et quand bien même vous aviez choisi de vivre sous un ciel d'ardoise, c'était celui-là qui vous avait vue naître, vous étiez de ce pays, vos souvenirs portaient ses couleurs et vous n'y pouviez rien changer sinon vous dire « dommage ». Dommage que le bonheur n'ait pas accompagné l'éblouissante bénédiction.

Il y avait un refrain de vacances dans l'air, ce petit troupeau d'enfants, une pochette suspendue au cou, mené par une bergère portant des ailes dorées sur son uniforme, vers des grands-parents aux bras ouverts, aux visages rajeunis par le bonheur.

Tous ces gens en tenues légères, shorts, bermudas, polos, dévoilant bras, jambes et décolletés mûrs à point, cette animation bigarrée, ce joyeux affairement et, parmi eux, il y avait l'homme aux cheveux gris, costume-cravate de même couleur, qui agitait la main pour vous signaler sa présence : Franck Vignon, mon père.

Je l'avais appelé jeudi soir, un peu avant 20 heures,

l'heure où autrefois, oui, on pouvait dire comme ça, autrefois, dans un temps révolu, il rentrait à la maison. Y serait-il ? Sans plus d'épouse pour lui préparer son repas, peut-être avait-il modifié ses habitudes. À la fois, j'avais envie et peur qu'il décroche.

Il l'avait fait dès la seconde sonnerie, comme s'il attendait – espérait ? – un appel. Le mien ?

— Manon, ça alors, qu'est-ce qui t'arrive ?

Inventais-je, dans son « ça alors », une légère ironie ? « Ça alors, tu n'as pas tout à fait oublié ton vieux père ? »

J'avais récité les mots préparés.

— Je descends samedi à Toulon, quelqu'un à rencontrer pour le travail. On pourra se voir ?

— Tu pourras même coucher à la maison, si tu veux. Tu seras seule ?

Réponse affirmative aux deux questions.

— À quelle heure arrive ton avion ? Je viendrai te chercher. À moins que quelqu'un d'autre ne s'en charge.

La proposition m'avait prise de court.

— Non, non, personne. J'arrive à 11 h 30, la « navette ». Mais tu n'es pas obligé, papa.

Nous avons marché à la rencontre l'un de l'autre, tout naturellement, banalement : une fille en visite chez son père. Moins banal, la fille n'avait pas revu le père depuis presque trois ans, la mort de sa mère. Et il lui était arrivé de se promettre : « Plus jamais. »

Il m'a tendu sa joue : odeur de propre, savon après-rasage. La fille s'était demandé si elle aurait le courage de l'embrasser ; la question ne se posait plus.

— Tu as fait bon voyage ?

— Sans histoire.

Premier mensonge. Voyage avec histoire vertigineuse, trous d'air, ventre noué, écœurement. « Ça va, mademoiselle ? Vous avez besoin d'aide ? » Mon voisin s'inquiétait. « *J'ai besoin de votre aide...* » Il n'avait pas compris le rire nerveux de la « vedette » inconnue de lui. Il avait dû me prendre pour une folle.

Je le suis.

J'ai vingt-huit ans et mon père continue à me flanquer une trouille bleue.

— On y va ? Je suis au parking, pas facile de trouver une place un samedi.

Il s'est emparé de mon sac de voyage : tenue de nuit, tee-shirt de rechange, pull au cas où, petit linge, nécessaire de toilette, et nous avons quitté le bâtiment. Tandis que nous marchions entre les voitures, chauffées à blanc par le soleil dont la sourde clameur résonnait à mes oreilles et à mon cœur, j'ai plongé la main dans la poche de ma veste et serré mon portable. À ma descente d'avion, j'y avais trouvé un message de Vic : « On est avec toi, hardi ! »

Hardi !

— Si tu as le temps, j'ai préparé un en-cas pour le déjeuner, m'a annoncé papa.

C'était toujours la même voiture, une Peugeot gris foncé. Il a jeté mon sac à l'arrière. Je me suis assise à la « place du mort », celle réservée à maman, que j'avais occupée pour la première fois le jour de son enterrement. Là, c'était l'odeur du revêtement usé des sièges, du tapis caoutchouté, du tabac froid. Papa fumait – modérément. Maman et moi, pas. Agathe, bien sûr, en cachette et immodérément.

Nous avons démarré.

— Toujours pas de permis ?

— Toujours pas.

En fuite à Paris, à dix-huit ans, sans le sou, comment

l'aurais-je passé ? Et pour conduire quelle voiture ? Me garer où ?

Mes anges gardiennes s'étaient juré d'y remédier. « Une vedette sans voiture, on n'a jamais vu ça ! s'indignait Vic.

— D'accord ! À condition qu'on m'offre le chauffeur avec. »

Mon chauffeur de luxe, Armelle, m'avait conduite à l'aéroport ce matin. Durant le trajet, elle m'avait fait le compte rendu de la journée de Mano à l'hôpital. Je pouvais me rassurer : il était en parfaite santé. Il n'avait manqué ni de soins ni d'amour. « Plutôt dégourdi pour son âge », avait-elle remarqué avec un sourire destiné à celle qui n'était pas là pour ajouter son grain de poivre.

Nous aurions les résultats des tests d'ADN, ainsi que celui des différentes analyses, lundi : « À ton retour de Toulon. »

Dans la voix d'Armelita, une prudence me laissait soupçonner qu'elle avait autre chose à me dire. Vic n'aurait pas pris de tels gants pour me l'annoncer.

— Selon le pédopsychiatre, Mano ignore tout des circonstances de la mort de sa mère. Il lui a raconté, sans se faire prier, qu'elle avait eu beaucoup de fièvre et que maintenant elle se reposait au ciel.

« Ma *mamma morta.* »

Aucune de nous, ni même Marc, n'avait songé à lui demander de quelle façon elle s'en était allée. Comme, sans doute, il avait été impossible à ceux qui avaient enlevé ce tout petit, de lui révéler que sa *mamma* avait péri, brûlée vive.

Percevant ma peine, Armelle avait ajouté avec toute la tendresse du monde :

— Figure-toi que ton Mano croit aux anges ! Il a montré son épaule et il a dit : « Elle est ici. »

Elles sont ici, mes anges gardiennes.

Nous roulions le long de la mer. Une voiture a klaxonné impatiemment derrière nous. Papa s'est laissé dépasser, gratifié par un regard méprisant du jeune conducteur. Revoyant le visage extasié de Mano découvrant le carrosse de la fée Armelita, j'ai réprimé un sourire. Sûr que, s'il me voyait dans cette épave, je descendrais sérieusement dans l'estime du crabillon.

Et c'était déjà la ville, « ma » ville, adossée au mont Faron. « Fanfaron », fanfaronnait Agathe. Nous longions le port et les bateaux que, de la fenêtre de sa chambre, elle regardait partir : « Un jour... »

— Si tu es libre ce soir, on pourra y dîner, a proposé papa.

À nouveau prise de court, j'ai bredouillé :

— Pourquoi pas ?

Le radin s'était-il transformé en prodigue ? Et quand allait-il me demander des précisions sur mon rendez-vous de travail ?

« En aucun cas, il ne devra se douter de la vraie raison de ton voyage », avait recommandé Marc.

C'est venu d'une façon que je n'attendais pas. Nous montions vers la maison dont le toit orangé, grisé par le souffle du temps, apparaissait entre les pins d'Alep – « la maison », malgré tout – lorsque papa m'a lancé d'une voix souriante :

— Tu te rappelles peut-être d'Armand, mon clerc ? Figure-toi que sa femme t'a vue à la télévision. Elle t'a trouvée très bien. *J'ai besoin de vous*, c'est ça ?

— *J'ai besoin de votre aide*, ai-je rectifié, la gorge sèche.

— Je n'ai pas la TNT, mais elle m'a promis de t'enregistrer. J'irai chez elle te regarder.

— Papa, ce n'est pas la peine !

Un cri de détresse.

Il a posé la main sur mon genou.

— Pas la peine ? Ma fille passe à la télévision et je me priverais du plaisir de la regarder ?

Durant toute votre enfance, vous avez rêvé de vous venger d'un père dictateur, en apparaissant de l'autre côté de la lucarne magique dont il se servait pour vous brimer. Ce rêve vous a aidée à vivre, ce désir de revanche vous a portée. Vous avez fini par atteindre votre but en devenant, toutes proportions gardées, la « vedette » d'une émission dont le nom semblait avoir été choisi pour vous.

« Ma fille passe à la télé, et je me priverais du plaisir de la regarder ? »

En une phrase, vous voilà nue, déshabillée de votre chimère.

Je suis une petite fille de vingt-huit ans qui se demande si elle n'a pas rêvé pour rien. Une petite fille menacée par un impossible espoir. Le temps est-il jamais révolu où l'on aspire à la reconnaissance d'un père ?

« Il va te croquer toute crue, le moineau », avait prédit Vic.

21.

Le portail était large ouvert. Ont crissé les gravillons. Dans les buissons entourant la cour, les yeux d'or de Prince ont brillé. Il n'y avait plus que du vert, vert sombre, vert cimetière ; les fleurs, c'était maman.

Papa s'est garé à la place habituelle, au flanc de la maison, à l'ombre des feuilles dentées du châtaignier. Il m'a tendu mon sac.

— Si tu veux te rafraîchir avant le déjeuner... Ta chambre a été faite. Quelqu'un vient deux fois par semaine ; tu me connais, je ne salis pas beaucoup.

Dans le vestibule dallé, agréablement frais, un seul vêtement, un manteau, était suspendu à la longue patère. J'y ai revu les nôtres. « Accrochez-les bien, les filles, que je ne les retrouve pas par terre », recommandait maman. C'est ça, une mère, la tendre ritournelle du quotidien. « Vous savez combien votre père tient à l'ordre », ajoutait-elle parfois. Cela peut être cela, un père : un coup d'arrêt à la chanson.

Mais n'exagérais-je pas ?

Il a disparu dans la cuisine. J'ai gravi les marches qui menaient au premier et seul étage de la maison : quatre chambres et une salle de bains. D'un côté du couloir, la chambre des parents et celle d'Agathe, d'où l'on apercevait la mer, le port. La salle de bains au bout. De l'autre côté, ma chambre et celle d'amis qui donnaient sur la colline ; le regard montait.

Marceline, notre grand-mère maternelle, l'occupait lorsqu'elle descendait chez nous. C'était toujours sans Joseph, son mari, retenu par son travail à la ferme, et elle ne restait jamais longtemps. « Sans moi, il est perdu », nous confiait-elle, et j'adorais le rire-grelot qui roulait au fond de sa gorge en même temps que ces mots, rire de satisfaction, de tendre victoire. Il en avait de la chance, grand-père Joseph !

Nous passions, Agathe et moi, la première quinzaine des grandes vacances chez eux. La ferme se trouvait près de Tulle, en Corrèze. L'atmosphère avait la légèreté, la transparence du tissu dont la ville portait le nom. Dès la descente du train, ma poitrine s'élargissait, et soudain la faim, la fringale plutôt, impérieuse, démesurée : le festin sans l'ogre. « Mais on ne te nourrit donc pas chez toi ? » s'amusait Joseph. Marceline se taisait. Elle savait.

Mes grands-parents étaient morts à quelques mois d'intervalle. Lui, d'abord, elle ensuite. À la messe d'enterrement de Marceline, le curé avait dit qu'elle était morte d'amour. « Sans moi, il est perdu »... Greli-grelot, je n'entendrai plus tinter la tendresse.

Maman avait tant pleuré qu'elle était tombée dans les pommes et j'avais eu très peur qu'elle meure aussi.

De retour à Toulon, elle avait sorti d'un coffret la bague et les boucles d'oreilles améthyste : trois cœurs. Nous les recevrions pour nos quinze ans.

— Moi, c'est les boucles d'oreilles que je veux. D'abord, il y en a deux, c'est fait pour la seconde ! avait déclaré Agathe.

Tout était en l'état dans ma chambre. Il m'a semblé l'avoir quittée la veille. Rideaux à fleurs, blanchis par le soleil, couette assortie qu'Agathe avait brûlée un jour avec sa cigarette, lit étroit où elle venait parfois me rejoindre la nuit. Et moi, partagée entre le bonheur de l'avoir là, l'agacement de ne pouvoir dormir, la peur qu'IL nous surprenne ensemble. Mon Agathe, Monagathe.

Sur la table de bois blanc, se trouvait toujours mon gobelet à stylos, vide. Il m'en fallait une provision. Agathe passait régulièrement y piocher : « Coucou, je te les rendrai. » Nous savions toutes les deux qu'elle n'en ferait rien. C'était un jeu. Il annonçait de futurs emprunts que, ceux-là, je ne pardonnerais pas.

Le long des étagères, assorties à la table, mes livres d'enfant. Demain, j'en mettrai quelques-uns dans mon sac pour Mano.

Un bruit de vaisselle m'est parvenu de la cuisine. Papa mettait le couvert. Quand lui parlerais-je ? « Si tu veux, on dînera sur le port. » Ce soir ?

J'ai posé mon sac sur le lit et je suis passée dans la salle de bains. Une serviette propre avait été préparée pour moi, un gant sur le rebord de la baignoire. Je me suis lavé les mains. Me regardant dans la glace, je ne me suis pas trouvée terrible.

Courts cheveux châtains, grands yeux verts, voilà. Voilà tout ! Le visage d'Agathe est apparu près du mien : longs cheveux blond-blé, fascinants yeux turquoise, et cette flamme qui y brillait !

Deux sœurs... forcément les gens comparaient. La grande ? Rien de particulier, la petite, si éclatante. Comment pouvaient-elles être si différentes ? J'étais trop fière de ma petite sœur pour éprouver une quelconque jalousie.

Mais quand même, peu avant mon départ, ma fuite

pour Paris, cette phrase d'un garçon que j'avais éconduit : « Il serait temps que tu aies une vie, Manon. » Et ce soudain malaise : alors, je n'avais pas de vie ?

Et aujourd'hui, en as-tu vraiment une, Manon ? Une vie à toi ?

— Tu viens ? C'est prêt.

La voix de mon père m'a fait sursauter. Agathe a disparu.

22.

Il avait troqué sa veste contre un pull en laine. Papa avait toujours froid. Même lors des fortes chaleurs, il se couvrait. Ça lui allait bien, d'ailleurs. « C'est d'enfance », soupirait maman.

Un rayon de soleil éclairait le buffet dans lequel nous puisions, ma sœur et moi, nos festins secrets sous l'œil inquiet de celle-ci. Une salade niçoise, du jambon cru, du fromage et des fruits étaient disposés sur la table, sans oublier pain et vin.

J'ai montré la salade.

— Te serais-tu mis à la cuisine ?

— Si l'on veut.

Autrefois, il ne voulait jamais. Même à la Sainte-Agathe où il est de coutume que les hommes préparent le repas. La contestataire ne manquait pas de le lui rappeler.

« Alors ? Pas encore cette année ?

— Quand les poules auront des dents, avait-il répondu cette fois-là.

— Mais elles en ont ! l'avait nargué Agathe en découvrant les siennes. »

Nous avions lu quelque part que la sainte dont elle portait le nom avait été soumise au martyre pour avoir manqué de respect envers les hommes. On lui avait coupé les seins.

Ça ne déplaisait pas à Agathe. « Voilà au moins quelque chose qu'IL ne pourra pas faire », disait-elle en bombant sa jeune poitrine.

Un bref vertige m'a traversée. Sainte Agathe était sicilienne. Comment avais-je pu l'oublier ?

J'ai pris place en face de papa. Serviette sans rond.

— Je te sers ?

J'ai tendu docilement mon assiette.

— Un peu de vin ?

— Non, merci. Jamais à déjeuner. Je préfère garder la tête claire.

Paroles imprudentes, il a aussitôt embrayé.

— À quelle heure est ton rendez-vous ?

— À 16 heures.

Réponse préparée.

— Si tu veux que je t'y dépose ? Je dois passer à l'étude cet après-midi.

Offre non prévue.

— Je descendrai à pied. Ça me fera du bien de marcher.

Il n'a pas insisté. Nous avons commencé à nous restaurer en silence. Je pignochais, l'estomac noué. Que m'arrivait-il ? Sa phrase sur mon émission, une invitation à dîner, ce repas préparé pour moi, et les barrières de protection savamment échafaudées se fissuraient.

« N'attaque pas d'emblée », avait recommandé Marc. « Tel que je connais ton père... » Mais voici que, justement, je ne le reconnaissais plus : pas un reproche, aucune aigre remarque. Et si, parlant de lui à mes amis, j'avais forcé le trait ? Si je m'étais montrée injuste ? Afin de trouver des excuses à ma lâcheté passée.

— Tu n'as pas faim, Manon ?

Le ton affectueux a été le coup de grâce. J'ai plongé.

— Papa, je voudrais te parler d'Agathe.

D'un seul coup, son visage s'est fermé. Il a posé ses couverts et il a attendu.

— Je pense souvent à elle. Je n'arrive pas à me faire à l'idée... que je ne la reverrai plus.

Ma voix s'est brisée. Pourtant, cette phrase, comme je l'avais préparée ! Répétée jusqu'à parvenir à la formuler calmement, d'un ton presque détaché. N'étais-je pas pourtant bien placée pour savoir qu'en différé c'est tout autre chose qu'en direct !

Mon père a bu quelques gorgées de vin. J'ai vidé mon verre d'eau. Il l'a aussitôt rempli. Pourquoi ce silence ? Aide-moi, papa !

— C'est venu si brutalement, ai-je repris avec difficulté. Si je te disais que je ne me souviens plus de la date de la mort de ma propre sœur.

— Le 16 juillet.

Voix froide, regard d'acier. « Aide-moi, papa... » Tandis que la date s'inscrivait en lettres de feu dans ma mémoire, une rage, mêlée de désespoir, d'impuissance, a balayé mes illusions. J'avais bien failli me laisser avoir. Pour un peu, j'aurais éprouvé du remords à lui cacher l'existence de son petit-fils.

« Demande à voir les papiers qui accompagnaient l'acte de décès. Qui sait si nous n'y trouverons pas quelque chose qui nous permettra d'avancer », m'avait conseillé Marc.

« Nous »...

J'ai bridé mon cœur.

— Pourras-tu me montrer les papiers qui t'ont été remis par la police ? ai-je réclamé.

— Tu les as vus.

— À peine.

— Ça te mènerait à quoi ?

— À accepter, papa ! Toi qui vois tous les jours des gens qui ont perdu un proche, tu dois savoir qu'ils ont besoin d'en parler ! Même si c'est pour se bagarrer autour d'un testament. Là, rien ! Pas de corps, pas de cercueil, pas de messe, rien, rien !

Mon père a plongé ses yeux dans les miens.

— C'est pour ça que tu es venue, a-t-il constaté. Il n'y a pas de rendez-vous de travail, n'est-ce pas ?

J'ai soutenu son regard.

— Il n'y en a pas.

Sans doute sabotais-je le plan établi avec Marc : cacher à tout prix la véritable raison de mon voyage. Mais ce prix s'avérait trop élevé. Au jeu de la dissimulation, papa était un champion. Je ne pouvais pas gagner.

Je me suis sentie soulagée. Nous allions jouer cartes sur table. Moins une, la carte maîtresse, Mano, que je garderais pour moi. Sans doute le dictateur refuserait-il de me montrer les papiers. Et alors ? N'avais-je pas obtenu l'essentiel ? La date qui permettrait à Marc d'avancer. Le reste, on s'en passerait. « Autre chose », avait-il suggéré. J'en doutais. S'il y avait eu quoi que ce soit d'autre, maman me l'aurait dit.

Papa a repris sa fourchette.

— On finit de déjeuner et on voit ça après, d'accord ? Et mange un peu. Tu n'as que la peau sur les os. Si tu veux tout savoir, ça me fait peine.

« Tout savoir ? » Nous y sommes presque.

23.

Ce bureau dont les voilages restaient toujours tirés, aux murs tapissés de livres, pour la plupart ouvrages de droit, certains reliés, meublé d'une table Empire aux pieds dorés, d'un secrétaire de même époque et de deux fauteuils raides tapissés de grenat, Agathe l'appelait : « Le cabinet de Barbe Bleue ».

Il nous était interdit d'y entrer et même maman ne s'y aventurait que pour donner un coup d'aspirateur sur le tapis, lui aussi grenat, et passer le plumeau le long de la bibliothèque et sur les dossiers, en ordre parfait sur la table.

« Tu me connais, je ne salis pas beaucoup. » Ma sœur aurait dit que le bourreau s'appliquait à effacer la trace de ses crimes.

Comme pour nous mettre à l'épreuve, nous soumettre à la tentation, la pièce n'était pas fermée à clé. Je soupçonnais papa de disposer des pièges qui lui indiqueraient si l'une succombait ; celle-ci ne pouvant évidemment être que la rebelle.

Elle avait onze ans lorsque, pour la première fois, elle en avait poussé la porte. Maman s'était absentée pour une course. « Viens voir, Manon ! » Elle se tenait immobile sur le seuil du bureau, plongé dans l'obscurité. Je m'étais jetée sur elle pour l'empêcher d'aller plus loin. Elle se débattait en riant : « Arrête ! Moi, je n'ai pas peur. » Je lui avais fait jurer de ne pas recommencer.

Bien sûr, elle ne s'en était pas privée et j'avais rapidement renoncé à l'en empêcher. Dès que le pas de maman avait cessé de faire crisser le gravier, elle se précipitait. Je l'avais trouvée, un jour, juchée sur l'échelle de bois, furetant parmi les livres. Un autre, assise à la place de papa, plongée dans je ne sais quel papier. Pour être plus tranquille, elle avait fini par refermer la porte sur elle. « Moi, je n'ai pas peur... »

Que faisait-elle dans la pièce interdite ? Qu'y cherchait-elle ?

Je vais avoir la réponse ce soir-là.

J'ai dix-sept ans, Agathe treize. Nous sommes fin mai. Dans quelques semaines, je me présenterai au bac. Dans quelques semaines, papa massacrera les cheveux de l'apprentie comédienne.

Ce soir-là, nos parents dînent en ville. Agathe a disparu dans le bureau. Je tente de travailler dans ma chambre, hantée par l'idée d'un retour inopiné du dictateur. Je n'ose imaginer ce qui se passerait si, garant sa voiture, il découvrait la lumière de son bureau allumée.

Il est près de 22 heures lorsque Agathe déboule en trombe dans ma chambre. Son visage est livide. Sans un mot, elle me tend une photo.

Il s'agit d'un vieux cliché en couleurs, représentant une jeune femme, assise dans le coin d'un canapé, un petit garçon sur les genoux.

Je reste pétrifiée : c'est elle. C'est Agathe ! Mêmes cheveux blonds, mêmes yeux lagon. Quel âge peut avoir notre père sur la photo ? Trois, quatre ans ?

Quand il en aura six, sa mère aura déserté le foyer. Elle semble déjà ailleurs. Son regard est lointain, au contraire de celui de l'enfant qui se blottit contre sa poitrine et n'a d'yeux que pour elle. Pressent-il qu'elle va bientôt partir, faillir à son devoir de mère ?

« Chut, votre père a beaucoup souffert », chuchotait maman. Et, ce jour où Agathe insistait pour savoir à quoi ressemblait notre mystérieuse mamie, cette phrase murmurée, comme adressée à elle-même, et dont elle n'avait certainement pas mesuré la cruauté : « Il dit que tu as pris ses yeux. »

La photo qui tremble dans ma main le confirme. Est-ce cela que ma sœur cherchait ? La raison pour laquelle elle bénéficiait, depuis l'enfance, du sombre privilège d'être la favorite en matière de brimades et autres châtiments ? Outre les yeux « dérobés », le dictateur lui reproche-t-il d'avoir hérité du caractère de celle qui l'a abandonné ?

— Derrière..., articule Agathe avec difficulté.

Au dos de la photo, un prénom est inscrit : « Marie-Agathe ».

— Pourquoi ? crie-t-elle.

Et, pour la première fois, je lis la peur dans ses yeux.

Pourquoi papa lui a-t-il donné le nom de celle qui avait brisé son cœur d'enfant et saboté sa vie ? Fallait-il qu'il soit fou de haine, fou d'amour. Et comment notre mère avait-elle pu accepter ce forfait ? Nous avions enfin l'explication de ses silences, cette sorte de panique qui s'emparait d'elle lorsque Agathe l'interrogeait encore et encore ; elle était consciente de son crime.

Nous l'avions détestée pour sa lâcheté. Et lorsque, quatre mois plus tard, mon bac en poche, je m'étais enfuie à Paris, c'est moi que j'avais détestée : je n'avais même pas eu le courage de révéler à maman la découverte d'Agathe.

Ma sœur l'avait-elle fait ?

Je ne le saurai jamais.

— Assieds-toi, ordonne papa en me désignant le fauteuil en face de la table Empire.

Une odeur de vieux papier, de reliure, imprègne la pièce. Est-ce dans l'un de ces livres qu'Agathe a trouvé la photo ? L'y a-t-elle remise ? D'un tiroir du bureau, il tire une clé dorée avec laquelle il va ouvrir le battant du secrétaire. Il en sort un dossier qu'il me tend. Sur la couverture, le nom de ma sœur : « Agathe Vignon ». Dessous, la date de sa mort, soulignée : 16 juillet. D'une main que je ne peux empêcher de trembler, j'en tire deux feuilles. L'une est l'avis de décès : quelques lignes, un tampon, le tranchant de la guillotine. L'autre concerne le couple. C'est sur celle-là que j'avais lu le mot « compagnon ». Une feuille plus petite, dont je n'ai pas souvenir, y est fixée par un trombone. Je la détache.

Il s'agit d'une lettre à en-tête du consulat de France à Palerme. Même date que sur l'avis de décès. Comme j'en prends connaissance, mon cœur s'affole.

« Quelques effets et autres objets, ayant appartenu à la défunte, sont à la disposition de la famille. Pour les recevoir, adressez-vous à la police qui fera le nécessaire. »

Une adresse et un numéro de téléphone sont joints.

— Quand as-tu reçu cette lettre ?

Je la brandis sous les yeux de papa. Il s'en saisit et chausse ses lunettes pour la parcourir. Feint-il de l'avoir oubliée ? Prépare-t-il un mensonge ?

— En même temps que le reste, finit-il par lâcher en désignant le dossier.

— Et tu ne m'en as pas parlé ? Je ne suis pas de la famille, peut-être ?

J'ai haussé le ton. Il ne répond pas. Je crois en deviner la raison et j'ai honte pour lui.

J'accuse.

— Tu n'as pas réclamé ce qui restait d'Agathe, de ta fille, c'est ça ?

— Je ne le souhaitais pas, en effet. À quoi bon ? Mais ta mère a insisté et j'ai fini par céder.

« Quelques effets et autres objets »...

— TU LES AS ?

Cette fois, j'ai crié. Il incline la tête. Je me lève.

— Je veux les voir, papa. Où qu'ils soient, tu DOIS me les montrer.

— Pourquoi crois-tu que ta mère ne t'en a pas parlé ? se défend-il d'un ton las. Cet... envoi lui a fait beaucoup de mal.

Et il ajoute à voix basse :

— Elle est partie peu de temps après l'avoir reçu.

Maman en est morte ? Est-ce ce qu'il vient de me dire ?

Je crie à nouveau, j'ordonne.

— Je ne partirai pas d'ici avant de l'avoir vu.

Il se décide enfin, quitte son siège et va ouvrir un placard fondu dans la bibliothèque, une cache insoupçonnable. L'endroit où tu avais trouvé la photo, Agathe ?

Il en sort un paquet peu volumineux entouré de papier marron grossièrement ficelé.

Je ne lui laisse pas le temps de revenir vers moi, je le lui arrache et m'enfuis.

24.

Les volets de la chambre d'Agathe étaient fermés. J'ai eu du mal à les ouvrir ; tant d'années y avaient posé leurs scellés. Une bouffée de soleil, un flot d'odeurs se sont engouffrés avec violence dans la pièce, y ramenant la vie, la lumière. Et, avec le bleu dansant, piqueté de voiles, à l'horizon, des promesses de voyages, l'illusion que partir peut être guérir.

J'ai attendu un moment avant d'avoir la force de me retourner.

C'était le même mobilier que dans ma chambre, même lit étroit, même table, même bibliothèque. Mais, contrairement aux miens, les murs d'Agathe disparaissaient sous les affiches, les posters, les photos. Et, sur ses étagères, pas de livres. Des CD, des cassettes, des produits de beauté et un fouillis de ces objets sans valeur que l'on collectionne au cours de l'enfance, comme on s'entoure de présences amicales, gris-gris et autres amulettes, qui nous permettront, imaginons-nous, de passer avec succès l'épreuve de l'âge adulte.

Et le plus glorieux trophée de ma sœur, l'un des meubles de Marceline que maman avait récupéré après la mort de ses parents, l'armoire à glace qu'Agathe avait réussi, à force d'obstination, à obtenir dans sa chambre.

Cette glace aux bords jaunis, aux fines striures grises, qui avait vu ses cheveux tomber.

Cette glace qui m'avait vue, moi, en rage, lancer le « Dégage » impardonnable. Car, si Agathe avait appris à se défendre de notre père, se défier de maman, elle croyait pouvoir compter sur moi. Pour être à la hauteur du dictateur, il ne m'avait plus manqué que d'ajouter à mon rejet : « Dégage, la moins-que-rien. » N'était-ce pas ce que j'avais pensé lorsqu'elle avait vidé mon compte pour s'acheter du cannabis ?

Je me suis assise au bord du lit, près du paquet que j'y avais laissé en entrant. J'ai posé la main sur le papier froissé. « Cet envoi a fait beaucoup de mal à ta mère... Elle est partie peu de temps après l'avoir reçu. »

Qu'allais-je y trouver ? Avais-je peur ? Même pas ! J'étais au-delà de la peur, emportée par une sorte de fatalité. Un jour, j'avais trouvé sur mon paillasson un petit garçon aux yeux turquoise, un petit réfugié portant mon nom, moins une lettre. De ce jour, le choix ne m'avait plus été laissé.

« On est avec toi, hardi ! »

Il ne m'est même pas venu à l'esprit d'appeler mes amies. Leur pouvoir s'arrêtait au seuil de cette chambre : une affaire entre Agathe et moi.

Mal ficelé, le paquet s'est ouvert tout seul, comme l'enveloppe contenant la tresse, attendant ma main, m'attendant. Quelques vêtements y étaient soigneusement pliés : une chemisette, une jupe, deux jupes, une paire d'espadrilles. Une odeur de cendres, de vagues relents de brûlé s'en sont échappés : reliquats de l'incendie. Reliques.

« Quelques effets et autres objets... »

Sous les vêtements, dans un plastique, une photo aux bords roussis.

Cela peut être l'été. Agathe est assise sur un muret. On distingue derrière elle un arbre torturé, un olivier. Jamais je ne lui ai connu ce visage-là, dur, vieilli : un visage de souffrance. Sous l'ample blouse claire, je cherche en vain ses formes. Elle en était si fière ! Porte-t-elle Mano ? Impossible à dire : aucune date au dos du cliché. Qui l'a pris ? Combien de temps après ta fuite de Toulon ? Combien de jours avant l'incendie ? On le sent couver sous l'image.

À ses oreilles, les cœurs d'améthyste.

Je t'avais soupçonnée de les avoir vendus.

« Et autres objets... »

Découvrant au fond du paquet une petite enveloppe brune, la tâtant du bout des doigts, j'ai su, avant de l'ouvrir, ce qu'elle contenait.

La pierre mauve était noircie. Il ne restait presque rien de la chaînette. Une seule boucle d'oreille ! Avait-elle emporté l'autre dans la mort ? Celle-ci la signait.

« On ne s'en séparera jamais, même la nuit. »

Comme moi, maman avait-elle vécu un espoir fou au cœur ? Pouvoir, un jour, demander pardon à Agathe ?

« Elle est partie peu après avoir reçu ce paquet. »

Adieu, ma sœur, pardon.

Papa avait repris place à son bureau, les mains croisées sur le dossier. Il pouvait le garder. Je n'en avais plus besoin.

— Tu t'en vas ?

J'ai posé mon sac de voyage à mes pieds. Je suis restée debout.

— Je m'en vais, papa. Mais avant, j'ai une question à te poser.

Il a incliné la tête.

— Tu te souviens de Prince ?

— Le chat ?

— Le chat d'Agathe.

Mano Leprince.

— Oui.

— Nous ne l'avions pas retrouvé en rentrant de vacances. Qu'en avais-tu fait ?

Agathe le cherchait partout. Elle l'appelait d'une voix brisée : « Le Prince... le Prince ? » C'était la première fois que je la voyais pleurer.

— Je l'avais confié à la SPA.

— Parce que Agathe l'aimait ?

Il a baissé les yeux. Lorsqu'il a répondu, sa voix était sourde, brûlée. Une voix de cendres, ai-je pensé.

— Moi aussi, j'avais un chat. Ma mère l'a emmené avec elle. Je n'ai plus eu personne.

— Même pas ton père ?

— Après son départ, il n'a plus été là.

— Après le départ de Marie-Agathe ?

Mon père s'est figé.

— Tu savais ?

— Agathe aussi savait. Elle avait trouvé la photo.

Son visage a retrouvé de la couleur et il a tapé du poing sur la table.

— Elle est partie avec un autre !

Un cri de douleur. Un appel.

J'ai revu la femme aux yeux lagon, le petit garçon sur ses genoux. On dit que la mère est le premier amour du fils. Marie-Agathe était partie avec un autre que lui.

— Elle vit encore ?

— Bien sûr que non.

— Quand est-elle morte ? Il y a longtemps ?

Était-ce moi ou Agathe qui procédait à l'interrogatoire ? C'était pareil. C'était Monagathe.

— Peu avant la naissance de ta sœur.

Mon cœur s'est déchiré.

— Alors, tu lui as donné son prénom. Pourquoi, papa ? Pourquoi ?

Là, c'était Agathe qui pleurait.

Il n'a pas répondu.

On dit que le regard d'un père sur sa fille détermine ses futures relations amoureuses. Admiratif, il lui donne confiance en elle, en son pouvoir sur les hommes. Jour après jour, regardant Agathe, la nommant, papa s'adressait à la femme haïe, la femme aimée. Comment aurait-elle pu s'en sortir ?

— Le départ de ta mère, tu le lui as fait payer cher. Elle en est morte. Probablement maman aussi.

Il a pris sa tête entre ses mains. Lorsqu'il l'a relevée, ai-je vu des larmes dans ses yeux ?

Soudain, très loin, j'ai entendu la voix du routier, King Kong :

« Maman, maman, où tu es, maman ? » Un instant, il m'a semblé que papa allait parler, s'expliquer enfin, tenter de se justifier. J'étais prête à l'entendre. Quand bien même on a appris à redouter son père, à le détester – je ne dis pas « haïr » –, ne conserve-t-on pas toujours en soi un espoir de réconciliation ? « Papa, papa, où tu es, papa ? »

— N'en parlons plus, a-t-il tranché. C'est du passé.

La porte de l'espoir a claqué.

— Tu nous répétais souvent qu'un notaire était fait pour prévoir le pire, lui ai-je rappelé. La séparation, l'accident, les conflits de famille... Le pire, papa, tu l'as fait vivre à la tienne, au quotidien.

J'ai ramassé mon sac. Ignorant le regard suppliant de mon père, je lui ai tourné le dos et, la main dans celle de ma sœur, j'ai quitté la maison de Barbe-Bleue.

Deuxième partie

JUAN

25.

Tout a commencé par la loupiote du téléphone qui radotait sur le bureau de Juan lorsqu'il est rentré de Londres, ce clair soir de mai, son mois préféré – promesses, promesses –, le cerveau en capilotade, plein les bottes mais mission accomplie. Une histoire comme il les aimait : de château incendié, de toiles de maîtres évaporées, de messieurs très comme il faut, pris la main dans le sac d'arnaques haut de gamme, fripons en gants blancs et chaussettes de soie, détrousseurs de patrimoine, semant ruine et désolation dans ce qu'on appelle les « grandes familles », bref, des deux côtés, la crème.

Ignorant la loupiote – rappelle, rappelle –, Juan a laissé tomber son barda sur le tapis et il est allé appuyer sur le bouton électrique du store qui s'est enroulé majestueusement, lui livrant à domicile les exubérantes frondaisons du parc Monceau, un ciel de velours et moire, et trois heures de lumière pour en profiter.

Depuis une quinzaine qu'il avait délaissé ses plantations, son mimosa quatre saisons souffrait, son cerisier pleureur se couronnait de fleurs roses, le brave olivier tenait stoïquement le coup. Avant toute chose, Juan a ouvert le robinet d'arrivée d'eau, déployé le tuyau et les a abreuvés en fine pression : « Pas trop pour commencer, mes jolis. Réjouissez-vous, votre copain est revenu. » Ce à quoi ils ont répondu avec un bel ensemble : « Il était temps, sale lâcheur. »

Il a fermé le robinet. À son tour maintenant : la bière fraîche sur laquelle il avait fantasmé durant le détestable trajet en taxi, pris dans les embouteillages du samedi soir.

Revenu dans son loft, la serinette du téléphone l'a à nouveau apostrophé : « Rappelle, rappelle. » Un coup d'œil sur le cadran de l'emmerdeuse lui a indiqué : « Messagerie saturée ». Pas étonnant ! En n'accordant le numéro de son portable qu'à de rares privilégiés, il avait pris le risque de voir les importuns se rattraper sur son fixe.

Un instant, il a été tenté de tout effacer. Ça changerait quoi ? Au mieux, il ne répondrait qu'à quelques appels.

Tout ! Ça changerait tout, mais Juan ne le savait pas encore. Il ne savait pas qu'au bout de son doigt tendu vers le bouton marqué d'une croix, son destin balançait : appuie, appuie pas ? Finalement, il a ramené son doigt et il est allé chercher sa bière, résolu à la savourer dans le murmure embaumé des arbres, la douceur d'un retour à la maison, « la maison » malgré tout.

Douceur ? N'es-tu pas bien placé pour savoir que c'est lorsqu'on s'y attend le moins que le ciel vous tombe sur la tête ?

La première fois, il avait six ans et c'était Noël. Au pied du sapin, il déballait ses super cadeaux sous l'œil de son grand-père, ex-pilote de chasse, héros de la dernière guerre, son héros, avec lequel il nourrissait le projet secret-défense de s'évader après l'étouffante dinde aux marrons, abandonnant ses dindes de sœurs, pour aller faire un tour entre hommes à la fête foraine, lorsque le pilote avait, sans crier gare, atterri pour la dernière fois, victime d'une attaque cardiaque, dans les guirlandes de la fête, emportant avec lui les rêves du petit garçon.

Sans doute était-ce à cause de cette foudroyante injustice que Juan n'avait jamais voulu atteindre l'âge de raison et que, pour se venger d'avoir été privé de grande roue, montagnes russes et autres tunnels de l'horreur, il avait choisi le métier de grand reporter et roulé sa bosse partout où le monde s'enflammait, sur les traces de son héros.

La seconde fois que le ciel avait fait exploser ses rêves remontait à deux ans. Venu en reportage, pour une fois « plaisir », au pays des pharaons, où un ami couturier présentait sa collection d'été, il soupait ce soir-là en compagnie de Quentin, son cameraman, et de deux ravissantes sirènes, dans un décor des mille et une nuits, au son d'une musique envoûtante, prometteuse de futurs délices, lorsque, à une table voisine, un paquet piégé avait explosé, tuant son frère d'aventure, blessant grièvement leurs tendres compagnes, se contentant d'arracher à Juan sa main gauche, mettant fin à sa carrière de témoin de l'absurdité des hommes.

Jamais deux sans trois ?

Pour l'instant, sa cannette de bière à la main, il hésite à nouveau devant le répondeur. Efface ? Efface pas ?

Avec un soupir résigné, il appuie sur le bouton « écoute », engage le haut-parleur, regagne la terrasse, y déplie une chaise longue et laisse défiler distraitement la barbante procession des importuns.

Il y a les ex-copains baroudeurs dont il ne sera pas dit qu'ils l'ont abandonné à son triste sort : « Salut, vieux, qu'est-ce que tu deviens ? On se la fait quand, cette petite bouffe ? » Les gémissantes : « Lâcheur, tu ne m'aimes plus. » Et les redoutables dames de moyenne vertu à qui la perte de sa main a ouvert le délicieux champ de la compassion et qui sont prêtes à se donner corps et âme pour panser ses plaies, adoucir une douleur dont elles se régalent.

Il y a...

« Salut, l'espion, c'est Vic. Rappelle. Urgent ! »

La voix impérieuse le tire d'une semi-torpeur. Vic ! Vic et Armelle ! Comment a-t-il pu oublier de leur donner son nouveau numéro de portable ?

Il pose sa cannette sur le sol, sort son mobile, forme le numéro du Pavot.

— Ma Vic, comment ça va ? Pardon, j'étais absent.

— Tu demanderas pardon une autre fois. On peut se voir ?

— Quand tu veux. Demain ?

— Maintenant ! Ce soir.

— C'est si urgent que ça ?

— Urgentissime. On arrive. Une petite demi-heure, ça te va ?

— Vous ne préférez pas que je vienne au Pavot ?

— Surtout pas. Tu as dîné ?

— Pas encore.

— Un millier de fruits de la Volga, ça te dit ? Mets la vodka au frais.

Raccroché.

Juan sourit. Bon sang, il ne savait pas qu'elles lui avaient tellement manqué.

Il n'écoutera jamais les messages suivants.

Dans l'immédiat, un choix crucial s'impose : en une petite demi-heure, que va-t-il remettre en état ? Sa personne ou son loft ? Pas plus présentables l'un que l'autre, le bonhomme ayant un sérieux besoin d'une douche et de vêtements propres, l'appart d'un coup de chiffon et déblaiement d'objets divers, semés par un célibataire ne disposant que d'une main pour ranger et pas franchement le goût à ça.

Par courtoisie pour ses visiteuses, il se choisit.

La salle de bains, attenante à la chambre, est la seule pièce du loft à disposer d'une porte. Juan s'accorde dix minutes sous l'eau. Aucun souci de coiffure avec son crâne rasé. Tant pis pour la barbe et les ongles, tous les deux franchement longuets. Se couper les ongles de la main est un des petits plaisirs qui lui sont désormais interdits, et nul ne se penchera plus sur sa ligne de vie pour lui prédire l'avenir. Pour la ligne de vie, ça l'arrangerait plutôt : il a toujours aimé les surprises. Quant à l'avenir...

Tiens, il fait un pari, Armelle se chargera de ses ongles : sa manie ! Il n'y a qu'à voir les siens : des œuvres d'art. Et rien qu'à penser à la belle, voici que l'amitié fait à nouveau des siennes dans sa poitrine.

C'est elle qu'il avait rencontrée en premier, une amie du chirurgien ; elle s'était occupée de lui après son rapatriement d'urgence en France. Son moral laissait à désirer ; ayant refusé toute proposition d'appareillage ou autre prothèse, il apprenait à se passer de sa main gauche, qui ne cessait de se rappeler à lui par des élancements et des fourmillements divers au bout de doigts fantômes, lui donnant la météo – classique – mais l'avertissant également de l'approche de tempêtes intérieures, événements désagréables, et même parfois agréables, tout arrive.

Une question de terminaisons nerveuses au bout de son moignon, lui avait expliqué le rééducateur. « Moignon »... Juan avait décidé de tuer quiconque prononcerait ce mot vulgaire et injuste pour désigner un morceau de chair aussi performant, et choisi de l'appeler son « pendule », mot qui lui allait comme un gant de sourcier.

On commençait à lui parler de retour à la vie active. Son journal lui avait proposé un travail à la rédaction ; non merci à la vue imprenable d'un plafond gris sédentarité. Un éditeur le pressait d'exploiter le colis piégé dans un best-seller. Pas franchement le genre de Juan de donner en pâture aux amateurs de sensations fortes la mort d'un frère.

Lassé des visites de condoléances, il avait fini par interdire sa porte et rongeait son frein en subissant les séries américaines que son voisin de douleur, un sympathique couvreur qui ne remonterait plus jamais sur les toits, se passait en boucle pour se consoler, lorsque la belle en blouse blanche, talons aiguilles et ongles grenat, était venue s'asseoir, avec mille façons de jambes gainées de soie, au bord de son lit.

— Alors, monsieur Santès, que raconte le pendule aujourd'hui ?

Patron en gynéco, Armelle avait su le faire accoucher de son blues, tandis que Vic, accourue sur ses talons, lui apprenait à en rire. Le couvreur, ébloui, leur avait trouvé un surnom approprié, celui de sa série préférée : *Sex and the City. Sex* pour la voluptueuse Vic, *City* pour l'élégante Armelle. Elles avaient adoré.

Trois mois plus tard, moral remis à neuf, il ressortait ses brodequins de baroudeur pour le compte d'une compagnie internationale d'assurances : investigateur privé, « espion », comme l'avaient baptisé ses nouvelles amies. Spécialité « trafic d'œuvres d'art », ce qui lui permettait de parcourir à nouveau le monde sans risque de trouver une bombe sous sa table.

Quoique... derrière la chasse à un Picasso ou à un Van Gogh dont la valeur se pare de chiffres à multiples zéros, commandée par des braques se voulant être les seuls admirateurs de fragments d'éternité, on puisse toujours espérer.

Pantalon blanc immaculé, chemise à crocodile, mocassins – lacer ses chaussures, autre plaisir à lui refusé –, digne de recevoir les princesses, Juan a profité des quelques minutes qui lui restaient pour mettre un peu d'ordre dans son capharnaüm. Pour elles comme pour lui, il aurait été plus simple que le rendez-vous ait lieu au Pavot.

« Surtout pas ! » avait tranché Vic.

Que leur était-il arrivé pour qu'elles ne puissent parler librement dans leur sanctuaire ?

Libérant les sièges des dossiers poussiéreux, du temps où il était grand reporter, Juan s'est promis de les descendre un jour à la cave.

Ce jour-là, ou plutôt cette nuit pleine de sanglots, il dirait adieu à une promesse d'enfant faite au cœur arrêté de son héros.

26.

— Où tu te planquais, l'espion ? Ne va pas nous raconter que tu avais décidé de jeter tes meilleures copines ? T'as trouvé mieux, c'est ça ? a grondé Vic en le serrant à l'étouffer dans ses bras.

Juan s'est laissé faire en ronronnant, appréciant les seins durs de Sex contre sa poitrine.

— Copine... Copine... Je combattais un désir insupportable, lui a-t-il glissé à l'oreille. N'oublie pas que c'est quand tu veux. J'ai toujours adoré les femmes-femmes.

— Moi aussi, a-t-elle rétorqué en désignant du menton City qui, sur ses hauts talons, attendait patiemment son tour, une bouteille logée au creux du bras comme un nourrisson. Reine de la table aux étriers le jour, impératrice de celle des gourmets le soir, je t'épargne Son Altesse du lit. Qui dit mieux ?

Il a ri. Si belles et gaies. Si franchement gays. Elles assumaient la situation sans complexe et n'en aimaient pas moins la compagnie des hommes. La nature leur avait donné ces goûts-là, voilà ! L'une et l'autre s'étaient livrées dans le temps à quelques louables essais du côté du sexe opposé pour confirmer. Chose faite. Après avoir pas mal vagabondé, elles vivaient aujourd'hui dans le bonheur permanent de s'être trouvées.

Armelle a passé le dos de sa main sur sa joue, elle la cinquantaine, lui quarante : une caresse de grande sœur qui joue à la maman.

— Que raconte le pendule ce soir ?

« Pendule », leur mot de passe jusqu'à la résurrection des morts qui lui rendrait l'appendice manquant.

Juan a désigné la boîte ronde, couleur mer du Nord, dépassant du panier à pique-nique de Vic.

— Il voudrait bien savoir ce qui se planque sous le caviar.

— Patience, il ne sera pas déçu, a promis Vic.

Ayant décidé que la dégustation se ferait sur la terrasse, elles y ont dressé le couvert en deux temps trois mouvements, sortant les plus beaux plats pour y disposer foie gras et pain bis, salade de concombre, œufs d'esturgeon et blinis. Réveillon de luxe, leur devise étant qu'il faut toujours avoir chez soi de quoi fêter Noël.

À condition que Noël ne soit pas en décembre, qu'il n'y ait pas de sapin avec guirlandes et boules multicolores, ni de grand-père à barbe blanche lui adressant des signes d'amour avant de prendre le dernier traîneau pour le ciel, Juan n'avait rien contre.

Tout en s'activant, l'une et l'autre l'ont, mine de rien, interrogé sur sa dernière mission et ses futurs projets. « Urgentissime »... Il les voyait venir, s'étonnant seulement que la bouillonnante Vic n'ait pas encore attaqué. Elle l'a fait sitôt le foie gras dans les assiettes, couronné de fines tranches de concombre parfumé à la truffe et, dans les verres, un incomparable « nectar des dieux », cadeau d'un fan de ces dames dans le Sauternais.

— Manon, ça te dit quelque chose ?

— Rien du tout.

— Et « le moineau » ?

— La petite qui travaille avec toi à la télé ?

— Banco ! Elle fait même un tabac en présentant sa nouvelle émission, *J'ai besoin de votre aide*.

— J'ai besoin de votre aide : amateur de tabac échange pendule génial contre main gauche, même idiote, a clamé Juan.

— Arrête, Santès ! Même si ton cas est palpitant, on n'est pas là pour en parler, a râlé Vic.

— Juanito, c'est sérieux, s'est contentée de le reprendre Armelle.

« Juanito », l'arme fatale.

Elles se sont mises à deux pour lui raconter l'histoire rocambolesque d'un môme tombé du ciel sur le paillasson de leur protégée. Un gamin sans identité avec, en guise de carte de visite, les yeux turquoise d'une mère brûlée vive quatre années auparavant et une sommation : « Sauvez-le ! »

Détail, cette mère se trouvait être la sœur cadette de Manon. Preuve établie avec certitude par les examens d'ADN.

Armelle alignait les faits dans l'ordre, tous les points sur les *i*, comme la scientifique qu'elle était. Vic y ajoutait sa brouillonne passion habituelle. Il ressortait de l'ensemble une impression d'irréalité, venant du va-et-vient constant entre passé et présent, morts et vivants, sous un ciel incertain parsemé de points d'interrogation.

Tandis qu'elles déroulaient l'écheveau macabre de leur histoire, la nuit avait pris peu à peu ses quartiers dans le parc. Dans les immeubles cossus qui l'entouraient, les fenêtres s'étaient éclairées, les unes après les autres, et Juan imaginait, dans les salles à manger aux hauts plafonds, de quiètes et prospères familles soupant sous les cristaux de lustres à multiples branches, tels de flamboyants arbres généalogiques.

Il avait appartenu à ce monde-là. Et, lors de ses patrouilles dans les territoires de tous les dangers, toutes les atrocités, il n'avait jamais cessé de sentir briller au-dessus de sa tête la couronne de lumière de l'enfance dont une paillette palpitait à son poignet avec la montre de son grand-père.

D'une certaine façon, ne vis-tu pas, toi aussi, entre passé et présent ?

Le silence l'a tiré de ses réflexions. Vic et Armelle le regardaient d'un air perplexe.

— Une simple question, a grondé Vic. Voilà une heure qu'on t'ouvre grands nos cœurs en te gavant de foie gras. T'as écouté ou t'as rêvé ?

— J'ai rêvé en vous écoutant dans une sublime odeur de truffe. La meilleure façon de graver l'important dans la mémoire : voir Proust et sa madeleine.

Armelle l'a resservi en sauternes. Elles avaient toujours adoré le saouler.

— Dans ce cas, peut-on avoir ton sentiment ?

— Vous vous êtes flanquées dans un pétrin maousse, où vous avez manœuvré comme des chefs. À votre habitude.

Elles avaient hébergé leur « moineau » et son « oisillon » – quelle manie avaient les femmes d'affubler de noms d'animaux ceux qu'elles aimaient. Un de leurs amis avocat avait pris les choses en main. Un très sérieux juge des tutelles s'apprêtait à diligenter une enquête à Palerme...

Restait la question pour le champion : qu'avaient-elles planqué à son intention sous le caviar ? « Tu ne seras pas déçu », l'avait averti Vic.

Il s'est bien gardé de la poser.

Avec la nuit, la fraîcheur tombait sur la terrasse, elles ont décidé de poursuivre à l'intérieur. Et c'est après un trou normand à la vodka, devant un parterre de blinis tiédis au four, généreusement tapissés d'œufs gris translucides, qu'elles sont montées au feu.

— On a besoin de toi, l'espion. (Vic)

— La petite a décidé d'aller là-bas enquêter elle-même. (Armelle)

— Et on peut compter sur elle pour plonger droit dans la mare aux crocodiles. (Vic)

— Prière de ne pas insulter mon compagnon préféré, a plaisanté Juan en désignant le spécimen qui ornait sa chemise.

— Carrément désopilant ! Tu n'as jamais songé au café-théâtre ? Tu ferais un malheur. (Vic)

— Nous souhaiterions que tu partes là-bas à sa place. (Armelle)

C'était donc ça le gros lot ? Un billet d'avion pour Palerme.

Il a achevé tranquillement son blinis et vidé son verre de vodka.

— Puis-je vous rappeler que mon boulot est d'enquêter sur la disparition d'œuvres d'art et non sur l'apparition d'un enfant non signé par ses auteurs.

— Au cours de tes enquêtes pour ces messieurs de Londres, n'as-tu pas été amené plus d'une fois à rechercher des empreintes génétiques, afin d'établir des filiations ? l'a interrogé Armelle avec une hypocrisie distinguée.

— Admettons que votre Mano soit une œuvre d'art et votre Manon sa légataire présumée, qui vous dit que j'ai le temps et l'envie de m'occuper de votre affaire ?

— Notre « affaire »..., s'est étranglée Vic. Une « affaire » pour l'histoire la plus palpitante qui nous soit jamais arrivée. Et après tout ce qu'on a fait pour lui, monsieur n'aurait « pas envie » de nous sortir du potage ?

— Madame est bien aimable de me rappeler mes obligations.

Il s'est levé et il est sorti sur la terrasse. Le parc était muet. Pour la plupart, les lumières des beaux immeubles éteintes. Minuit passé. Dans les chambres à coucher, qui donnaient sur les cours plus tranquilles, des couples faisaient l'amour. À moins qu'ils ne se fassent la gueule, ou tout simplement se haïssent.

Eh bien non ! Il n'avait pas envie de s'occuper de leur « affaire ». Derrière leur « Doudou », leur « moineau », il sentait s'avancer quelque chose de redoutable. Une menace qu'il ne parvenait pas à définir. Non seulement son pendule l'en avertissait, mais aussi tout son corps : « Danger. »

— Juanito ?

Armelle est venue s'accouder à ses côtés. Déléguée par Vic ? Elle sentait bon : un parfum capiteux qui lui ressemblait. Elle sentait aussi cette grise matinée d'hiver où, à l'hôpital, elle était venue s'asseoir sur le rebord de son lit et lui avait tendu la main. Sans elle, sans elles, où en serait-il aujourd'hui ?

— Puis-je te proposer quelque chose ? a-t-elle dit. Viens déjeuner demain au Pavot. On te présentera les phénomènes. Tu nous donneras ta réponse après.

Comment refuser ?

Réveillon ou pas, pour le dessert, elles avaient renoncé à la bûche et apporté des fruits rouges. Il n'avait pas envie de dessert. Il avait envie qu'elles se barrent et le laissent réfléchir.

— Pas très bavard, l'espion, a remarqué Vic, adoucie. Le repas ne t'a pas plu ?

— J'ai détesté le caviar. Et vous m'emmerdez

vraiment, vous et votre moineau. Je suppose que c'est elle qui vous envoie ?

— Tu as tout faux. Elle ne veut pas entendre parler de toi. Elle a décidé d'aller toute seule là-bas. Il va falloir que tu la convainques. On te souhaite bien du plaisir, a-t-elle ajouté avec un rire de gorge.

Il a adoré l'humour. Elle aussi aurait fait un malheur au café-théâtre. Passant à la séquence « séduction », elle a collé son visage au sien.

— On ne t'a jamais dit que tu avais de beaux yeux, Santès ? Mi-bleus, mi-gris, minuit. Des yeux de loup.

— Chaque fois qu'on cherche à m'arnaquer. Ça devient lassant.

Armelle est entrée dans la danse en s'emparant de sa main.

— Il n'y aurait pas une petite lime qui traînerait dans ton foutoir pour que j'arrange tes griffes ?

Au moins aurait-il gagné son pari.

— Elle a intérêt à être jolie, votre Calamity, a-t-il grommelé un peu plus tard, tandis que le médecin œuvrait sous l'œil charmé de Vic qui attendait son tour.

— Fragile ! a rugi cette dernière. Pas touche, ou on te retire l'enquête.

Un instant, le regard d'Armelle s'est perdu au loin.

— Sa sœur était si belle que nous avons parfois l'impression qu'elle se croit laide, a-t-elle répondu avec toute la tendresse du monde.

Et, pour tout arranger, Juan a compris que Sex and the City avaient découvert la maternité.

27.

Elle n'est pas belle, elle est mieux que ça. Pas l'opéra qui vous roule dans ses vagues, une sonatine égrenée comme une caresse. Pas l'implacable Vénus de Milo ou d'ailleurs, la fraîche jeune fille au bonnet blanc d'un tableau hollandais, au coin de la porte du banquet, hésitant à entrer. Et vous ne voyez qu'elle !

Si c'était une fleur, elle serait la primevère, hésitant à sortir des glaces de l'hiver pour goûter aux premiers rayons du soleil. Un animal ? Juan préfère la fauvette au moineau, comme l'appelle Vic. Le moineau pépie, la fauvette chante. Une couleur ? Il pourrait continuer le jeu à l'infini, broder autour des épais cheveux châtains tenus serrés par un élastique qu'il a eu d'emblée envie d'arracher, le visage à l'ovale pur, éclairé par de grands yeux verts aux larges pupilles pailletées de doré, le nez fin, les lèvres en forme de cœur et non gonflées artificiellement comme on en voit tant aujourd'hui.

Elle n'est pas grande : autour d'un mètre soixante-cinq. Une vingtaine de centimètres de moins que lui. Petits seins haut placés, longues jambes, fesses rondes, un corps harmonieux que révèlent la chemise blanche et le short marine qu'elle porte en cette matinée de dimanche que l'on dirait d'été. Pieds nus, ongles-coquillages.

Elle lisait, ou faisait semblant – il pencherait plutôt pour la seconde option –, sous le saule du sorcier, quand il est arrivé. Tandis qu'il s'avançait vers elle, sous la haute surveillance de Sex and the City, elle s'est levée sans hâte et le message qu'envoyait son regard, sous le front buté, était limpide. Pour faire court : « On ne t'a pas sonné. » Un peu plus long : « Ne compte pas sur ton pendule pour m'amadouer. » Son pendule, sûr qu'elles avaient dû lui en faire tout un plat, et de sa personne, un héros.

— Tu as trois choix, le moineau, a entamé Vic en pointant le doigt vers lui. Son nom, Juan ; son boulot, l'espion ; ses yeux, le loup !

Elle n'a pas choisi : un « bonjour » du bout des lèvres, la brève pression d'une petite main ferme.

Elle ne cherche pas à séduire, c'est son moindre souci. Pas un soupçon de maquillage, aucune coquetterie dans l'attitude : fauvette dressée sur ses ergots de rien du tout. Et, dans l'instant, il comprend l'ardent désir de ses « anges gardiennes » – il paraît qu'elle les a baptisées ainsi – de la protéger de leurs ailes. Trop d'innocence, de naïveté, d'inconscience, sous l'apparent toupet. Tiens, ne parle-t-on pas du toupet d'un oiseau ? Il ne va quand même pas s'y mettre lui aussi !

Armelle a consulté sa montre.

— Maï a emmené le petit à la messe. Ils croient tous les deux au bon Dieu, ils ont du mérite ! Au retour, ils passeront à la pâtisserie choisir le dessert. Cela nous laisse une bonne heure pour parler tranquillement. On y va ?

Ils se sont installés dans la véranda où des boissons les attendaient. Vic s'est occupée du service : vin rosé pour les grandes personnes, jus de pomme pour la gamine.

Armelle a lancé le débat.

— Comme tu le sais, Doudou, nous avons mis Juan au courant de ce qui t'arrivait ; pardon, de ce qui *nous* arrivait. Éventuellement, il serait partant pour t'aider. Il attend tes questions.

Doudou a serré les lèvres tout en le fixant d'un regard vert défi. Pas de questions, pas de débat. Une détermination farouche : « C'est moi qui irai à Palerme. Personne ne m'en empêchera. »

Juan a soutenu son regard.

— Sachez d'abord, Manon, que je ne ferai rien sans votre accord. Alors, si c'est non, dites-le tout de suite. On ne va quand même pas se gâcher un si beau dimanche.

Il a pris tout le monde de court. À commencer par Sex and the City dont le regard a paniqué : et si c'était non ? Leur moineau s'est contenté de devenir rouge-gorge. Il devait s'être préparé à se défendre. Juan lui retirait le grain du gosier.

— Je ne vois vraiment pas pourquoi je n'irais pas là-bas, a-t-elle répondu d'une voix sourde. Je suis la sœur d'Agathe, quand même ! Ça n'étonnera personne que je veuille en savoir plus sur sa vie à Palerme et comment elle est morte.

Sur le mot, sa voix a fléchi. Elle a ajouté : « Et, bien sûr, je ne parlerai pas de Mano. »

— Ça, personne ici n'en doute ! a affirmé Juan. Le seul souci, voyez-vous, est que le drame s'est déroulé il y a quatre ans et que la famille Vitali – car c'est bien elle que vous avez l'intention d'interroger, n'est-ce pas ? – ne manquera pas de s'étonner d'une réaction aussi tardive. Vous risquez d'éveiller les soupçons. Et, d'après ce que nous savons, vous n'aurez pas affaire à des tendres.

— Je me débrouillerai. Moi, je n'ai pas peur ! a lancé Manon farouchement en jetant un regard hostile à ses bienfaitrices.

Vic a ouvert la bouche pour protester, Armelle l'a arrêtée d'un geste autoritaire.

— Maintenant, vous allez vous poser une question toute simple, a repris Juan avec la très désagréable impression de lutter contre lui-même. (Bon sang, pourquoi ne laissait-il pas tomber ?) Que penserait celui qui vous a amené le petit, en prenant les plus grandes précautions pour que nul n'en sache rien, s'il apprenait que vous vous apprêtez à retourner à la case départ, très exactement là où, selon lui, il était en danger ?

À nouveau, il l'a surprise. Elle est d'abord restée le bec ouvert, désarçonnée, avant de baisser les yeux sur la bague ornée d'une améthyste qu'elle portait au doigt réservé à l'alliance, et a commencé à la tourmenter.

Il s'est penché vers elle.

— Ne croyez pas que je cherche à vous piéger. J'essaie seulement de mesurer les risques pour nous donner un maximum de chances de trouver ce qui est arrivé à Agathe.

Le « nous » ajouté au prénom de sa sœur l'a laissée KO. Elle a relevé très lentement les yeux, luttant contre les larmes. Un vrai salaud ! Bien sûr qu'en lui demandant sa confiance, il la piégeait. Le plus vil des pièges. Il s'en est voulu. Il en a voulu à ses amies. Il a souhaité qu'elle ne marche pas.

Elle a marché. Pas une vieille routière de la triche comme lui.

— Évidemment ça ne lui plairait pas que j'aille là-bas, a-t-elle reconnu à contrecœur. Mais il faut que je sache...

Sex and the City ont échangé un regard lourd de tendresse : des mots sans atours, comme elle, leur fille, leur petite fille. Car, bon Dieu, comment grandir correctement entre un père pervers, une mère inexistante et une sœur qui pompe tout l'air de la baraque ? Cette histoire sordide qu'elles lui avaient racontée la veille. Malgré ses vingt-huit printemps – fallait-il parler de « printemps » ? –, leur moineau était, pour une partie, restée dans l'enfance.

— Manon ! a-t-il appelé avec douceur.

Elle a cessé de tourmenter sa bague et l'a fixé avec inquiétude. Quoi encore ?

— Me feriez-vous un grand plaisir ?

Ni oui ni non. Souffle coupé du côté des anges gardiennes.

— Buvez votre jus de pomme.

Il a montré son propre verre auquel il n'avait pas touché.

— Je crève de soif, mais jamais avant les femmes, c'est ma devise.

Et il a gagné son premier sourire.

Elle a attrapé son verre et l'a vidé d'un trait : ultime défi ? Sacré moineau !

Le vin rosé parlait de soleil et de chansons, avec un arrière-goût aigre de tromperie.

— Et vous ? Comment allez-vous vous débrouiller là-bas ? Qu'est-ce que vous leur direz pour qu'ils n'aient pas de soupçons ?

Un semi-accord ?

Il a levé son bras amoché.

— J'ai déjà un gros avantage sur vous : une seule main. Croyez-moi, ça vous pose un homme ! Demandez à vos anges gardiennes, c'est comme ça que je les ai eues.

Elles ont approuvé avec enthousiasme.

— Ajoutez la coiffure, a-t-il poursuivi en montrant son crâne rasé. Para ? Repris de justice ? Moine zen ? Le temps que l'adversaire s'interroge, j'ai déjà une longueur d'avance.

— Sans compter qu'aucune porte ne lui résiste, n'a pu s'empêcher d'intervenir Vic. Il a pris des cours de serrurerie avec les meilleurs passe-murailles. Il faudra qu'il te montre ça.

— Hors sujet, l'a reprise sévèrement Armelle.

— Il me faudra également étudier le dossier avec votre avocat, a continué Juan avec patience.

— Marco ? Vous allez voir Marco ? s'est écriée Manon.

Il a noté les yeux brillants, le soulagement dans la voix. Ça ne lui a pas plu.

— Bien entendu. Je dois savoir où il en est. Et vous n'y échapperez pas non plus. J'aurai besoin d'un entretien seul à seule avec vous.

— Et pourquoi ça, l'espion ? Dis tout de suite qu'on te gêne, a rugi Vic.

— Ta gueule, Victor. Pour une fois, laisse Manon sortir de tes jupes, s'est emportée Armelle.

L'écart de langage de City, ajouté aux « jupes », a laissé sans voix celle qui ne portait que des pantalons. Juan a éclaté de rire. D'un coup, l'atmosphère s'est allégée. Armelle a resservi une tournée de rosé. La petite s'est attaquée aux amandes et autres graines, comme la fauvette qu'elle était.

— Et quand vous reviendrez, vous me direz tout ? Même si c'est mauvais ? a-t-elle demandé.

— Le bon comme le mauvais, promis.

— Alors, c'est oui, a-t-elle accepté simplement.

Il y a eu un silence d'alléluia. Au regard reconnaissant de ses amies, Juan a opposé un visage froid. Il s'était bel et bien laissé avoir. Leur Manon itou.

De joie, Vic s'est levée.

— Tu verras, le moineau, tu ne le regretteras pas, a-t-elle triomphé. C'est le meilleur. Prends *Les Experts*, ajoute *Miami*, *Manhattan* et *Las Vegas*, tu l'as !

Elle a désigné Armelle.

— Et ce n'est pas notre experte adorée qui me contredira.

L'adorée n'en a pas eu le temps. Des cris joyeux retentissaient dans le jardin où Maï venait d'apparaître, accompagné d'un minuscule garçon portant contre sa poitrine, comme le saint sacrement, une boîte à gâteaux aussi large que lui.

La fauvette s'est envolée. Elle a traversé la véranda, dévalé les marches du perron, couru à la rencontre du petit, l'a soulevé dans ses bras.

Et comme elle revenait vers la maison, le regard fier, le visage résolu, elle n'était plus qu'une femme prête à tout pour défendre un enfant.

À cet instant, Juan l'a trouvée belle.

28.

Le cabinet de « son » Marco se trouvait dans les beaux quartiers : un immeuble en pierre de taille sur une avenue bordée de marronniers, semée de boutiques de luxe.

— Si vous veniez avec moi ? avait proposé Juan à Manon avant de la quitter la veille.

— Ça ne servirait à rien. Je lui ai tout dit. Et puis, ça me gênerait.

Ah bon, ça la gênerait ? Et pourquoi donc ? Cette lumière dans ses yeux lorsque le nom avait été prononcé, ce soulagement... Avocat amant ?

À la demande de City, Dubreuil avait décalé un rendez-vous pour le recevoir d'urgence. 14 heures. S'était-il contenté, comme Juan, d'un sandwich pour déjeuner ?

C'était un bel homme élégant : lunettes de marque, courte barbe soignée. Il l'a accueilli avec chaleur.

— Heureux de vous connaître. Vraiment !

Sans rancune de le voir empiéter sur ses plates-bandes ? Soulagé ?

— Un café ?

— Volontiers.

Tandis que l'avocat décrochait son téléphone, faisant

le tour des lieux, Juan a remarqué, sur un coin de bibliothèque – livres d'apparat – la photo d'une jolie femme, une fillette sur ses genoux. Il en a éprouvé un soulagement absurde. Bon sang, que lui arrivait-il ?

— Mon épouse et notre Jade, une merveille comme vous le voyez, s'est vanté le père avec humour en le rejoignant. Manon a accepté d'en être la marraine.

Juan s'est senti tout con.

Ils se sont assis côte à côte sur le canapé, devant un dossier préparé sur la table basse : « AFFAIRE VIGNON ».

— Nos amies ont dû vous raconter que, lors de notre première rencontre, le petit s'était précipité dans mes bras en m'appelant *padrino*. Parrain... Barbe et lunettes y sont certainement pour quelque chose... En réalité, c'est d'un *padre* qu'il s'agirait, un curé. À ajouter à Filomèna et à Eduardo, deux prénoms qu'il cite souvent : le couple qui l'a élevé ? Il lui arrive également d'évoquer une Carmella. Nous avons fait la liste. Je vous la donnerai.

Il a ouvert le dossier et il en a tiré plusieurs dessins d'enfant, du classique. Une maison, la mer, un bateau, un pêcheur barbu – Juan a noté la barbe. Sur chacun, un grand soleil.

— D'après la psy qui les a étudiés, Mano a eu une petite enfance heureuse. Il n'a pas connu sa maman mais ceux qui l'ont élevé lui ont donné tout l'amour nécessaire. À noter que le mot « école » lui est inconnu. En revanche, il s'intéresse beaucoup au foot et à la télé.

Deux coups légers ont été frappés à la porte et la jeune femme qui avait introduit Juan est entrée. Jolie, élégante, assortie aux lieux. Elle a posé devant eux un plateau avec deux tasses et un sucrier. Le café sentait bon.

— Chantal, vous serez gentille de ne me passer

aucune communication tant que M. Santès sera là. Nous rappellerons.

Elle a acquiescé avec un sourire avant de s'éclipser. Juan a tendu le doigt vers les photos qui apparaissaient dans le dossier.

— Vous permettez, maître ?

— À condition que vous m'appeliez par mon prénom. Pensez-vous que Sex and the City s'y opposeraient ?

Sex and the City... Juan a éclaté de rire. Coincé, l'avocat ? Décidément, il avait tout faux.

L'une des photos représentait une blondinette aux yeux rares, serrant un chat contre sa poitrine.

— Agathe et « le Prince », le nom qu'elle avait donné à l'animal, a expliqué l'avocat. Elle l'adorait. Le même nom que revendique l'enfant : Mano Leprince. Ni Vignon, ni Vitali, le seul qu'il se connaisse.

— Brouillage de pistes. Comme pour son âge, exagéré selon Armelle. Plutôt trois ans et demi que quatre.

L'avocat a acquiescé.

— Tout a été fait pour qu'à la fois il n'ait pas d'existence là-bas et qu'en France on ne puisse avoir aucun doute sur ses origines.

Une autre photo représentait les deux sœurs. La blondinette était devenue une ravissante jeune fille. Juan a remarqué les améthystes à ses oreilles, pierres semblables à celle que Manon portait au doigt la veille, la tournant et retournant sans cesse. Bijou important pour elle ? Légèrement en retrait, elle fixait l'objectif avec un sourire timide mêlé de défi. Non, tu n'as pas changé.

Il a retourné la photo. Une date était inscrite au dos ainsi que : « Anniversaire de maman ». Il a fait un rapide calcul : Manon, vingt et un ans, Agathe, dix-sept. Une envie irraisonnée lui est venue de mettre le cliché dans sa poche.

L'espresso était serré comme il les aimait. Lorsqu'une mission l'appelait à Rome, à Venise ou à Naples, Juan appréciait également les capuccinos mousseux du petit déjeuner, pris à une terrasse, en regardant déambuler la foule joyeuse, diserte et secrètement mélancolique des Italiens, portant en eux le deuil d'un passé flamboyant. Était-il possible qu'il se retrouve bientôt en Sicile ?

— Au fond, sans doute sans se l'avouer, si Manon a décidé de se rendre là-bas, c'est qu'elle ne croit pas à la mort de sa sœur, a remarqué l'avocat.

— Où en est votre enquête ? lui a demandé Juan, sans lui dire qu'il partageait son avis.

— Très franchement, au point mort. Par un ami qui se rend régulièrement à Palerme, j'ai pu avoir les coordonnées d'un patron de restaurant, un certain Giorgio La Rosa. Il m'a fourni quelques renseignements sur la famille Vitali. Disons plutôt « le clan ». Sans pour autant parler de mafia. Certains vont un peu vite. Bref, Pasquale Vitali, frère aîné de notre Ernesto, ex-compagnon d'Agathe, est le chef. On parle d'un homme au caractère ombrageux. Il possède toute la rue où vivait le couple, dans un immeuble au-dessus d'un bar. Des bars, Pasquale en aurait d'autres ici ou là : sa principale source de revenus.

— Bars à putes ?

— Disons plutôt à rencontres.

— Agathe ?

— Certainement pas. Comme vous devez le savoir, la famille est sacrée en Sicile. Y êtes-vous déjà allé ?

— Une seule fois. J'étais tout jeune : mes premières amours.

— Celles qu'on n'oublie pas.

Le pendule s'est manifesté. À l'époque, comment aurais-tu pu savoir qu'un jour tu n'aurais plus qu'une main pour caresser les filles ?

— Et, naturellement, rien sur l'enfant. Pas même de bruit concernant une fausse couche ?

— Rien. À ce propos, j'ai préféré ne pas en parler à La Rosa. Pour lui, j'agis pour le compte de la famille d'Agathe qui souhaite en savoir davantage sur les circonstances de sa mort. Il continue à se renseigner. Je vous donnerai ses coordonnées. N'hésitez pas à le rencontrer. Il paraît que son *osteria* est l'une des meilleures de la ville.

— C'est noté, a dit Juan.

Il a terminé sa tasse.

— Votre scénario, Marc ?

— Plus simple qu'il n'y paraissait au départ. Agathe rencontre son Sicilien à Toulon. Qu'est-il venu y faire ? Sans doute ne le saurons-nous jamais. Coup de foudre ? Il la ramène à Palerme. Peu probable qu'elle soit accueillie à bras ouverts par le clan, en particulier par Pasquale. On la traite mal. Elle se rebelle. Ernesto prend-il sa défense ou cède-t-il devant l'aîné ? Si elle cache sa grossesse, c'est que les choses ne se sont pas bien passées.

— Pourtant, elle décide de la poursuivre.

— D'après mes calculs, Agathe s'est retrouvée très vite enceinte. Alors qu'elle était peut-être encore amoureuse de son Sicilien. Sans compter que, là-bas, pour une femme sans moyens financiers qui ne connaît personne et doit être étroitement surveillée, avorter relève de l'impossible.

— Séquestrée ?

— Le mot est sans doute un peu fort. On peut aussi lui avoir supprimé ses papiers.

Juan a pris le relais.

— Elle accouche en secret. Elle doit quand même s'être fait une amie ? Elle lui confie le nourrisson. Cette Filomèna ? Tout porte à croire qu'elle avait prévu de fausser compagnie aux Vitali et de rentrer en France avec lui. L'incendie casse son plan...

— L'amie n'avertit personne de l'existence du bébé, respectant la volonté de la mère, a poursuivi l'avocat. Elle le cache, on ne sait où, durant quatre ans, ne lui dit rien de ses origines siciliennes, lui parle abondamment de sa famille française, comme pour le préparer à la retrouver un jour. Et soudain, pour une raison inconnue, elle décide de l'expédier en catastrophe à Manon.

— « Sauvez-le ! »... Il court un danger.

— Là, nous n'avons qu'une hypothèse : Pasquale Vitali. Aurait-il eu vent de son existence ?

Juan s'est levé. Il est allé à l'une des hautes fenêtres. Il a écarté le voilage. Sur la spacieuse avenue, des voitures glissaient sans bruit entre les marronniers. Devant un hôtel à colonnades, un portier galonné hélait un taxi. L'absence de bruit, due aux doubles vitrages, donnait de la vie comme une version édulcorée, un adroit trucage. Juan avait appris que c'était souvent dans les plus beaux décors que se tramaient les plus sordides arnaques.

Qu'est-ce qui le gênait dans l'histoire apparemment banale d'Agathe et de son Ernesto ? Une histoire d'amour qui tourne au drame. Une idée lui est venue. Et si... Un instant, il a hésité à en faire part à Marc. Non ! Trop tôt. Même pas une idée, une intuition. À vérifier.

— Il y a une mauvaise nouvelle, a annoncé l'avocat en le rejoignant. J'ai appelé ce matin le juge des tutelles pour savoir où il en était. Les enquêteurs seront sur place lundi prochain. « Enquête dans l'intérêt des familles. » Père sicilien, mère française. Il leur reviendra de décider à qui confier l'enfant. Tôt ou tard, à mon avis plutôt tôt, ils seront amenés à en dévoiler l'existence. Tel que l'on m'a décrit Pasquale, il risque de faire un sacré ramdam. Soyez sûr qu'il mettra tout en œuvre pour le récupérer. La terreur de Manon.

— Vous lui en avez parlé ?

— L'information ne date que de quelques heures. Elle va paniquer. Nous avons une petite semaine devant nous avant que les enquêteurs débarquent là-bas. Attendons de voir ce que vous allez trouver.

À nouveau, l'idée a traversé Juan. Cela ne simplifierait-il pas tout ?

— Combien d'enquêteurs ? a-t-il demandé.

— Deux. Un homme et une femme.

Ils sont revenus vers la table.

— Quoi qu'il en soit, vous voyez qu'il y a urgence, a constaté l'avocat. Merci de prendre le relais. Jamais je n'aurais pu me libérer aussi vite. Sans compter que ce genre de travail est plus dans vos cordes que dans les miennes, et que, d'après nos amies, vous parlez couramment l'italien. Ce qui n'est pas mon cas.

Il a désigné le dossier.

— Je vous en ferai porter une copie dès ce soir. Quand pensez-vous pouvoir partir ?

— Le plus vite sera le mieux. Je ne tiens pas à me cogner aux enquêteurs. Jeudi ?

— Tenez-moi au courant. Et lorsque vous serez là-bas, n'hésitez pas à m'appeler, jour et nuit. Je laisserai mon portable allumé. Manon m'est chère, a-t-il ajouté.

— Vous la connaissez depuis longtemps ?

— Quelques années. Un petit bout de femme formidable. Elle renferme des trésors. Le plus fort est qu'elle ne le sait pas elle-même.

Dans la voix de l'avocat, Juan a senti percer la nostalgie. « Petit bout de femme »... « Femme »... À nouveau une jalousie inexplicable l'a traversé.

Ils se dirigeaient vers la porte. Avant de l'ouvrir, l'avocat a désigné la manche fermée de Juan.

— Pas trop dur ?

Juan a apprécié cette approche directe. Ni curiosité ni pitié. Simple intérêt. Ce qui ne l'a pas empêché de lancer avec défi :

— Tant que cela ne m'empêche pas d'aller à la chasse aux trésors.

29.

— Chez moi, a répondu la fauvette sans hésiter lorsque Juan lui a demandé où elle souhaitait le rencontrer.

Chez elle : rue Keller, XIe arrondissement.

Refusant son offre de venir la chercher à son travail, elle lui a donné rendez-vous « aux alentours » de 19 heures. Il est arrivé en avance, histoire de flairer le terreau où, d'après ce qu'il avait compris, Sex and the City l'avaient aidée à s'implanter : une rue calme, sans commerces, bordée d'immeubles modestes dont certaines fenêtres se paraient déjà du clignotement bleu de la télévision. Rue de retraités.

Au bout de celle-ci, Juan a repéré la cabine téléphonique d'où, aux dires de la petite, le Sicilien l'avait appelée : sur son portable. Comment en avait-il eu le numéro ? Par Agathe ? Manon n'en avait jamais changé, même après la mort de celle-ci, reconnaissant qu'elle ne parvenait pas à couper définitivement le fil des ondes avec sa sœur : « Il me semble qu'elle m'appelle. » Sans doute Agathe avait-elle transmis le numéro à la personne à qui elle avait confié son bébé. Comme les photos. Comme la sinistre tresse coupée.

Comme le code que Juan a trouvé à la porte d'entrée ?

Là, impossible ! Pour la bonne raison que Manon avait déménagé plusieurs années après la mort de sa sœur ; et que, à moins d'avoir soudoyé saint Pierre, celle-ci ne pouvait le connaître. Et comme aux dernières nouvelles on ne trouve pas les codes sur Internet, ni en s'adressant aux renseignements, il ne voyait qu'une possibilité : l'homme s'était introduit avec l'enfant dans l'immeuble à la suite d'un de ses habitants. Une piste à explorer.

Il a vu Manon arriver de loin : chemisette, jean, baskets, sac à dos à l'épaule. Toujours ce foutu élastique emprisonnant ses cheveux. À nouveau, cette envie de les libérer.

— Bonjour. Je ne vous ai pas fait trop attendre ?

— Seulement depuis dimanche...

Regard vite détourné, code frappé à la hâte, deux petits coups à la vitre de la loge. La gardienne, une Portugaise, a eu droit, elle, à trois baisers. Manon a désigné Juan.

— Je passe juste avec un ami. Rien de nouveau, madame Silva ?

Légère anxiété dans sa voix. Quel nouveau ? Un autre envoi du ciel ?

— Rien, mademoiselle Manon. Attendez, je vous donne le courrier.

Mince paquet de lettres et prospectus divers.

— Vos voisins vous réclament. Ils demandent quand vous reviendrez.

— Bientôt, j'espère.

Tout en montant les cinq étages au tapis usé, Manon lui a appris que, depuis qu'elle avait trouvé Mano sur son palier, elle n'était revenue qu'une seule fois, pour prendre quelques affaires.

— Ça ne vous manque pas trop de ne pas être chez vous ?

— Bien sûr que si ! Mais, au Pavot, Mano est en sécurité. Et Maï s'en occupe quand je vais travailler.

— *J'ai besoin de votre aide*, c'est ça ?

— J'en rêvais depuis toute petite. Je veux dire, de passer à la télé, a-t-elle avoué en rougissant.

« Mais tu es toute petite », a failli rétorquer Juan.

— C'est vrai ça, que vous savez ouvrir toutes les portes ? a-t-elle demandé d'une voix incrédule en glissant sa clé dans la serrure.

Et comme l'imbécile qu'il était, il a trouvé le moyen de répondre : « Sauf les plus blindées, hélas : celles du cœur. » Ça ne s'arrangeait pas !

Le studio sentait le départ précipité. Un seul coup d'œil a suffi à « l'espion » pour en juger. Un cendrier non vidé sur le rebord de la bibliothèque, deux tasses traînant sur la table basse, les aiguilles de la pendule murale arrêtées : sur 2 h 20. Du matin ? De l'après-midi ? Quand Manon la remettrait-elle en marche ? Beaucoup d'eau aurait certainement coulé dans sa vie avant qu'elle revienne habiter ici. Avec ou sans Mano ? Si oui, Juan aurait-il joué un rôle positif dans ce retour ?

Elle est allée droit à la fenêtre, a relevé le store, ouvert les deux battants. Aucun arbre pour la saluer, des vagues de toits gris à moineaux.

Elle a pris une longue inspiration avant de revenir vers lui.

— Vous voulez boire quelque chose ? Je dois avoir du Coca et de la vodka. Les deux ?

— Avez-vous l'intention de me saouler ?

Elle est passée à la cuisine. Il en a profité pour faire

un tour rapide des lieux. Ouvrages classiques et polars dans la bibliothèque. Élégant canapé grenat, de toute évidence signé City, ainsi que la table basse et les fauteuils. En tas, dans un coin, quelques vêtements et menus objets autour d'un sac plastique : le « sac à chagrin » dont lui avait parlé Armelle ? Manon se doutait-elle de tout ce que ses anges gardiennes lui avaient livré d'elle ? Sa vie sordide à Toulon, sous le joug de son salaud de père, son amour pour sa difficile petite sœur, et cette brouille dévastatrice, conclue par un « dégage » – pourtant pas volé – qui la conduisait aujourd'hui, afin de s'absoudre elle-même, à plonger dans la « mare aux crocodiles » pour découvrir comment son Agathe avait été dévorée. Et conserver le legs empoisonné.

On avait débranché le téléphone. Juan s'est adressé un sourire tordu. S'il avait eu la bonne idée de faire de même avant son départ pour sa dernière mission, il serait actuellement en train de savourer la soirée sur sa terrasse et non dans cette cage à fauvette !

Et, bon sang, était-il obligé d'accepter ce déjeuner à la con au Pavot ? Armelle aurait respecté son refus. Vic lui aurait fait la gueule un certain temps. Les colères de Sex avaient ça de bien qu'elles se terminaient toujours en orgies... de champagne.

— Il restait juste deux cannettes de Coca, s'est réjouie la petite en réapparaissant. Mano s'est chargé des autres, a-t-elle ajouté avec tendresse. On s'assoit ?

Il a pris place dans un fauteuil, elle dans un coin de canapé, assise sur ses jambes repliées. Elle avait décapsulé les deux cannettes. Pour lui éviter un geste difficile ? Là, c'était lui qui ignorait ce que ses amies lui avaient raconté sur ses hauts faits guerriers, un paquet-cadeau sous la table d'un restaurant de rêve.

— Marc m'a appelée, a-t-elle commencé. Bien sûr, il est tout content que ce soit vous qui partiez là-bas !

— Tout soulagé, Manon, comme nous tous.

Elle a hoché la tête et bu quelques gorgées de Coca. Progrès : elle ne l'avait pas vidé d'un coup pour le punir ! Se punir ? Comme elle recommençait à tourmenter sa bague, il a revu les boucles d'oreilles de sa sœur.

— Qu'est-ce que vous avez besoin de savoir de plus ? a-t-elle repris. Je suppose que Marco vous a tout dit.

Marco.

— J'ai besoin de vous entendre, vous, me parler d'Agathe. De mieux la connaître pour comprendre ce qui lui est arrivé. Par exemple, ce qui l'a amenée à s'exiler avec un quasi-inconnu.

— Mais s'exiler, partir le plus loin possible, Agathe ne rêvait qu'à ça ! a répondu Manon avec feu. Papa était tout simplement horrible avec elle. Déjà, il lui avait donné le prénom de sa mère qu'il détestait. En plus, elle avait le malheur de lui ressembler, les yeux... Comme si c'était de sa faute ! Vicarmelle ne vous l'ont pas raconté ?

— « Vicarmelle »... C'est de vous, ça ? a-t-il relevé légèrement dans l'espoir de la détendre.

Raté ! Elle s'est détournée.

— « Monagathe », c'est de moi aussi, a-t-elle avoué d'une grosse voix brouillée. Rassembler les noms, c'est ma manie.

Rassembler... Soudain, une idée idiote lui est venue à propos de son portable. Les idées « idiotes » se révélaient parfois les plus instructives. Rassembler, réunir, partager les risques...

— Je peux vous demander quelque chose, Manon ?

Son visage s'est refermé. Il n'en a pas tenu compte.

— Il se trouve que j'enquête sur la façon dont on peut déverrouiller un portable. Me confieriez-vous le code du vôtre ? Promis, je l'oublierai tout de suite.

Il a vu immédiatement qu'il avait tapé un point sensible. Son visage s'est empli de confusion.

— Je vous en prie...

— Vous allez trouver ça bête. Le mien, c'est la date de naissance d'Agathe. Le sien, c'était la mienne.

La date de naissance d'une fauvette pour ouvrir le répertoire d'une morte.

« De là-haut, elle m'appelle. »

Ben voyons !

30.

Puis elle déroule ses jambes, saute sur ses pieds, file à la pendule. Ne parle-t-on pas de « remettre les pendules à l'heure » ? Elle le fait à sa façon : « Pensez de moi ce que vous voudrez, vous ne me changerez pas. »

Il est presque 8 heures du soir. Elle tourne patiemment les aiguilles, remonte le mécanisme. « Beaucoup d'eau aura coulé sous les ponts avant qu'elle la ranime », pensait-il il y a un instant. C'est non. C'est maintenant. Droite comme un brave petit soldat, elle attend que les huit coups aient sonné avant de revenir se blottir dans le canapé.

D'où vient à Juan ce sentiment de tendresse ? « Je te souhaite bien du plaisir », avait raillé Vic. C'est plutôt bien de l'émotion.

— C'est donc pour fuir votre père qu'Agathe a suivi son Ernesto, reprend-il.

Indignation de la fauvette.

— Ce n'était pas « son » Ernesto.

Du sac à dos posé à ses pieds, elle sort un portefeuille de bazar, râpé, minable, touchant – un jour, je t'en offrirai un –, elle en tire une photo qu'elle lui tend d'une main tremblante.

Agathe à Palerme.

Assise sur un muret, dans un paysage désolé, une femme au visage fermé, douloureux, au regard lointain. Seule note de lumière, les améthystes à ses oreilles.

— Regardez-la. Regardez ma sœur. Vous diriez qu'elle était heureuse, vous ? Vous diriez que « son » Ernesto prenait soin d'elle ? Elle était seule, toute seule.

Le « sans moi » était au bord des lèvres.

— Mais alors, Manon, si elle n'aimait plus cet homme, pourquoi a-t-elle décidé de garder son enfant ?

— À cause du chat, répond-elle. Le Prince. D'ailleurs, elle a appelé Mano comme ça : Mano Leprince. Papa le lui avait volé. C'était un peu son bébé. Elle m'avait dit que si un jour elle en avait un, un vrai, personne ne le lui prendrait. Elle l'a gardé pour elle. C'est elle qui l'a volé à Ernesto. Et il y a une chose que je SAIS : sans l'incendie, ils seraient là tous les deux. Si vous ne me croyez pas, tant pis.

— Mais Manon, bien sûr que je vous crois. Tout le monde vous croit.

D'un seul coup, le visage de la fauvette s'est détendu. Ses yeux se sont emplis d'une reconnaissance enfantine. Alors, on la croyait ? Tout le monde croyait la petite Toulonnaise que personne n'écoutait ? Qui comptait pour du beurre ?

Juan s'est penché sur elle.

— Et je vous jure de tout faire pour débusquer le, ou les salauds, qui ont donné à votre Agathe ce visage-là.

— Oh merci, merci, Juan ! s'est-elle écriée.

La première fois qu'elle l'appelait par son prénom.

Et voilà qu'elle tire de sa poche une enveloppe brune froissée. Elle vient d'affirmer « JE SAIS », il SAIT qu'elle s'apprête à lui faire un cadeau inestimable. Et lorsqu'elle murmure : « Je ne l'ai encore montrée à personne », en laissant rouler au creux de sa paume l'une des boucles d'oreilles d'Agathe, à nouveau l'émotion l'emplit. C'est une partie d'elle qu'elle lui offre.

L'améthyste est aux trois quarts brûlée. Elle la pose religieusement sur la photo, puis elle retire sa bague et la place à côté. C'est déchirant.

— Maman nous les avait données après la mort de grand-mère. C'est Agathe qui avait choisi les boucles d'oreilles. On s'était promis de ne jamais s'en séparer, « même la nuit ». Je suppose que l'autre a disparu dans l'incendie ?

La légère interrogation dans sa voix signifie, comme Marc le lui a dit, qu'elle n'a toujours pas accepté la mort de sa sœur. Juan acceptera-t-il jamais celle de son grand-père ? Entre le refus de changer de numéro de portable et une montre qu'on s'obstine à garder, « même la nuit », quelle différence ?

Elle a levé les yeux sur lui.

— Vous savez, je crois que j'avais un peu peur quand même. Je suis contente que vous y alliez.

Alors, il l'a fait. Il l'a rejointe sur le canapé et lentement, tendrement, il a retiré l'élastique qui retenait ses cheveux. Des boucles souples ont coulé le long de son visage. C'était joli.

— Pardonne-moi, mais j'en rêvais depuis dimanche.

Elle a souri et laissé tomber la tête sur son épaule. Très doucement, de la main que le destin lui avait laissée – pour cet instant-là –, il a écarté les boucles, libéré trois centimètres d'intime chaleur, douceur, tendresse, sur lesquels il a posé les lèvres, à peine, pas un baiser, un effleurement. Surtout, ne pas l'effaroucher.

« Rassembler les noms, c'est ma manie », avait-elle dit. Il a senti se rejoindre deux solitudes. Ils sont restés un moment ainsi, un moment de repos ineffable, inconnu de lui, où il a senti se dessiner le mot « enfin ».

Plus tard, sans se détacher, elle a demandé d'une petite voix :

— Et vous, Juan, vous avez une famille ?

Son prénom, pour la seconde fois.

— Atrocement classique ! Un papa ingénieur, une maman à la maison, et deux grandes sœurs insupportables et adorables qui m'ont toujours considéré comme leur propriété. Un petit coup de froid avec mon père qui me voyait faire une grande école alors que je m'étais mis dans le crâne d'être journaliste. Aujourd'hui, nous sommes réconciliés.

Du creux de son épaule, un soupir est monté.

— Moi, je ne pourrai jamais me réconcilier avec papa, a dit une petite voix cassée. C'est foutu.

— « Jamais », voilà un mot que je vous interdis désormais de prononcer. Un croche-pied à l'espoir.

— D'accord... plus jamais, a-t-elle murmuré avec un rire minuscule et il a compris qu'il avait dit ce qu'elle attendait.

Elle a refusé son invitation à dîner. Vicarmelle l'attendaient.

Elle a accepté qu'il la raccompagne en taxi jusqu'au Pavot. Le foutu élastique emprisonnait à nouveau ses cheveux. Tant pis. Il gardait sur ses lèvres la douceur d'un moment d'abandon.

— Pourquoi vous vous appelez Juan ? Juan Santès ? Ce n'est pas espagnol, ça ? lui a-t-elle demandé un peu avant d'arriver. Don Juan...

— Justement. C'est parce que je suis très beau et que je les tombe toutes, a-t-il répondu.

Alors, elle a éclaté de rire. Un rire jailli du soleil de l'espoir dont il se nourrirait longtemps.

31.

Palerme
Jeudi 3 juin

D'abord, cette touffeur qui vous prend dans son fourreau au sortir de l'avion, avant même que vous ayez posé pied à terre, l'assaut de parfums exaspérés par le printemps, indissociables des couleurs : vertes exhalaisons des pins forçant le bleu du ciel, parures écarlates des bougainvilliers, effluves légers d'un champ d'amandiers, senteurs soyeuses des mimosas rivalisant avec le jaune têtu du genêt.

Un rempart de fleurs dressé par ce bout de terre aride, fils de trois volcans, cerné par la mer.

Puis l'explosion des bruits : sirènes des bateaux, grondements des bus et autres cars de touristes, bourdonnements de guêpes des scooters, bref tam-tam d'une radio vous agressant par la vitre baissée d'une voiture, appel d'un clocher, remontrance de cent clochers et, sourdant de partout, s'infiltrant partout, la musique : un air de Verdi, une *canzone*, un cantique.

Palerme, fille de joie qui s'offre en se signant.

C'était le bruit de l'eau, jaillissant d'une imposante fontaine, sur la Piazza Pretoria, où le taxi a déposé Juan qui l'emportait.

— « La fontaine de la honte », lui a appris son conducteur avec un rire, en lui désignant les nombreuses statues dénudées qui l'ornaient.

Tout au long du trajet qui l'avait mené de l'aéroport à son hôtel, s'improvisant guide, le bonhomme lui avait vanté les beautés de son île.

Sortant son sac du coffre, il s'est proposé de le promener dans la ville et ses environs durant son bref séjour.

— Demandez Giovani, a-t-il dit en lui remettant sa carte.

Après s'être présenté à la réception où le patron est venu lui serrer la main, Juan a pris possession de sa chambre, au premier étage : une vaste pièce au plafond de laquelle tournait un ventilateur, avec terrasse donnant sur la place.

Résistant à la tentation d'une douche, il s'est contenté de poser son bagage, et il est ressorti tout de suite, ne prenant sur lui que son portefeuille, ses papiers et son portable, béret sur la tête.

« Ton béret de para », s'amusait Vic. La coiffure à laquelle il tenait le plus. La même que portait Quentin, son cameraman, lors de leurs équipées. Posée sur sa poitrine défoncée avant que l'on rabatte sur lui le couvercle du cercueil.

11 h 45. Une grande heure avant celle, sacrée, de la sieste. D'un pas vif, Juan s'est dirigé vers la Kalsa, territoire du clan Vitali, d'après ses calculs à une vingtaine de minutes de son hôtel.

Autrefois quartier noble habité par les puissants, celui-ci offrait un spectacle de joyeuse anarchie où les bâtiments fraîchement restaurés affichaient des mines de nouveaux riches à côté de ce que l'on pouvait qualifier de taudis, où les ruines d'anciens palais côtoyaient des maisons en réfection enveloppées de lourdes bâches. Çà et là, au coin des rues, les restes de ravissants oratoires devant lesquels nul ne s'agenouillait plus.

La Via delle Arti, où avait vécu Agathe, où avait péri Agathe, se trouvait non loin du port. Le nom de la rue ainsi que le numéro des maisons modestes qui la bordaient, grossièrement écrits à la craie sur les murs, procuraient une sinistre impression de sursis. Un coup de manche et on efface.

Un coup de manche et Agathe avait été nettoyée.

Sur le sol poussiéreux, quelques plantes assoiffées tentaient de survivre entre deux pavés disjoints. De rares échoppes vendaient de tout et de rien, surtout de rien, gardées par des ombres tapies dans l'obscurité. Seul le linge, pendant entre deux balcons, apportait une note de couleur.

Une impression d'étouffement, pas due à la seule chaleur, s'est emparée de Juan. Quel secours attendre d'ici ? Il s'est arrêté au numéro 19.

Le feu était parti, sans aucun doute, du second étage, sous le toit de tuiles safran encore marqué par la suie. C'était là que les dégâts avaient été les plus importants ; le premier et le rez-de-chaussée étaient visiblement moins endommagés.

La maison avait été rafistolée à la diable – le mot convenait. Un puzzle macabre où des pans de murs roussis voisinaient avec de la pierre intacte, où les bouches noircies de fenêtres barrées d'une croix de bois criaient encore à côté d'autres aux volets tirés, comme on se met les mains sur les yeux pour ne pas voir, comme on se bouche les oreilles pour ne pas entendre.

Juan a vu les flammes jaillir. Il a entendu les cris. La fumée l'a suffoqué et, à l'idée que Manon aurait pu se trouver là, seule, il a éprouvé une douleur mêlée de colère.

Sans prêter attention aux quelques passants qui se retournaient sur lui, il a profité d'un espace entre deux maisons pour passer derrière et il a pu constater que chacune possédait sa courette, encombrée d'ordures ou d'objets pourris, avec parfois les chromes d'un deux-roues solidement enchaîné, étincelants comme un espoir d'envol.

Nul doute que, le soir de l'incendie, certains avaient pu s'échapper par là.

Comme il regardait la rue, une femme vêtue de sombre, tenant la main d'une petite fille, s'est arrêtée pour le regarder. Elle n'a pas répondu à son salut.

Le quart de midi a sonné quelque part. Bientôt la ville aurait succombé au sommeil, il était temps de passer à l'action.

Au bout de la rue, Juan a repéré la devanture grenat d'une trattoria. Après avoir éteint son portable et rajusté son béret – salut, vieux frère – il s'y est dirigé.

Deux hommes dans la cinquantaine, l'un coiffé d'un panama, l'autre d'une casquette à carreaux, déjeunaient en terrasse. Eux ont répondu à son salut. Il s'est installé à la table voisine.

Ils dégustaient une *bruschetta*, l'un de ses plats préférés : pain grillé nappé d'huile d'olive, recouvert de tomates concassées, et copieusement aromatisé aux herbes et à l'ail. Deux chopes de *birra* accompagnaient leur repas.

Suivant son regard, l'homme au panama s'est soulevé de son siège.

— Antonio, *qualcuno per lei ?* a-t-il crié en direction de la salle.

Court sur pattes, manches retroussées sur des bras velus, tignasse noire, sourcils charbonneux, yeux pointus – une grosse mouche –, Antonio est apparu aussitôt, enroulé dans un long tablier blanc.

— *Signore ?*

Juan a désigné l'assiette de ses voisins.

— *Come loro, prego. E una birra.*

La mouche a dodeliné de la tête.

— *Francése ?* a-t-elle demandé avec un clin d'œil aux autres convives.

La mine exagérément dépitée de Juan a déclenché l'hilarité du trio.

— Tout de suite, monsieur, en a rajouté Antonio.

Il a disparu à l'intérieur de son établissement où on l'a entendu lancer un ordre d'une voix d'opéra.

— *Conósce la Sicilia ?* s'est enquis la casquette à carreaux.

— *Pochissimo*, a répondu Juan, beau joueur, avec un sourire. Je n'y suis venu qu'une seule fois.

« Premières amours », avait-il dit à Dubreuil. Il avait dix-sept ans, elle vingt-quatre. Ils participaient à un même voyage, intitulé : « Voile et découverte ». Elle était belle, hardie, expérimentée. Ils avaient passé plus de temps au lit que sur la plage, et la plus exaltante découverte de Juan avait été celle du plaisir partagé. Était-ce de cette aventure, pleinement réussie, qu'il avait gardé le goût des femmes plus âgées que lui ? Les jeunettes ne l'avaient jamais attiré.

« Jamais », un mot que je vous interdis de prononcer, avait-il ordonné trois jours auparavant à une petite fille : « Un croche-pied à l'espoir. »

— *Buòn appetito, signore.*

Le patron déposait déjà sa commande devant lui. Puis il a tiré une chaise et s'est installé sans façon entre les deux tables. Juan n'en avait pas espéré tant !

Assoiffé, il a commencé par vider la moitié de son verre de bière, fraîche à souhait. Puis il s'est attaqué à sa *bruschetta*, découvrant qu'il avait faim. Le café-croissant du petit déjeuner servi dans l'avion était loin.

Tandis qu'il se restaurait, une molle conversation s'est installée entre ses voisins, des habitués du lieu, et le patron. Le temps, bien sûr – juin, le mois le plus chaud de l'année –, le tourisme – faiblard –, la crise. Les visages se tournaient régulièrement vers lui, quêtant un avis ou une approbation. Il y répondait par de simples hochements de tête, ou des « *sì* » qui n'engageaient à rien. Les regards passaient sans s'attarder sur son bras mutilé, pendant le long de son corps, s'interdisant toute question.

Lors de ses enquêtes, il arrivait à Juan de se servir de son infirmité. Là, il lui a semblé plus intéressant de laisser planer le mystère, comme sur la ville où il habitait en France. À la question du patron, il s'est contenté de répondre que son métier l'amenait à voyager souvent.

Son plat terminé, commandant une autre bière, il en a profité pour offrir la tournée. Une heure moins le quart.

Maintenant !

Il a désigné la Via delle Arti.

— C'est bien ici qu'a eu lieu l'incendie ? a-t-il demandé d'un ton neutre.

Instantanément, l'atmosphère s'est modifiée. Le bref regard qu'ont échangé les trois hommes ne lui a pas échappé. Stupeur. Circonspection.

— L'incendie ? a répété prudemment la mouche.

— Il y a quatre ans, en juillet, a précisé Juan.

La circonspection s'est transformée en méfiance. Il n'était plus le touriste lambda au parler italien approximatif, visitant leur île. Qui était-il ?

— *E allóra ?* a demandé, cette fois avec une pointe d'agressivité, le patron.

— L'une des victimes était une amie à moi, une Française. Peut-être l'un de vous l'a-t-il connue ? Elle s'appelait Agathe Vignon.

Vite, trop vite, trois têtes se sont agitées : non ! Pas d'Agathe Vignon dans les mémoires. Et, dans leurs regards, Juan lisait à présent un reproche presque enfantin. Ils l'avaient accueilli en ami, accompagné pendant son repas, tout fait pour qu'il se sente à l'aise et, pendant ce temps, il les dupait. Le Français était venu dans l'unique intention de leur tirer les vers du nez sur l'incendie et celle qui y avait péri.

Il restait à Juan un dernier signal à envoyer, le plus fort, dont il espérait que l'écho l'aiderait à mener à bien sa mission. Il aurait préféré temporiser, mais avec l'arrivée, lundi, des enquêteurs, le temps lui était compté. Il n'avait pas l'intention de croiser leur chemin. Plutôt, si son intuition était la bonne, de le leur barrer.

Sous le regard hostile de ses interlocuteurs, devenus adversaires, il a bu quelques gorgées de bière avant de lancer sa grenade.

— Agathe Vignon, la compagne d'Ernesto Vitali.

Vitali : le nom du clan, que nul ne pouvait prétendre ignorer, avait été prononcé.

Soudain, la mouche a eu à faire dans son établissement. Les voisins de Juan ont repoussé ostensiblement leurs verres pleins avant de se lever et de s'éloigner sans un salut. Il a patienté quelques minutes. Ne voyant pas le patron revenir, il a laissé un billet sur la table et, sans attendre sa monnaie, a quitté tranquillement la trattoria.

Il n'y avait plus âme qui vive dans les ruelles de la Kalsa, ni homme ni animal, une sorte de coma général où même les petits tas d'ordures, le long des caniveaux, semblaient retenir leurs odeurs.

Passant à nouveau devant le numéro 19 de la Via delle Arti, Juan s'est demandé s'il y reviendrait jamais. Derrière les fenêtres des volets épargnés, il lui a semblé sentir des regards.

D'un instant à l'autre – peut-être était-ce déjà fait ? – Pasquale Vitali apprendrait qu'un Français au bras mutilé, au crâne rasé, avait prononcé le nom de son frère ainsi que celui de la Française qui, durant quelques mois, avait partagé sa vie avant leur mort tragique. Pour l'instant, Juan détenait l'avantage : il savait pourquoi il était là et ce qu'il cherchait. Le Sicilien, non.

Il ne lui restait plus qu'à patienter.

Un message l'attendait à son hôtel : Giorgio La Rosa se ferait un plaisir de l'inviter à dîner ce soir à l'*osteria*.

Marc avait bien travaillé.

32.

Encore humide de sa douche, nu sur son lit, Juan se laisse emporter par le bourdonnement du ventilateur qui répond à celui, enragé, du soleil derrière les volets clos.

Que fait-elle ?

Que fait la fille aux yeux mordorés, au regard méfiant, au regard tremblant, la fauvette dressée sur ses ergots, le désastre, Calamity ?

Que fait la farouche, qui s'assoit sur ses genoux pour offrir le moins possible de prise à l'adversaire, se protéger des coups, se protéger de l'amour ?

La femme en bouton au corps prisonnier, dont il jurerait que même si son Marc l'a baisée, le plaisir n'a pas été au rendez-vous, a laissé sans vagues le profond de son ventre, l'a laissée vierge.

« Petit bout de femme... » La nostalgie dans la voix de l'avocat, prononçant ces mots, le lui a appris.

Et toi, imbécile, que fais-tu à ne penser qu'à elle et, l'imaginant dans tes bras, sentir se dresser ton corps vers ce corps inaccompli ?

Toi qui n'as jamais aimé que les femmes épanouies, à la rivière abondante, expertes en caresses, sans frein dans les jeux du plaisir.

Toi qui t'es gardé comme de la peste de ces mots d'amour mensongers que vous arrachent la jouissance, l'illusion fugitive de n'avoir fait qu'un, n'être plus seul.

Que fais-tu à ressasser ce bref instant où, tes lèvres effleurant trois centimètres de peau à l'abri de boucles brunes, tu as senti monter en toi un absurde, un sublime « enfin ».

Juan rouvre les yeux, attrape avec colère la bouteille d'eau posée sur la table de nuit, s'abreuve longuement : dessaoule, bon Dieu !

Enfin quoi ?

Que personne n'aille lui raconter qu'il l'attendait. N'avait-il pas fini par accepter la perte de sa main ? Trouvé un job qui lui permettait de voir du pays, goûter à l'aventure, avec, en prime, l'estime de prestigieux employeurs et un compte en banque autrement mieux nourri que par son ex-métier de reporter.

Les femmes ? Le trop-plein.

Les amis ? Autant qu'il en voulait avec, en première ligne, les deux qui l'avaient envoyé au casse-pipe actuel. Merci à elles !

Il se revoit, rentrant chez lui vendredi dernier – vendredi ? Pas même une semaine ? Est-ce possible ? –, retrouvant son loft avec bonheur, parlant à son olivier, se réjouissant de quelques jours de paix printanière à Paris. Libre, bien dans sa tête, bien dans ses pompes.

Et puis, vous appuyez sur un bouton : « Salut l'espion, c'est Vic. Rappelle, urgent ! » Et c'est cette fois une gamine attardée, un nid à complications, un sac de nœuds mêlé de larmes, qui vous tombe du ciel.

Très exactement ce qu'il a toujours détesté.

Où est-elle ?

Dans son rêve de petite fille, bien sûr : sa chère télé. Sous l'aile de sa très chère productrice-maman.

Pense-t-elle seulement à lui ?

Ça, il n'en doute pas : jour et nuit.

Avec reconnaissance : « Oh merci, merci, Juan ! »

Avec confiance : grâce à l'expert des experts, elle apprendra pourquoi sa Monagathe a terminé sa vie brûlée vive au second étage du 19 de la Via delle Arti. Et qui sait s'il ne lui permettra pas, dans son grand savoir-faire, de garder, en prime, un crampon sans papiers armé d'yeux turquoise.

Reconnaissance, confiance, ça ne lui suffit pas ?

Le pompon serait qu'elle l'aime.

Le pire serait qu'elle ne l'aime pas.

Et voilà comment vous tombez dans l'histoire la plus ringarde du monde, chantée partout sur la planète, radotée dans mille romans à l'eau de rose : la gamine qui mène l'ours par la laisse. La poupée qui ligote le guerrier. Baby Doll.

Baby Doll ? Si seulement ! Elle n'en a ni les appas ni la rouerie. Pas affriolante pour un sou. Le genre de fille sur laquelle nul ne songerait à se retourner. Et lui, regardez-le, échoué sur le lit d'une chambre d'hôtel minable, la bouche en carton, le cerveau en mou de veau, centré sur un incompréhensible désir brandi vers elle, qui le prive de repos dans la ville qui dort.

Eh bien, nous allons y remédier ! Ce ne sera pas la première fois qu'il se débrouillera tout seul, acceptant d'avance la grise mélancolie qui attend les hommes au bout du sexe en solo. Au moins, ça évite les malentendus, les filles qui confondent jouissance et amour, amour et barreaux et dont on n'arrive plus à se débarrasser. Ça dispense du préservatif. Il a même entendu dire que la masturbation protégeait du cancer de la prostate.

Juan ferme les yeux.

Viens !

Il convoque la fauvette. Telle qu'elle était ce soir-là, lorsqu'elle l'a invité à monter dans sa triste cage. Chemisette blanche, jean, baskets. Retire-moi ces baskets, viens ! Il dégrafe les boutons de la chemisette, fait glisser le jean le long des hanches étroites, retire les dessous de pensionnaire : petits seins, ventre plat, doux rectangle brun. Retourne-toi que je voie ? Fesses rondes. Viens, viens !

Il va prendre son temps, s'offrir l'illusion chère aux mâles d'être le premier à tirer de son sommeil la Belle au bois dormant.

Sa main emprisonne son sexe brûlant. De désir, sa tête tourne.

Manon.

Mais, avec son prénom, voilà qu'elle rapplique. Voilà qu'elle plonge dans le sien un regard plein de reproches. Oserait-il se donner du plaisir en se servant d'elle ? N'a-t-il pas honte ?

La main de Juan retombe.

En plus, mademoiselle n'est pas le genre à accepter ça.

Ça lui apprendra !

33.

Pantalon de toile claire, chemise blanche, souliers cirés, béret sur la tête – bonsoir, mon frère –, Juan a quitté l'hôtel vers 19 heures. Le patron a semblé déçu qu'il n'y prenne pas son repas.

— *Domani,* a-t-il promis.

Sans y croire vraiment. Demain, où serait-il ? Où en serait-il ?

Zia-la-fleur, nom donné autrefois à Palerme, ouvrait grands ses pétales à la tendresse d'un ciel apaisé. Un flot joyeux, bigarré, coulait dans les rues, ruelles et avenues. Sur les trottoirs, devant leurs maisons, des familles prenaient le frais en écoutant la radio, son mis au maximum. Certains avaient même sorti leur poste de télévision. Des enfants de tous âges couraient en tous sens, criant leur joie de vivre, leur innocence. Çà et là, des miséreux marmonnaient des prières devant des niches de pierre où la flamme tremblante d'une bougie éclairait l'effigie d'un saint. Un peu plus loin, un théâtre ouvrait ses portes à des élégants en tenue de soirée. Un palais, aux fenêtres en forme de trèfle, à la pierre marquetée, affichait sa splendeur aux yeux éblouis des touristes.

Palerme en robe d'apparat. Palerme, sorcière en haillons.

L'*osteria* se trouvait près de la place de la cathédrale où Juan a fait une dernière escale pour admirer le vantail en bois sculpté où s'inscrivaient les symboles des quatre évangélistes : un lion, un ange, un taureau et un aigle.

Qui était l'ange ? Qui était l'aigle ? Aurait-il jamais la réponse ?

Avant de pousser la porte de l'auberge, il a retiré son béret.

— *Signore* Santès !

Un petit homme au visage réjoui, un rond tonnelet, roulait vers lui.

— *Signore* La Rosa ?

Devant le regard illuminé de celui-ci, un instant, Juan s'est attendu à une accolade.

— *Prènda qua.*

Ils ont traversé le vestibule où se trouvait l'accueil. Au bout de celui-ci montait une rumeur, un brouhaha joyeux traversé de cris brefs et de rires, semblable à celui d'une plage en été. Arrivé au seuil de la salle à manger, Juan s'est immobilisé, saisi : pas une plage, un jardin.

Entre orangers, citronniers et mandariniers en fleurs, des tables étaient dressées dans ce que l'on pouvait appeler des « cabinets de verdure », plus ou moins spacieux, éclairés par des projecteurs disséminés dans les feuillages. Savourant la surprise de son hôte, La Rosa lui a désigné l'un d'eux.

— Si vous voulez bien, je partagerai votre repas. Comment dit-on déjà ? « Les amis de mes amis sont mes amis. »

Là où il l'a mené, deux tables seulement. L'une occupée par un petit groupe d'étrangers, des Anglais, qui ont applaudi bruyamment le patron à son arrivée ; l'autre dressée à leur intention.

— *Per favóre,* a dit La Rosa en tendant la main vers un fauteuil cannelé qui aurait enchanté City.

Et déjà un serveur accourait, remplissait deux petits verres d'un liquide ambre doré, du marsala. Juan aurait-il choqué ses épicuriennes d'amies en parlant de sauternes sicilien ?

La Rosa a levé son verre.

— *Salute.*

— *Salute.*

Arôme d'amande ? Arrière-goût de caramel ? Pour définir un « nectar des dieux », il fallait être du premier cercle : ses éleveurs.

— Si vous permettez, j'ai établi moi-même le menu, lui dit l'aubergiste avec un clin d'œil complice, dans un français allègrement mêlé d'italien.

Peu pressé d'en venir au sujet qui lui amenait son invité, il n'a été question, durant le trop long apéritif, que de son amour pour la France et de sa dette envers « l'ami d'ami », un avocat, collègue de maître Dubreuil, qui lui avait permis de réaliser son rêve, en l'aidant à acquérir le terrain sur lequel se trouvait son *osteria*.

Tout en l'écoutant d'une oreille, Juan se souvenait des paroles de Marc : « Pour La Rosa, nous enquêtons sur la mort d'Agathe. Point ! Mano n'existe pas. » Et il avait ajouté : « Il continue à se renseigner. »

Aurait-il du nouveau à lui apporter ?

À la table des Anglais, la fièvre montait. Si nouveau il y avait, c'était le moment de le lui confier, sans risque d'être entendu. Le pendule s'impatientait. Pour que La Rosa se décide, il lui a fallu attendre que l'entrée soit servie : « *La paste con le sàrde* ». Des filets de sardines grillés aux herbes. Plat accompagné d'un san-giovese légèrement fruité.

L'aubergiste a approché son visage poupin de celui de Juan.

— Nous avons du neuf, a-t-il annoncé à voix basse.

Toute son attention aiguisée, Juan a posé ses couverts et il a attendu. Ne jamais presser la confidence.

— Le couple ne s'entendait pas. On m'a parlé de violentes disputes. Il faisait chambre à part. Lui n'avait pas de mal à se consoler avec les filles du bar...

« Le couple », « lui », pas de nom. Pas UN nom : « Vitali ».

— Et elle ? Vous a-t-on parlé d'elle ? a demandé Juan à mi-voix.

— On ne la voyait pratiquement jamais.

— Prisonnière ?

— *Chi lo sa...*

La Rosa a jeté un coup d'œil vers la table voisine. Il a baissé un peu plus la voix.

— *Altra càusa*. Ce soir-là, il y a eu une panne d'électricité.

Un flux nerveux a parcouru le pendule.

— Dans la ville ? Le quartier ?

La Rosa a secoué la tête.

— Dans l'immeuble. À 11 heures du soir, l'heure de pointe au bar. Ce serait la chute d'une lampe à pétrole qui a déclenché l'incendie. Juste avant, on a entendu des cris. Plusieurs morts, de nombreux brûlés.

Juan a revu les fenêtres barrées d'une croix au second étage du 19 de la Via delle Arti.

C'est le 16 juillet. Le bébé est né. Agathe l'a mis à l'abri. Ce soir, elle va s'échapper de sa prison, le retrouver. Elle déclenche la panne. Alors qu'elle quitte sa chambre, Ernesto la surprend. « On a entendu des cris. » Au cours d'une lutte sauvage, la lampe à pétrole s'écrase sur le sol.

— Hélas, je n'ai pas pu en savoir davantage, a

soupiré La Rosa. *Poverìna !* Il paraît qu'elle était si belle.

— Vous m'avez apporté un élément très important, l'a remercié Juan. Me Dubreuil vous en sera reconnaissant.

Satisfait, l'aubergiste a rempli leurs verres vides. La tête de Juan commençait à tourner. Ce n'était pas seulement le vin ; le manège soudain emballé des idées.

Cette panne. Qu'est-ce qui clochait dans l'histoire ? Le compteur d'électricité, bien sûr. Comment Agathe, séquestrée au second, avait-elle pu y accéder ? En général, les compteurs se trouvent au rez-de-chaussée. Il allait devoir creuser de ce côté-là. Plusieurs morts... trouvés où ? De nombreux blessés...

Des « paupiettes à la palermitaine » ont suivi l'entrée. Délicate viande d'agneau farcie. À quoi ? Juan ne se souviendrait jamais des gourmandes explications de son hôte. Il venait de trouver l'endroit où il se rendrait demain. Une évidence. Une obligation. Comment n'y avait-il pas pensé avant ?

À présent, très naturellement, on aurait pu dire « amicalement », La Rosa s'enquérait des circonstances dans lesquelles il avait perdu sa main, admirant la façon dont il s'en tirait avec celle qui lui restait, la droite, par bonheur ! Combien de fois avait-il subi cette phrase, ce mot « bonheur », auquel certains ajoutaient le mot « chance ». Par malchance, ce soir-là, Quentin avait choisi la mauvaise place à table. Quelques centimètres l'avaient à jamais privé de bonheur.

Soudain, son absence a plombé la poitrine de Juan. À lui, son compagnon d'aventure, son frère, il n'aurait rien caché. Pas même Manon. Le salaud aurait bien été capable de dire, lui aussi, « enfin ! » Ils auraient échafaudé divers scénarios autour d'une panne de courant, tous commençant par le classique : « Je vais dire n'importe quoi. » Et, de n'importe quoi en n'importe quoi, la lumière se serait faite. Quentin, le spécialiste de l'image, Juan celui du verbe.

Un couple d'Italiens avait remplacé les Anglais. Une quarantaine d'années, un « ménage ». Mot détestable : alliance, silence, indifférence. Une mort lente dans la glu du quotidien. Moi, jamais !

Trop gris ? Trop anonyme, le « ménage » ? Ne tendait-il pas l'oreille vers leur table ? Qu'importait, le sujet brûlant était clos.

Et Quentin à des années-lumière.

Fromage frais de chèvre, granita aux amandes, le repas n'en finissait pas. Comment fausser compagnie au brave homme sans le blesser ? Une dernière goutte de marsala, celui-ci plus doux, en guise de digestif. Juan pouvait enfin se lever.

— Je vais devoir vous quitter, Giorgio. Un coup de fil à donner.

Sur la table, il laissait un gros billet pour le garçon. Alors qu'il quittait le « cabinet de verdure », précédé par son hôte, l'homme sortait un portable de sa poche.

La Rosa le raccompagnait jusqu'au seuil de l'*osteria*. Malgré l'heure tardive, la place de la cathédrale était noire de monde. Des touristes, le nez en l'air, en admiraient le vantail « aux évangélistes ». Lequel était l'ange ? Lequel l'aigle ? Agathe avait-elle eu un complice, Via delle Arti, qui avait traficoté le compteur pour l'aider dans sa fuite ? La même personne qui avait recueilli l'enfant ?

— Arrêtez-vous aux Quattro Canti, c'est sur votre route, lui a conseillé l'aubergiste. Et, avec un clin d'œil appuyé : « Une surprise vous y attend. »

Cette fois, Juan n'a pas échappé à l'accolade. Du col de l'amoureux de la France... et de Gaston Leroux ?, montait l'odeur d'un gros rôti lardé sorti du four.

Les Quattro Canti étaient quatre fontaines représentant les saisons, sous la garde d'anciens palais aux façades richement décorées. L'eau jaillissante, mêlée de mille reflets, mille diamants, évoquait les splendeurs du passé.

Passé. Présent.

En haut de chaque fontaine se dressait la statue d'une des saintes patronnes de la ville. On pouvait lire leur nom sur un écriteau en bas du monument.

Christine, Nymphe, Olivia, Agathe.

« Une surprise vous y attend. »

Agathe !

Un éclair fulgurant a traversé Juan. Il a entendu la voix de Manon.

« Agathe me fait signe. Elle m'appelle de là-bas. »

Agathe venait de lui faire signe.

Tu as trop bu, mon vieux. Reprends-toi.

— Ça va, monsieur ?

Quelqu'un s'emparait de son bras, l'arrachait au rebord de la fontaine où, dans son trouble, il s'était appuyé.

— Merci, ça va.

Il aurait même pu dire « ça baigne » : sa chemise dégoulinait.

Ce qui ne baignait pas, c'est que la petite était en train de le rendre cinglé.

Marcher l'a ramené sur terre. Il s'est juré de ne plus boire une seule goutte d'alcool tant qu'il aurait les pieds sur le sol sicilien.

Sa chemise était pratiquement sèche lorsqu'il a poussé la porte vitrée de l'hôtel.

L'homme qui l'avait suivi depuis sa sortie de l'*osteria* a continué son chemin.

34.

Palerme
Vendredi 4 juin

— Alors, où en sommes-nous ? interroge Dubreuil d'une voix vive, parfaitement éveillée.

L'avocat a décroché dès la première sonnerie : « Vous pouvez me joindre jour et nuit... »

Nuit ! Une heure du matin, vendredi.

— Je sors de chez La Rosa. Il semble qu'il ait mis le doigt sur un élément important.

Il raconte le festin, la confidence de l'ami d'ami. Marc est d'accord : c'est probablement Agathe qui a déclenché la panne pour couvrir sa fuite. Il se pose la même question que Juan : comment a-t-elle eu accès au compteur ? Il en tire la même conclusion : un complice.

— Voilà qui nous ouvre des horizons nouveaux.

Un peu surpris lorsque Juan lui annonce son intention de se rendre demain – pardon, dans quelques heures – à l'institut médico-légal de la ville dont il vient de trouver l'adresse dans l'annuaire.

Juan lui rappelle les mots inscrits sur le document reçu par le père d'Agathe : « L'identification des corps a été difficile. » Il va faire l'impossible pour rencontrer le médecin qui s'en est chargé.

— « L'impossible », en effet, relève Marc. Vous semblez oublier le secret professionnel.

— Et vous, que je sais ouvrir toutes les portes !

Marc laisse échapper un rire triste.

— Si vous parvenez à ouvrir celle-ci, cela aura au moins l'avantage de permettre à Manon de faire son deuil.

Bien sûr, il n'a pas raconté à Marc la fontaine portant le nom d'Agathe où, dans un accès de *delirium tremens*, il a cru qu'à lui aussi elle faisait signe.

Et puis, ces deuils, dont tous parlent comme d'une nécessité, voire une obligation, non merci ! Qu'on lui permette de choisir de ne pas faire les siens, de garder la blessure vive en cheminant aux côtés d'un grand-père magnifique et d'un frère d'aventure perdu.

— Vous êtes toujours là ? demande l'avocat.

— Toujours.

— Des nouvelles du clan ?

— J'ai appâté dès mon arrivée. Le poisson a déjà mordu. Un gaillard m'a filé de l'*osteria* à ici.

Avant d'appeler Marc, Juan a averti La Rosa. Celui-ci ne s'est pas montré plus inquiet que ça. Il n'a fait que lui répéter ce que tout le monde chuchotait. Aucun nom n'a été prononcé. Ils sont cependant convenus qu'il serait préférable de s'en tenir là.

Merci, *amigo* !

— Soyez quand même prudent, recommande Dubreuil.

— Pas question ! J'ai hâte de regarder dans les yeux le squale Pasquale.

— Est-ce vraiment une obligation ?

— C'est devenu une priorité.

Pour lui piquer son ADN. Mais cela, Juan le garde pour lui.

— À propos de priorité, vous devriez appeler Manon. Elle est sur les charbons ardents.

— Le cas de le dire...

Ils sont parvenus à rire...

Pas question de réveiller la fauvette. Entre deux brefs plongeons dans les eaux agitées d'un méchant sommeil, Juan a patienté jusqu'à 7 heures. Et, avant de former le numéro, il a pris une douche et s'est habillé. On n'est jamais trop prudent avec les Baby Doll.

Comme Marc, elle a décroché aussitôt.

— Oui ?

— C'est moi, Manon.

Un bref silence a suivi. Es-tu encore au lit, petite fille ? Que portes-tu ? Pyjama ? Tee-shirt ? Chemise de nuit ? Rien du tout ?

Vêtue de sa seule voix haletante, elle a murmuré :

— Oh ! Juan, j'attendais tellement.

Et moi, si tu savais...

Il lui a raconté succinctement sa journée de la veille, la maison où Agathe avait vécu (omettant les détails macabres), son déjeuner à la trattoria, le dîner avec La Rosa. Lorsqu'il lui a appris la panne d'électricité, elle s'est écriée : « Mais bien sûr, c'est Agathe ! C'est tout elle. » Avant de se souvenir de la façon dont la panne s'était terminée et de réprimer un sanglot.

Évidemment, il n'a rien dit de ses visions. Manquerait plus qu'il l'encourage. Il ne lui a pas parlé non plus de l'endroit où il comptait se rendre dès qu'il l'aurait quittée. Quoi qu'il découvre à l'institut médico-légal – s'il arrivait à coincer quelqu'un –, il ne le lui apprendrait pas par téléphone. Pourquoi pas par SMS... Il attendrait de l'avoir contre lui, à l'abri de ses bras.

Et il revoyait ses cheveux dénoués, et il sentait sous ses lèvres une tiède petite plage où le temps s'était arrêté, où il s'était senti « arrivé ».

« Vous me direz tout ? Le bon comme le mauvais ? »

Il avait déjà largement ébréché le contrat, aussi l'a-t-il avertie qu'il ne l'appellerait plus avant son retour, probablement dimanche.

— Ça va être long, a-t-elle soupiré. Au moins, est-ce qu'on pourra se voir tout de suite ?

— Promis.

En raccrochant, il a eu la brusque certitude que cette promesse-là non plus il ne la tiendrait pas.

Il a glissé dans son sac à dos un blouson léger en Nylon dont les manches, exagérément longues, lui permettaient, lorsque nécessaire, de dissimuler son infirmité, une banale casquette à carreaux achetée la veille, ainsi qu'une seconde paire de lunettes noires.

Comme il traversait le hall de l'hôtel, le patron s'est précipité.

— Pas de petit déjeuner, *signore* Santès ?

— *Domani.*

L'air désabusé du bonhomme l'a amusé. Les derniers mots de Manon lui procuraient une incroyable sensation de liberté : « Vite, Juan ! »

Oui, vite, ma chérie.

À 8 heures, la Piazza Pretoria était déjà noire de monde. Des touristes mitraillaient les statues dénudées de la fontaine de la Vergogna. Non loin montait la rumeur d'un marché : exactement ce qu'il lui fallait. Il a coiffé son béret – bonjour, ami – et il s'est engagé dans la rue qui y menait, se remettant en mémoire le numéro de l'aimable Giovani, son chauffeur de taxi de la veille.

L'homme qui lui a emboîté le pas était-il le même que celui de la nuit ? Il aurait été bien en peine de le dire : taille moyenne, lunettes noires, chapeau de paille, jean, tee-shirt, baskets. RAS. Un portable à la main. Il était loin d'être le seul.

Un kiosque vendait des journaux de divers pays. Il en a choisi plusieurs au hasard ; de toute façon, il ne les lirait pas.

C'était un marché de fruits et légumes, exubérant de couleurs et d'odeurs. De nombreuses ménagères s'y pressaient. Vélos et scooters le traversaient à grand bruit, s'attirant les cris et les protestations souhaités. On existe comme on peut. Plusieurs cafés entouraient la petite place. Juan a inscrit le nom de celle-ci dans sa mémoire, à côté du numéro de Giovani, puis il s'est installé à une terrasse, premières loges sur le marché.

Son ange gardien – salut, les belles du Pavot ! –, arrêté près d'un étal, parlait fiévreusement dans son mobile, ne se doutant pas, de toute évidence, qu'il avait été repéré. Ignorant, comme ceux qui le lui avaient mis aux trousses, la longue expérience de leur cible. On n'est pas pour rien petit-fils de pilote de chasse. Le chasseur, messieurs, c'est moi !

Sur la carte, il a choisi la *prima collazióne* la plus abondante : capuccino, œufs au plat, petits pains, beurre et confiture. Il y a ajouté un jus de clémentine.

Sitôt le garçon reparti, sans chercher à s'en cacher, il a sorti son portable et a appelé Giovani. Il lui a donné le nom de la place et le coin de la rue où il devrait l'attendre. Dans combien de temps pensait-il pouvoir être là ?

— Un petit quart d'heure, ça ira ? a demandé le chauffeur.

— Impeccable.

Après avoir raccroché, il a réglé la montre du pilote.

Sept minutes pour que le garçon apporte sa commande et la dispose devant lui.

— *Buòn appetito, signore.*

Quatre minutes pour boire trois gorgées d'un onctueux capuccino, glisser un billet sous une soucoupe, poser ses lunettes sur la pile de journaux et, sac à dos sur l'épaule, entrer dans l'établissement, se diriger vers la peu discrète pancarte des toilettes.

Trois de plus pour enfiler le blouson escamoteur de pendule, chausser sa seconde paire de lunettes, troquer son béret de para – souhaite-moi bonne chance, mon frère – contre sa casquette, et ressortir sans hâte, sac en boule sous le bras, mêlé à d'autres clients.

Les yeux rivés sur la table où il avait abandonné son abondant petit déjeuner intact, sans compter lunettes et journaux, le guignolo ne l'a pas remarqué.

Le taxi l'attendait à l'endroit indiqué. Il s'y est engouffré.

— À l'université.

Giovani a démarré.

La montre du pilote a sonné.

Ils n'ont pas été suivis.

35.

Dans un délire d'avertisseurs, invectives et bras d'honneur, Palerme, rouge de fièvre, digne fille de volcans, explosait en mille fumerolles.

Du marché aux agrumes à l'université, dont faisait partie l'institut médico-légal, le chauffeur s'est enquis avec intérêt de la première journée dans l'île de son client. N'avait-il pas trop souffert de la chaleur ? Était-il satisfait de son hôtel ? Ses rendez-vous – Juan lui avait dit être là « pour affaires » – lui avaient-ils laissé le temps de visiter la ville ?

Le temps... Celui que l'on gagne, que l'on perd ou que l'on tue... Tout en répondant de façon évasive à l'aimable Giovani, comme à chacun de ses voyages, Juan s'émerveillait.

Était-il possible qu'une seule journée se soit écoulée depuis son arrivée sur le sol sicilien ? Seulement vingt-quatre heures depuis que, dans cette même guimbarde, assis sur ces mêmes coussins poussiéreux, conduit par ce même homme, il roulait vers la ville ? À Paris, il n'aurait pas vu les heures passer. Sous ce ciel étranger, dans ce décor nouveau, chaque minute, nourrie d'attente, d'inconnu, s'était dilatée et il lui semblait être arrivé depuis des jours. N'était-ce pas pour cette raison, s'offrir un supplément de vie, que les personnes âgées voyageaient ?

Et déjà, ils arrivaient.

Une petite forêt de deux-roues hérissait les trottoirs. Un flot continu d'étudiants passait les portes du campus. À la demande de son client, Giovani s'est garé un peu plus loin. La course réglée, il est sorti de sa voiture en même temps que lui.

— *Il signore* veut-il que je l'attende ?

— J'ignore pour combien de temps j'en ai.

— Je pourrai venir vous reprendre ?

— Merci. On me raccompagnera.

Sans cacher sa déception, Giovani est remonté dans son taxi. Juan l'a regardé s'éloigner. Non, il ne le rappellerait pas ! Pas plus qu'il ne retournerait à l'*osteria*. Désormais, tous ceux qui l'approchaient risquaient de se retrouver en difficulté, voire en danger : sous l'œil du clan.

Il a franchi les portes de l'université.

Le soleil frappait déjà dru. Il transpirait sous son blouson, enviant les bras nus, les cols ouverts des étudiants. Il s'est contenté de troquer sa casquette contre son béret – devine où je suis, ami.

Sur un banc, à l'ombre d'un arbre aux branches tourmentées qui pouvait être un figuier, une jeune fille lisait, seule. Il s'est approché d'elle.

— L'institut médico-légal, *prego*.

Elle a désigné une haute haie de cyprès.

— Là-derrière.

Là-derrière, franchie la barrière d'arbres funéraires, s'élevait une lourde bâtisse grise aux ouvertures étroites, certaines grillagées. Là-derrière, on coupait en morceaux de pauvres bougres, de pauvres bougresses, pour tenter de comprendre à quel instant précis et dans quelles circonstances la vie les avait lâchés comme des malpropres. Et les bruits se faisaient soudain lointains, s'étendait un silence de mort, la fin d'une conversation, le livre que l'on referme, tournée la dernière page.

Juan a évité l'entrée principale et fait le tour du bâtiment, finissant par trouver ce qu'il cherchait. Pouvait-on parler d'« entrée de service » ? Dans une cour où était garée une ambulance, en haut d'une brève rampe, une lourde porte métallique par laquelle devaient s'effectuer les livraisons.

La porte a coulissé. Deux hommes en blouse blanche sont sortis. L'un riait : forcément ! Sans se préoccuper autrement de lui, ils sont montés dans l'ambulance. Celle-ci a démarré. Juan s'est glissé dans la bâtisse.

Il se trouvait dans un long couloir blanc, au plafond bas, éclairé par des rampes de néon. L'odeur lui a empoigné le cœur : celle de l'eau de Javel, du grand nettoyage, la même qu'à la morgue du Caire où, soutenu par deux infirmiers, il avait été reconnaître Quentin avant qu'on ne l'enferme dans une boîte et qu'on les rapatrie en avion sanitaire, l'un dans la soute, l'autre dans la carlingue.

Il s'était juré : « Plus jamais. » Bon sang, qu'est-ce qu'il foutait là ?

Dans cette histoire pourrie qui faisait ressurgir ses pires souvenirs. Tout ça pour les beaux yeux de deux bonnes femmes en mal d'enfant qui auraient pu se payer les services du meilleur détective et pour une gamine qui le faisait bander, on se demandait pourquoi.

« Vite », a soufflé Manon à son oreille.

Il a continué.

— *Cercate qualcuno ?*

Une femme venait de surgir devant lui, enveloppée dans un long tablier de plastique, les cheveux cachés par une charlotte, yeux sombres. Quel âge ? Pas d'âge.

Il a retiré son béret et soupiré, faussement confus.

— Je crains de m'être perdu. J'ai rendez-vous avec le directeur.

Un bref sourire a éclairé le visage de la femme sans âge.

— *Il professóre Lazaro ?* Vous vous êtes trompé d'entrée. Suivez-moi.

Lazaro ! Jusqu'où l'humour noir allait-il se nicher...

De couloir en couloir, Juan a suivi sa guide, ne pouvant s'empêcher de tendre l'oreille, d'imaginer, derrière les portes, des cliquetis de bistouri autour de tables d'autopsie. Puis le choc ! Le silence rompu, la lumière du soleil, comme une acclamation, inondant le vaste hall dallé plein de gens affairés. Des odeurs chaudes à n'en savoir que faire, toutes les couleurs de l'arc-en-ciel. La vie.

Son accompagnatrice lui a désigné un escalier.

— Au second étage. Vous trouverez le nom sur la porte.

Et avant qu'il ait pu la remercier, avec une sorte de complicité qui expliquait son étrange absence de curiosité :

— Vous êtes français, n'est-ce pas ? *Il professóre* va être content de vous voir.

Avant de s'éclipser.

Au second, sur une plaque en laiton doré, les mots, en lettres noires :

PROFESSÓRE LAZARO
Direttóre

Derrière la porte, un bourdonnement d'ordinateur. Le bruitage confus d'un poste de télévision ?

Le temps s'est suspendu.

« Là-derrière », qu'allait trouver Juan ?

Le désespoir pour Manon, avec la preuve irréfutable de la mort d'Agathe ?

Une espérance, avec une réponse positive à l'intuition qu'il avait eue dans le bureau de Marc Dubreuil lorsque celui-ci, évoquant la grossesse de la jeune femme, avait affirmé : « Là-bas, avorter relève de l'impossible. »

Pas d'accord !

Pas pour une femme de la trempe d'Agathe, tenace, révoltée, indomptable. Si elle n'avait pas voulu garder l'enfant, elle aurait trouvé un moyen de s'en débarrasser, quitte à y laisser la vie.

Elle avait voulu l'enfant, l'avait caché en elle durant de longs mois avant de le mettre au monde en secret. Au prix de quelles souffrances, de quels cris étouffés. Elle avait accepté de s'en séparer pour le protéger.

D'un homme haï.

Pardon, la fauvette, ce n'était pas pour tenir une promesse faite par une petite fille qui voulait se venger d'un père détestable qui lui avait volé son chat. C'était la décision mûrie d'une femme qui aimait assez pour prendre tous les risques, supporter toutes les douleurs.

Mano Leprince.

En aucun cas Mano Vitali.

L'enfant n'était pas le fils d'Ernesto.

Il a frappé à la porte.

— Entrez, a lancé une voix sonore.

En français. Avec, en prime, un accent gouailleur du Midi.

36.

Ordinateur et téléviseur marchaient tous deux dans le bureau enfumé où, du sol au plafond, comme une muraille, s'empilaient les dossiers.

Téléviseur allumé sur France 3.

Devant l'ordinateur, un homme d'une soixantaine d'années, queue-de-cheval mêlée de fils blancs, lunettes sur le front, cigarette aux lèvres, fixait sur Juan un regard stupéfait, un regard de bonheur.

« *Il professóre* va être content de vous voir. »

Il a écrasé sa cigarette dans une soucoupe et s'est levé. Aussi haut que large, massif, une force de la nature.

— Bienvenue, monsieur Santès, a-t-il lancé.

Pour les surprises, le reporter, comme l'enquêteur, avait été largement servi. La plupart d'entre elles peu agréables, certaines à vous donner la chair de poule. Une surprise comme celle-ci, jamais ! Et, durant quelques secondes, Juan s'est demandé s'il n'était pas, comme un con, tombé dans un piège.

Quelques secondes seulement. Jusqu'à ce que, désignant son bras gauche caché par le blouson, Lazaro n'en rajoute avec malice et, métier oblige, les points sur les *i* :

— Et cette main ? Elle ne vous manque pas trop ?

Il a retiré son blouson et l'a jeté sur le dossier d'une chaise. Il s'est tourné vers l'antique bouilloire qui ronflotait sur un réchaud près d'une boîte à café cabossée.

— Offrez-lui un remontant, elle vous répondra elle-même.

Commettant l'erreur de sa journée...

Un instant plus tard, assis devant une tasse emplie d'un breuvage innommable – oh, le délicieux capuccino abandonné sur la place du marché ! –, il écoutait le récit coloré que lui faisait, avec une évidente jouissance, Roberto Lazaro.

De père napolitain, de maman marseillaise, il s'était épris d'une Sicilienne et de son île. Médecin légiste, devenu directeur de l'institut, enseignant à la faculté à ses heures, il exerçait à Palerme depuis une vingtaine d'années.

Pour se donner du champ – loin des champs opératoires –, il aimait à s'échapper par la lucarne bleue, bleue comme l'océan, le ciel et les yeux de sa mère, et prendre des nouvelles du monde, de préférence dans la langue de celle-ci : celle de ses musiciens et poètes favoris.

Ainsi s'était-il attaché à un certain journaliste à France 3, et avait-il suivi la plupart de ses reportages. Jusqu'à ce qu'il apprenne qu'un paquet piégé, sous une table de restaurant au Caire, avait mis fin à sa carrière en lui retirant l'usage de sa main.

Il s'est interrompu pour tendre à Juan un paquet de cigarettes.

— Si mes souvenirs sont exacts, ce journaliste fumait. Un pétard ?

— Pas pour l'instant, merci.

L'odeur de la fumée, s'échappant des naseaux de

Lazaro, a confirmé à Juan que le pétard n'était pas dans le tabac mais dans la tête de son interlocuteur.

Avec sa queue-de-cheval, retenue par un lacet, ses sourcils broussailleux abritant un regard d'une vivacité terrifiante, dans son incroyable accoutrement : blouse blanche ouverte sur une chemise de trappeur, elle-même ouverte sur un torse d'orang-outang, pantalon à bout de force, *il direttóre*, *il professóre*, *il legìsta*, Roberto Lazaro, offrait l'image même du savant fou tirant la langue à la société, mélange de gamin facétieux et d'homme de science.

— Sans votre regard et votre plume, les soubresauts de notre fascinante planète ont moins de relief, a-t-il déploré. Il m'arrive même de m'ennuyer. Depuis que l'homme a succédé au singe, tout est si répétitif ! C'est pourquoi vous voir atterrir chez moi est un cadeau du ciel.

Il a levé les yeux au plafond et il s'est signé.

— Cadeau partagé, a répondu Juan. Sans se signer.

— Un autre café ?

— Merci, non.

— Comme je vous comprends, a soupiré Lazaro en adressant un regard amoureux à sa bouilloire.

Il s'est calé dans un fauteuil dépourvu de bras, de toute évidence conçu pour loger sa large carcasse et il a dardé sur lui un regard pétillant de gourmandise.

— Allez-y, Santès ! J'ai bien compris que vous préféreriez me laisser dégainer en premier. Vous voilà rassuré. Quel bon vent ?

— Parlons plutôt d'un tsunami, a répondu Juan.

D'emblée, il avait décidé de ne rien cacher à cet homme. Laisse-t-on passer une chance aussi insolente ? C'était lui, le cadeau du ciel.

— Il s'agit d'une histoire vieille de quatre ans, a-t-il commencé. Un incendie au cours duquel une jeune femme a péri. Elle s'appelait Agathe Vignon. Elle était française.

— Affaire Vitali, a précisé le légiste à la stupéfaction de Juan. Poursuivez, je vous prie.

Juan a poursuivi, ne cachant aucun nom, n'omettant aucun détail.

Lorsqu'il a prononcé le nom de Pasquale, une onde de dégoût est passée sur les traits de Lazaro.

Lorsqu'il a révélé la grossesse d'Agathe, l'incrédulité.

Et enfin, tandis qu'avec délectation – la première fois qu'il s'autorisait à le faire – il évoquait sa foudroyante et tenace intuition, c'est une lumière inattendue, comme de triomphe, qui a éclairé le visage de Roberto Lazaro.

Pour terminer, au professeur qui ne l'avait pas interrompu une seule fois, il a appris l'arrivée imminente des enquêteurs « aux affaires familiales », qui devraient décider – l'enfant ayant la double nationalité – laquelle des deux familles serait la mieux à même d'en assurer la garde. Le « combat » se jouant entre Manon Vignon et Pasquale Vitali.

— Voilà, vous savez tout, a conclu Juan. Vous avez dégainé en premier, je n'ai plus aucune munition.

— *Permésso ?*

Lazaro s'est arraché à son fauteuil. Front en avant, queue-de-cheval battant ses épaules, il a arpenté la pièce un moment, le front plissé par la réflexion, suivi des yeux par Juan abasourdi. Comment se pouvait-il que le légiste, qui traitait tant de dossiers, se souvienne si bien, si ardemment, de l'affaire Vitali ? Que s'était-il passé pour qu'elle ait si durablement marqué sa mémoire ?

Il s'apprêtait à le lui demander lorsque Lazaro est revenu se planter devant lui. Peut-être Juan avait-il un regard de loup. Lazaro, c'était celui d'un ours qui, indifféremment, peut vous réchauffer contre sa fourrure ou vous aplatir d'un coup de patte.

— Qu'attendez-vous de moi, Santès ?

— L'avis de l'expert.

— N'en êtes-vous pas un ?

— Mon territoire s'arrête là où commence le vôtre.

— Me demanderiez-vous de trahir le secret professionnel ?

— S'agissant de l'avenir d'un enfant, il me semble que c'est un devoir.

— Je dirais même une sainte obligation, a approuvé le légiste.

Et, à nouveau, il s'est signé. Puis il est allé à sa muraille de dossiers.

— Notre fameux incendie a bien eu lieu le 16 juillet, n'est-ce pas ?

Juan est resté cloué. Il avait cité l'année, le mois, jamais le jour.

— Ne me dites pas que vous vous en souvenez ?

— Comme si j'y étais, a répondu Lazaro. D'ailleurs, j'y suis encore.

37.

Il venait de poser le dossier entre Juan et lui, un épais dossier cartonné, fermé par une sangle à crochets, lorsqu'on a frappé.

Sans attendre de réponse, un homme a passé la tête par l'entrebâillement de la porte.

— *Professóre...*

— Cela peut-il attendre ? a demandé aimablement Lazaro.

Le regard de l'homme – étudiant, collaborateur ? – s'est arrêté sur Juan. Il a acquiescé et il s'est retiré.

— Priorité aux survivants sur des patients... peu impatients, a déclaré le légiste.

Il a défait les crochets du dossier et en a tiré une chemise sur laquelle, sans l'ouvrir, il a croisé ses mains puissantes. Juan y a imaginé le scalpel. L'expérience lui avait appris que, guidés par l'amour de l'art, les doigts les plus épais étaient capables des gestes les plus délicats. Il a pensé que Lazaro devait bien faire l'amour.

— Pensez-vous que l'on puisse oublier la rage d'un homme, un être humain comme vous et moi, avec des yeux pour voir, des oreilles pour entendre, un cœur pour éprouver et, dans le crâne une petite fabrique à émotions, hurlant devant les morceaux de chair encore fumants d'une femme ? L'accusant d'avoir assassiné son frère, l'insultant : « *La Francése, la puttana* », la maudissant. Si on ne l'avait pas arrêté, il aurait piétiné le peu qu'il restait de votre Agathe.

Il a observé un bref silence :

— Cet homme s'appelait Pasquale Vitali.

« Le peu qu'il restait de votre Agathe »... C'est dit, Manon.

— Cinq victimes, a-t-il lu. Trois dans l'appartement du couple, au second étage. Deux au premier, dans une chambre, disons... « de rapports ». Un homme et une femme morts par asphyxie, expédiés au ciel alors qu'ils s'envoyaient en l'air !

Il a relevé les yeux :

— En ce qui concerne ceux qui nous intéressent, le couple du second : deux corps gravement mutilés par la chaleur, dont on n'a retrouvé que des restes fragmentés – excusez le jargon. Aucun mal à identifier l'homme grâce à son appareil dentaire. Plus difficile pour la femme. C'est une touffe de cheveux, cadenassée dans la main de son compagnon, et dont le bulbe avait été miraculeusement préservé, qui nous a donné l'ADN. Des bribes de vêtements, une boucle d'oreille dont, aux dires de témoins, elle ne se séparait jamais, nous ont permis de clore le dossier.

« Une boucle d'oreille dont elle ne se séparait jamais »...

Juan a revu l'améthyste aux trois quarts brûlée dans la main de Manon. Il a revu Manon la poser à côté de sa bague : « Je suppose que l'autre a disparu dans l'incendie. » Il a entendu le tremblant espoir dans sa voix.

« Perds tout espoir, Manon ! »

Devrait-il, pour l'en convaincre, parler des cheveux arrachés ? En plus du « mauvais », lui dire le plus cruel ?

— N'avez-vous pas évoqué une troisième victime au second ? a-t-il demandé.

Lazaro a eu un regard satisfait. Comme s'il avait attendu cette question de son reporter préféré. Il a tiré une nouvelle chemise du dossier.

— Manuele Greco, vingt-cinq ans, célibataire. Un artisan employé par les Vitali. Corps superficiellement brûlé ; déclaré mort par asphyxie.

Une nuance d'ironie dans la voix du légiste a alerté Juan.

— Déclaré ?

— Figurez-vous que l'autopsie nous réservait une surprise.

Il s'est interrompu quelques secondes, ménageant le suspens.

— Le jeune homme était décédé avant l'incendie. Une balle dans le cœur du joli cœur.

L'écho de la balle s'est répercuté dans tout le corps de Juan.

— Vous avez bien dit qu'il s'appelait Manuele ?

Le regard rivé au sien, Lazaro a incliné la tête.

Manuele – Mano – Manon.

« Associer les noms, c'est ma manie... »

Une manie familiale, Agathe aussi.

La vérité a explosé dans la tête de Juan.

— Le père de Mano.

— Lorsque j'ai examiné le cœur du monsieur, j'y ai trouvé en effet votre Agathe. À l'époque, j'ignorais l'existence d'un enfant. Il semblerait que votre intuition soit confirmée, monsieur le reporter.

Juan s'est levé. Soudain, il étouffait. Alors c'était ça ? Rien que ça ? Le grand mystère sur lequel, au Pavot, ils avaient bâti tant de scénarios dont certains tenaient du fantastique, l'indéchiffrable secret se résumait à une histoire classique, dramatiquement banale : un homme, une femme, un amant.

Il est revenu à la fenêtre. Calme-toi. Respire. Il a appuyé son front brûlant à la vitre tiède. Par-delà la haie de cyprès, il pouvait voir, assis en rond sur une pelouse, indifférents à la brûlure du soleil, aux futurs mélanomes de la vie, un groupe d'étudiants, certains enlacés. Des amours naissantes, des orages à venir, du bonheur fou, des larmes.

Agathe et Manuele.

Il est revenu vers le légiste.

— Qu'a donné l'enquête ?

— Quelle enquête ? a fait mine de s'étonner celui-ci. Cinq victimes : trois au second, deux au premier.

— Mais la balle ?

— Quelle balle ? Sans doute ai-je rêvé. Il me semblait l'avoir jointe au dossier. On n'en a pas fait cas.

— Voulez-vous dire que la police a étouffé l'affaire ?

— Moi ? Mais je n'ai rien dit du tout ! Notre boulot se termine avec l'envoi du rapport. L'original à la justice, une photocopie à la police.

Devant le visage incrédule de Juan, Lazaro a eu un sourire.

— Je ne vous cacherais pas que ma découverte n'a pas été sans me poser quelques problèmes de conscience. Il arrive que l'on doive choisir entre deux : la conscience professionnelle et la personnelle. Cette dernière l'a emporté. Transgressant la règle qui nous interdit tout contact avec la famille de nos patients, j'ai assisté, le plus discrètement possible, aux funérailles de notre artisan.

Son front s'est plissé tandis qu'il soupirait, faussement naïf :

— Figurez-vous que l'on m'a reconnu ! Après l'enterrement, une femme voilée de noir est venue me trouver. Elle m'a supplié de « ne pas réveiller les morts ». Grâce à vous, j'en comprends aujourd'hui la raison. En réveillant Manuele, on risquait de déterrer un enfant.

— Cette femme s'est-elle nommée ?

— Apparemment, elle a oublié.

Juan est retombé sur son siège.

— Toujours pas de café ? a demandé Lazaro.

— Toujours. Et pas de pétard non plus. Vous m'en avez assez allumé comme ça dans la tête.

Lazaro a ri. Ils ont observé un moment de silence. Midi et quart à la montre du pilote. Était-il possible qu'il soit là depuis plus de deux heures ?

— Aidez-moi à comprendre quelque chose, a-t-il repris. Comment expliquez-vous que « *la Francése... la puttana...* » ait eu l'honneur du caveau familial ?

— Mais l'honneur, justement, mon cher ! Nul ne devait savoir qu'Ernesto était cocu. Avez-vous entendu parler du *delitto d'onóre* ? Une tradition chez nous. Tuer l'amant de sa femme est un devoir sacré si l'on veut pouvoir continuer à sortir la tête haute. Certes, les temps ont changé, mais il arrive encore que les... autorités fassent preuve d'une certaine indulgence envers ceux qui s'en rendent coupables.

Par amour et par haine. Par vengeance. Par les flammes. Pour l'honneur. La boucle était bouclée.

De son blouson, Juan a sorti l'étui à cigarillos, marqué de ses initiales, offert par Armelle. Il l'a présenté à Lazaro.

— Vous m'accompagnez ?

— Toujours.

Après avoir aspiré quelques bouffées avec volupté, le médecin a soupiré d'aise.

— Les verts alpages de la Suisse...

— Pour moi, l'odeur du Pavot, la maison dont je vous ai parlé.

— Où certaines attendent le salut de vous. Notamment une petite Manon.

Il a appuyé son regard à celui de Juan. Juan ne s'est pas dérobé.

— À propos, quel est le programme ? a repris le légiste.

— J'étais venu dans l'intention de me procurer l'ADN d'Ernesto. Il va me falloir également celui de Manuele Greco.

— Et comment comptez-vous vous y prendre ?

— En m'adressant à la famille proche. Je dois rencontrer prochainement Pasquale.

— Je vous conseillerais vivement le frottis buccal, le plus efficace, a ironisé Lazaro.

Il a levé le bout humide de son cigare :

— Mon précieux ADN pullule déjà ici. S'il vous intéresse...

— Pourquoi pas ? a dit Juan qu'une idée venait de traverser. À défaut de frottis, on m'a affirmé qu'un vêtement ou un objet pouvait faire l'affaire. En ce qui concerne Manuele, avez-vous une adresse à me donner ?

— Dernier domicile connu, a répondu Lazaro en sortant une feuille du dossier et la poussant devant lui. Je ne regarde pas. Servez-vous.

Juan s'est penché quelques secondes sur la feuille. Il a noté l'adresse de l'artisan dans sa mémoire, à côté du numéro de téléphone de Manon, puis l'a remise dans le dossier.

— Comment vous remercier, Roberto ?

— C'est moi votre obligé, a répondu celui-ci. Figurez-vous qu'un petit bout de plomb dans le cœur d'un jeune homme qui aimait était resté en travers de la gorge du grand sentimental que je suis. Désormais, nous le partagerons. Je me sens déjà plus léger.

Il parlait à Juan de ses nombreux petits-enfants, si nombreux qu'il ne parvenait plus à les compter, lorsque le téléphone a sonné.

Cette fois, il a répondu : trois mots avant de décrocher.

— Hélas, nous allons devoir nous séparer, a-t-il dit en se levant. Un client qui m'attend au sous-sol, dans de sales draps. Une question de bol alimentaire que mon assistant préférerait étudier avant son déjeuner.

Il a refermé le dossier, remis la sangle à crochets et l'a replacé dans la muraille. Serait-il rouvert un jour ? Fallait-il le souhaiter ?

« Ne réveillez pas les morts... »

— Comment devient-on légiste ? a demandé Juan au médecin tandis qu'ils descendaient l'escalier.

— Comme on devient reporter, je suppose. La curiosité de la vie. Et regarder la mort en face ne nous permet-il pas de mieux en apprécier le prix ?

Il a désigné le béret que Juan avait remis sur sa tête :

— Je suivais également votre ami. La vie, il savait la capter comme nul autre.

— Nous continuons à voyager ensemble, a répondu Juan.

Ils arrivaient à la porte d'entrée. Alors qu'il avait accepté sans état d'âme de ne plus revoir le généreux La Rosa, ni le sympathique Giovani, l'idée de ne plus rencontrer ce regard d'ours bienveillant, de génial pachyderme, lui a paru totalement inenvisageable.

— À quand, Roberto ? À où ? a-t-il demandé.

— À Marseille, au mois d'août. J'y fais chaque année un saut pour goûter à la bouillabaisse de ma maman. Acceptez d'être notre invité. Avec Manon, bien sûr. Et n'oubliez pas, dans vos bagages, un petit Greco aux yeux bleus.

38.

— Alors, Juanito, que raconte le pendule ?

La voix d'Armelle, calme, lisse, et aussitôt, dans sa tête, le manège emballé s'arrête. Il descend, reprend son souffle, lâche prise. Le comique est cet immense bâillement qui monte du plus profond de lui, cet immense « ouf » !

Ouf : fou.

— Le pendule devient fou.

— Raconte.

— Tu es seule, Armelita ?

— En compagnie de mon espion préféré.

— Tu ne devineras jamais où je suis.

— Ma langue au chat.

— À l'université *di Palerma*.

... sur un vilain banc de plastique, sous un arbre dont il ne connaît pas le nom, à l'heure brûlante.

— Et qu'as-tu étudié ?

— La vie, la mort, tout ça. Tu ne devineras jamais d'où je sors.

— Re-langue au chat.

— De l'institut médico-légal où j'ai rencontré Lazare en chair et en os. Je te le présenterai. Tu l'adoreras.

— Arrête, Juan, gronde la gynéco. Respire à fond, pousse, accouche.

Il rit : les saillies d'Armelle...

— À condition que tu promettes de ne parler du bébé à personne. J'ai bien dit à personne.

Cela signifie dans l'ordre : Vic, Manon, Marc.

— Tu ne m'as pas appelée. Je n'ai aucune nouvelle de toi. D'ailleurs, je t'en veux à mort...

On croirait entendre le légiste : pour l'humour noir, ils s'entendront bien.

— Mano n'est pas le fils d'Ernesto.

Silence à la Salpêtrière. Avis de tempête ?

Voix calme, unie. Un jour, il l'étranglera.

— Tu es sûr de ça ?

— Quasiment sûr.

— Quasiment ne suffit pas. Il faut des preuves. Raconte.

Il raconte les heures passées en compagnie d'un légiste franco-italien, l'identification des deux corps dans la chambre d'un couple qui se haïssait. C'est certain, avéré, plié : Manon ne reverra pas son Agathe.

Il raconte une panne d'électricité provoquée par un artisan de vingt-cinq ans, nommé Manuele, pour aider sa belle à s'enfuir. Vous avez aimé le « Manon-Mano », vous adorerez le « Manon-Mano-Manuele ». Manuele, l'amant d'Agathe, Mano leur enfant. Ces preuves qu'elle lui réclame, il va aller les lui chercher avec les dents. Côté Vitali, comme côté Greco. Il lui rapportera tout plein d'ADN à analyser. C'est d'ailleurs pour ça qu'il l'appelle.

Durant son long récit, où il n'aurait su dire ce qui l'emportait – la révolte, la peine, l'espoir ? –, des petits groupes d'étudiants passaient, comme des figurants au fond d'un décor printanier. Et ça riait, ça chahutait, ça vous regardait la vie comme un gros gâteau à se partager : insouciance, innocence, légèreté. Mais aussi, illusion, fragilité, vulnérabilité. Et Juan avait envie de leur crier : « Attention ! » Ça devait être un de ses jours de spleen.

— Qu'est-ce que je peux faire pour toi ? demande Armelle.

« Qu'attendez-vous de moi, Santès ? » a demandé Lazaro.

— Tu viens me chercher à l'aéroport. On fonce à Garches. Tu boostes les analyses. On court-circuite les enquêteurs. On les empêche d'aller réveiller le volcan Vitali.

J'attends aussi de toi, City, comme un petit garçon, que tu ne me dises pas que je rêve, que tu me fasses confiance pour décrocher le pompon dans le foutoir où tu m'as envoyé.

— D'accord, Juan. Ton avion se pose quand ?

Il ferme les yeux. Le dos des doigts d'Armelita vient de passer tendrement sur sa joue.

— Demain ou après-demain. Samedi ou dimanche. Je t'appelle avant le décollage.

— Rien d'autre ?

— Besoin d'une tailleuse d'ongles.

— À part ça ?

— Ta « Doudou », elle m'emmerde.

Armelle rit.

— Vic et moi, ça fait huit ans. Chacun son tour.

L'accoucheuse a tout compris.

Et, comme Juan quitte le campus, il revoit un petit garçon, apparaissant à la grille du Pavot, une boîte à gâteaux pressée contre sa poitrine.

Il faudra qu'il apprenne à l'aimer.

Il n'a pas eu trop de mal à trouver un taxi. L'adresse

inscrite dans sa mémoire se trouvait en banlieue. Il a demandé au chauffeur de l'arrêter là où il pourrait se procurer un sandwich et une boisson. Mourir de faim en plus que de sommeil, c'était un peu trop. En attendant, il a remis son blouson et sa vilaine casquette. Celle-là, si Armelle l'avait vue, elle serait peut-être sortie de ses gonds. City supportait tout sauf la laideur : celle d'un vêtement comme celle d'une âme.

Dans une station d'essence, il a acheté un *panino* au *prosciutto crudo* et aux cœurs d'artichaut, ainsi qu'une bouteille d'eau minérale. Il avait terminé son en-cas lorsqu'ils sont arrivés à destination. Il a attendu un moment après que le taxi eut disparu. Personne ne les avait suivis.

C'était une rue commerçante, bordée d'immeubles modestes soigneusement entretenus. Tous les volets fermés, pas un passant. La maison qui l'intéressait avait trois étages. Auquel Manuele avait-il vécu quatre années auparavant ? Qui occupait aujourd'hui son appartement ? Espérer qu'il y trouverait quelqu'un de sa famille était sans doute du rêve, mais sans rêve... Et s'il ne trouvait personne dans l'immeuble pour le renseigner, il interrogerait les voisins, les commerçants, jusqu'à ce qu'il trouve une adresse. Aide-moi, Quentin.

Combien de regards l'ont-ils suivi derrière les volets lorsqu'il est entré ?

Sur l'un des murs de l'étroit vestibule, une rangée de boîtes aux lettres était alignée. Il a allumé la minuterie pour y lire les noms. Une carte de visite sur l'une d'elles a fait bondir son cœur.

CARMELLA GRECO
Infermièra

Carmella... l'un des prénoms cités par Mano.

La jeune femme rencontrée par Lazaro au cimetière ?

« Ne réveillez pas les morts ! »

Deuxième étage, porte 3.

Il n'a croisé personne dans l'escalier.

D'un peu partout s'échappaient des bruits de télévision. Derrière une porte, un enfant pleurait, doucement, régulièrement : une complainte d'abandon. Mano avait-il été caché ici ?

La même carte que sur la boîte figurait porte 3, au-dessus de la sonnette. Carmella Greco. La mère de Manuele ? Sa sœur ? Pas son épouse : « Célibataire », avait noté Lazaro.

Il a sonné. La course pressée d'un animal, un frottement contre la porte, des miaulements plaintifs lui ont répondu : un chat. Il a réitéré sans plus de succès.

« C'est vrai que vous savez ouvrir toutes les portes ? » s'était étonnée naïvement la fauvette.

Celle-ci n'a pas opposé grande résistance. Une carte glissée dans un interstice, en même temps qu'une pression au bon endroit, et elle a cédé. Il s'est glissé dans l'appartement, et a refermé la porte sur lui.

Immobile, en sueur, tous ses sens en alerte, il a attendu quelques secondes avant de se baisser et caresser le chat qui s'enroulait autour de ses chevilles.

Bonjour, le Prince.

Les miaulements ont redoublé.

Partout dans le monde, les chats devenaient princes pour ceux qui les aimaient.

Il se trouvait dans une minuscule entrée, meublée d'un seul porte-manteaux. Plusieurs portes y donnaient, toutes ouvertes. Il a commencé par un rapide tour des lieux. Ce n'était pas la première fois qu'il entrait chez quelqu'un par effraction. C'était la première fois qu'il en éprouvait de la gêne.

Un living, une chambre à coucher, une pièce carrelée où l'infirmière devait recevoir ses clients, une salle d'eau, une cuisine sans fenêtre, le tout n'excédait pas soixante-dix mètres carrés. Les vêtements dans la penderie, les produits de beauté dans la salle d'eau lui ont indiqué que Carmella était une jeune femme, pas la mère de Manuele.

Son second tour a été plus approfondi. C'est dans la chambre à coucher, sur la table de nuit, que l'attendait le gros lot. Si écrasant qu'il a dû s'asseoir pour encaisser.

Quatre personnes sur la photo, dans un cadre ornementé. Afin de s'assurer qu'il ne rêvait pas, que tout était bien là, tous, il a allumé la lampe de chevet.

En arrière-plan, debout, tendrement serrés l'un contre l'autre, un homme et une femme dans la cinquantaine. L'homme est barbu, il porte des vêtements de pêcheur : Eduardo.

À ses côtés, la femme au visage rond et doux : Filomèna.

Au premier plan, tout sourires, tout bonheur, deux adolescents.

Elle, le portrait de sa mère : Carmella ?

Lui, sous un étonnant buisson de boucles châtaines, un visage rond, un menton volontaire, des lèvres pleines. Ne serait-ce la couleur des yeux : châtain, on jurerait qu'il est le grand frère de Mano.

Sauf que c'est son père.

39.

Un cri étouffé, le miaulement du chat s'arrachant à sa chaleur le réveillent. Il ouvre les yeux avec peine. Où est-il ?

Puis, comme un coup, avec la femme en tenue d'infirmière, à la porte du living, main devant la bouche, visage déformé par la peur, tout est là.

Carmella.

Elle bégaie : « Qui êtes-vous ? »

N'appelle pas à l'aide, surtout. Ne te sauve pas.

— Un ami d'Agathe !

Il a lancé le nom comme on brandit un drapeau blanc : ami, pas ennemi. Les yeux de Carmella s'élargissent ; l'incrédulité combat la peur.

— Je suis venu vous donner des nouvelles de Mano.

Sous le poids du prénom interdit, sans une plainte, on dirait que tout son être s'affaisse, elle ploie.

Il bondit et la rattrape avant qu'elle tombe, la soutient jusqu'au canapé où lui-même s'est effondré, vainqueur vaincu par la photo d'un bonheur massacré. Sa montre indique 18 h 30. Il a dormi deux heures.

Elle s'écarte de lui. Ses yeux s'arrêtent à son bras mutilé que, pas une seconde, il ne cherche à lui cacher. Elle murmure :

— Comment m'avez-vous trouvée ?

— Manuele, votre frère, il vivait ici, n'est-ce pas ?

Et il ajoute : « Ne vous inquiétez pas, personne ne m'a vu monter. »

Elle ne répond pas. Ses lèvres tremblent. Doute-t-elle encore ?

De son portefeuille, il sort sa dernière cartouche : la photo d'Agathe avec son chat. Il la lui tend. Si elle la prend, c'est gagné.

Elle la prend, l'approche de ses yeux.

— *Era così bélla.*

Les sanglots, enfin !

Carmella aussi était belle. Agathe, une fleur rare qui captivait le regard. La Sicilienne, une plante épanouie qui promettait le plaisir. De celle-ci, Mano avait pris les lèvres pleines et cette abondance de boucles brunes que l'infirmière retenait en arrière par un bandeau de couleur mauve.

— M'offririez-vous un café ? a demandé Juan.

Elle lui a rendu la photo et elle s'est levée.

Sans un mot, elle l'a précédé dans la cuisine où elle lui a désigné un tabouret devant la table en Formica vert. L'air était rare dans la pièce sans fenêtre, elle a mis en marche un ventilateur-colonne, dont la tête s'est mise à osciller avec un bruit feutré. Puis elle s'est occupée du café.

Accompagnée par les miaulements plaintifs du chat qui s'enroulait autour de ses bas blancs, toujours sans un mot, elle a posé deux tasses sur la table, un sucrier, un pot de lait sorti du réfrigérateur. Elle y a ajouté des fruits et une boîte de biscuits. Juan pouvait sentir le soulagement que lui procuraient ces gestes, au début saccadés, puis s'arrondissant peu à peu. Les gestes du quotidien qui vous ancrent peu ou prou au sol.

Maîtrisant son impatience – ils avaient tant de choses

à se dire et si peu de temps –, il respectait son silence. Enfin, après avoir versé le café dans les tasses, elle a pris place en face de lui.

— Pourquoi êtes-vous venu, monsieur ?

Il est resté glacé. Le « monsieur ». Et, dans la voix, un mélange de lassitude profonde et de reproche. Lorsqu'elle avait pris la photo, il avait pensé : « C'est gagné. » Le niais ! Tout ce temps de silence, elle l'avait employé à refermer la porte, un instant ouverte entre eux.

Pour quelle raison ?

Ma langue au chat, Armelita.

— Pas « monsieur », Juan. Juan Santès, s'est-il efforcé de répondre paisiblement. Je suis venu pour que vous me parliez de Manuele, votre frère.

— À quoi bon ? Il est mort. Ils sont morts tous les deux.

Voix brusque. Nouvelle fin de non-recevoir.

— Pour son fils, Carmella. Pour Mano. Il a besoin de savoir qui était son père.

Allait-elle nier ? Un instant, il l'a craint.

— C'était un homme bon et travailleur. Il ne méritait pas ce qui est arrivé.

La révolte, cette fois. En voulait-elle à Agathe de s'être trouvée sur le chemin de son frère ?

« *Era così bélla* »... Non. Ce n'était pas ça. Mais alors quoi ?

— Personne ne mérite de mourir à vingt-cinq ans. Surtout dans des circonstances aussi effroyables, a-t-il hasardé.

Elle n'a pas relevé.

De guerre lasse – bon Dieu, il détestait cette expression : l'abandon, la résignation –, il a proposé :

— Voulez-vous que je vous parle de Mano ?

Et là, elle a daigné incliner la tête.

Il lui a parlé d'un petit garçon vif et gai, comme tous les enfants entourés d'amour. D'un petit garçon parfois absent, les larmes au bord des paupières, comme un enfant arraché à ses racines, une couleur de ciel, des odeurs, une chaleur, des voix. Arraché sans adieux, sans savoir ni pourquoi ni comment.

Il lui a décrit le Pavot et celles qui y vivaient, ses amies. Manon dont on aurait dit qu'elle était la grande sœur du petit. Maï qui avait décidé d'en être le frère aîné.

Tout en l'écoutant, Carmella nourrissait son chat. Elle émiettait des biscuits dans une soucoupe, y versait du lait, y guidait la tête ronde : « *Mangia, mangia...* » Fuyant le regard de Juan, se gardant à l'abri. De quoi ? Quelle menace pouvait-il représenter pour elle ?

— Il parle souvent de vous, a-t-il poursuivi. Je ne vous apprendrai rien en vous disant qu'il vous ressemble. Vos couleurs autour des yeux d'Agathe. Il parle également d'Eduardo et de Filomèna, vos parents, ses grands-parents, n'est-ce pas ? Cela a dû être difficile pour eux de s'en séparer.

Lorsqu'il a évoqué ses parents, elle a eu un sursaut. Et, dans le regard qu'elle a levé vers lui, il a lu une sorte de supplication : « Pas eux, ne me parlez pas d'eux. » Il ne l'a pas écoutée. Par la porte entrouverte, Mano s'était glissé. Il ne la laisserait pas la refermer.

— Ils ont été formidables, vos parents ! Ils ont su faire vivre sa mère pour l'enfant. Il la reconnaît sur toutes les photos. Le chat aussi, tiens ! Il l'a nommé : le Prince. Sans compter que, pour un enfant de cet âge, il se débrouille formidablement en français. À propos, quel âge a-t-il exactement ? Sans papiers, nous n'avons pu nous livrer qu'à des suppositions.

« Plutôt trois ans et demi que quatre. Brouillage de pistes », avaient-ils conclu, Marc et lui.

Elle n'a pas répondu. Elle avait recommencé à nourrir son chat. Il a bu quelques gorgées de café tiède. Passable. Contre une minute de totale franchise, il aurait été prêt à avaler dix lavasses de Lazaro.

Quant aux fruits et à ses biscuits, qu'elle les garde. Le prenait-elle pour un chat que l'on gave pour l'empêcher de miauler ?

Un sentiment d'irritation s'est emparé de lui.

— Regardez-moi, Carmella ! Je ne suis pas venu pour vous piéger. Je ne vous demanderai pas où vivent vos parents. Je n'ai pas l'intention d'aller les voir. Je comprends votre souci de les protéger. Mais il y a certaines choses que je dois savoir, pour le bien de Mano. Pourquoi votre père a-t-il si brusquement décidé de l'emmener en France et de le confier à Manon ? Comment avait-il eu ses coordonnées ? Pourquoi n'a-t-il pas cherché à la rencontrer ? Que voulait dire son message : « Sauvez-le ! » ? Quel danger courait-il en restant en Sicile ? Quel danger court-il encore peut-être ? Pasquale Vitali a appris son existence, c'est ça ?

Pasquale... C'était la première fois qu'il prononçait le nom. D'un seul coup, le corps de l'infirmière s'est raidi. Elle l'a enfin regardé. Il attendait la peur, c'est la haine qu'il a reçue.

— Mais non ! Il ne sait rien. RIEN. *Io giuro.*

Et, cette fois, il a entendu le mensonge dans ses explications embrouillées, prononcées d'une voix hachée. Les gens commençaient à se poser des questions à propos du petit. Ses parents se faisaient vieux. Il était temps qu'il aille à l'école...

Foutaises !

« Ne réveillez pas les morts... »

Un instant, il a été tenté de lui parler de Lazaro. Ses deux consciences, la personnelle et la professionnelle, le lui ont interdit.

Il a regardé sa montre : 20 heures. Pour la faire céder, s'il y parvenait, il lui faudrait des heures. La nuit peut-être. Tant pis ! Qu'elle le garde, son foutu secret. Il était venu dans un but précis, recueillir son ADN. Et là, il ne la laisserait pas se dérober.

Il a attaqué.

— Dans un peu plus de deux jours, lundi, des enquêteurs vont débarquer à Palerme. Ils sont mandatés par la justice française pour établir qui, des deux familles, la française ou la sicilienne, obtiendra la garde de Mano. Pour ces hommes, il ne fait aucun doute qu'Ernesto Vitali, le compagnon d'Agathe, est le père. Dès lundi sans doute, ils iront trouver Pasquale et lui révèleront l'existence de l'enfant. À votre avis, comment réagira-t-il ?

L'horreur a déformé les traits de la jeune femme qui s'est levée si brusquement que son tabouret est tombé. Le chat s'est enfui.

— Mais ce n'est pas possible ! a-t-elle crié. Vous savez bien qu'il est le fils de Manuele.

— Alors, aidez-moi à le prouver.

Il a montré sa propre bouche : « Donnez-moi votre ADN. »

— Oui, a-t-elle dit.

Elle a quitté précipitamment la cuisine, laissant la porte ouverte, claquant sur elle celle de la pièce carrelée.

Juan a terminé son café. Ne croyez pas aux miracles. Ne cédez pas aux mirages qui aggravent votre soif. Il avait tant attendu de cette rencontre ! Qui disait les femmes incapables de garder un secret ? Lorsqu'il s'agissait de la sauvegarde d'un membre de la famille, vous pouviez les couper en quatre sans qu'elles le livrent.

En se taisant si obstinément, qui, de quelle famille, cherchait-elle à protéger ?

Il s'est levé et il s'est approché du grand calendrier couvert d'inscriptions qu'il avait remarqué sur le mur. Des rendez-vous à domicile, sans doute.

Rien n'était noté à aujourd'hui, vendredi 4 juin. Avec le crayon suspendu à une ficelle, il y a inscrit son numéro de portable. Pas le numéro de celui à trois sous, acheté à l'aéroport, celui du très précieux mobile laissé à Paris, au répertoire plein, qui ne devait en aucun cas tomber dans des mains étrangères.

— Voilà ! a dit Carmella.

Ses yeux étaient rouges. Dans le flacon qu'elle tenait à la main, deux Coton-Tige, deux frottis buccaux. Lazaro aurait apprécié.

— Nous apprenons à faire ça durant nos études, a-t-elle ajouté avec l'amorce d'un pauvre sourire, où il a semblé à Juan lire une demande de pardon.

Elle a mis le flacon dans un sac en plastique qu'elle lui a tendu après l'avoir solidement noué.

— Avec ça, Pasquale ne pourra pas l'avoir, n'est-ce pas ? Jamais.

— Jamais. Vous avez ma parole.

— Merci, Juan, a-t-elle murmuré.

Puis elle consulte sa montre :

— Pardonnez-moi, mais j'attends quelqu'un. Vous ne pouvez pas rester.

Le mensonge à nouveau. Au 4 juin, seul un numéro de téléphone est inscrit, celui de Juan.

— Une dernière chose, lui demande-t-il froidement. Avertissez vos parents de la venue des enquêteurs. Qu'ils se mettent à l'abri le temps qu'il soit prouvé que Pasquale n'a aucun droit sur l'enfant. Vous-même...

— Moi, je n'ai pas peur. Il a tué mon frère, crie-t-elle.

— C'est donc lui qui a tiré ? demande Juan très vite.

Elle appuie sa main sur ses lèvres, consciente de s'être trahie, elle balbutie.

— Je ne comprends pas ce que vous voulez dire.

Il désigne le calendrier.

— Au cas où cela vous reviendrait, appelez-moi.

Sous son blouson, il cache le paquet contenant le flacon. Elle est déjà dans l'entrée. Il peut sentir sa hâte qu'il dégage. Elle s'est laissé avoir une fois. Elle ne lui offrira pas une seconde occasion.

Au porte-manteaux, il remarque un chapeau masculin : paille claire, ruban noir. Un borsalino.

Son pendule se manifeste, impérieux.

— Manuele ? demande-t-il en le désignant.

Elle acquiesce.

— Confiez-le-moi, Carmella.

Elle peut répondre ce qui lui chante, il ne partira pas sans.

Mais elle n'hésite pas. Elle détache le borsalino du porte-manteaux et, les yeux pleins de larmes, le pose sur la tête de Juan.

— De la part d'Agathe, chuchote-t-elle.

40.

Sa chambre avait été fouillée. La photocopie du rapport de police reçu par les parents d'Agathe, ainsi que la pochette d'Air France contenant ses billets d'avion – retour ouvert – qu'il avait laissées ce matin en évidence sur la table avaient été soigneusement remises en place après examen. Les classiques petits pièges semés ici et là par Juan parlaient.

Le ou les intrus avaient fait le boulot en profondeur. Il a retrouvé au fond du tiroir de la table de nuit le billet qu'il y avait abandonné. Chez les Vitali, on ne chapardait pas. On se contentait de liquider.

Toute chance aussi que le patron de l'hôtel ait été interrogé. Comme par hasard, il ne l'avait pas trouvé sur son chemin à son retour. De désiré, il était devenu indésirable.

Avec l'aide d'Internet, Pasquale devait connaître à présent son ancien métier, ainsi que l'actuel. Un baume sur l'humiliation d'avoir vu son homme planté sur la place du marché aux agrumes ?

Juan étant sur liste rouge, il faudrait au caïd un peu plus de temps pour trouver son adresse à Paris. D'ici là, il serait rentré. Et la seule chose qui lui importait était que les recherches de Pasquale ne le mènent pas jusqu'à une maison appelée le Pavot, qui abritait ses amies, ses amours.

Que nul ne s'avise de toucher à une seule de tes plumes, la fauvette. Il me trouvera sur son chemin.

Il a posé sur le lit le borsalino à l'intérieur duquel, durant son retour en taxi, il avait pu voir d'innombrables cheveux foncés : l'ADN de Manuele, et le flacon contenant l'empreinte génétique de Carmella. Si, avec ça, Armelle n'était pas contente ! Puis, après avoir calé le dossier d'une chaise sous le bouton de la porte, il a pris une douche bien méritée.

Rafraîchi, vêtu de propre, il a débloqué la porte et appelé la réception. Pouvait-on lui monter une pizza, une salade et un jus de fruits ? Son interlocuteur – qui n'était pas le patron – lui a laissé le choix entre différentes garnitures. Sans hésiter, il a pris la « quatre saisons », depuis toujours sa préférée.

Il est sorti sur la terrasse. C'était l'heure entre chien et loup. Chien, le jour qui se soumet au loup. Loup, la nuit, qui feint le sommeil en sortant les crocs.

Sur la Piazza Pretoria, éclairée comme une scène de théâtre, les acteurs habituels : touristes, flâneurs. Le regard de Juan s'est attardé sur certains. Parmi eux, sans aucun doute, des hommes de Vitali. Ce soir, ils se contenteraient de veiller à ce que la « cible » ne leur fausse pas compagnie. Le rendez-vous serait pour demain ; il en a eu la certitude.

On a frappé à sa porte : sa commande, déjà. Il a demandé au garçon de poser le plateau sur la terrasse. De la pizza montait une odeur délicieuse. L'envie d'une bière, ou d'un petit vin chantant l'italien, s'est emparée de lui. Juste une *bóccade*, seulement un verre. Ce sont les promesses que l'on se fait à soi-même qui sont les plus difficiles à tenir. Pas de témoin pour s'assurer qu'on les respecte.

Il a respecté.

Lorsqu'il était enfant, sous l'œil sévère de ses grandes sœurs gendarmes, il commençait par découper le bord de sa pizza, qui évoquait pour lui une lèvre gonflée. Pas pour le laisser, mais pour le savourer ; tiède et craquant avec sa salade.

Depuis combien de temps n'avait-il pas vu ses « gendarmes » ? Toutes les deux vivaient en province, étaient mariées, mères de famille, et exerçaient un métier. Avec la mort de leurs parents, les liens s'étaient distendus. Le brutal chagrin qu'il en a éprouvé l'a surpris.

Manon lui est apparue, se mêlant de tout à son habitude. C'était donc ça, l'amour ? Cette présence têtue, cette lancinante attente, comme un poing autour du cœur ? Manon la « sans famille ». « Je te les présenterai, ma chérie. » Après ses « mères d'adoption », pourquoi pas deux sœurs ? Juan connaissait leur générosité. Bien sûr, comme toutes les sœurs, elles lui en feraient baver. Il les imaginait sans mal à l'œuvre. Il a entendu le rire de Manon et une chaleur l'a envahi en même temps qu'une légèreté.

C'était aussi ça, l'amour, un soudain décollage sur les ailes d'une chimère.

Il a découpé le tour de sa quatre saisons, revoyant les fontaines de la place des Quattro Canti, les statues des saintes patronnes de la ville : Christine, Nymphe, Olivia... Agathe.

Agathe.

Avec la révélation de La Rosa, suivie de celles de Lazaro, il avait cru la boucle bouclée : un homme, une femme, un amant. Auxquels s'était ajouté l'enfant. Un scénario somme toute banal, avait-il pensé.

Entre mensonges et vérité, Carmella défaisait tous les fils du scénario patiemment tressé.

Pourquoi le « Sauvez-le ! », si Pasquale ignorait l'existence du petit ?

Comment l'infirmière avait-elle pu apprendre qu'il était l'assassin de son frère ? Était-elle là, cachée au second étage, le soir du drame ? Avait-elle réussi à s'enfuir avant l'incendie ? Et sa peur venait-elle de ce qu'elle craignait que, l'apprenant, Pasquale ne veuille la supprimer ?

Non !

« Je n'ai pas peur. Il a tué mon frère... »

Rien que de la haine.

Il a repoussé son assiette. Toute faim l'avait quitté, laissant place à une sourde angoisse. Qu'est-ce qui lui échappait, dont il sentait que c'était l'élément central de toute l'histoire ? Et une nouvelle menace.

Aide-moi, Quentin.

Quentin est resté silencieux.

Soudain, une petite explosion de musique s'est produite sur la place : guitares, flûte, harmonica. La foule a afflué vers le groupe de jeunes hommes. Un chant en est monté.

« *Sciuri, sciuri, sciuri, di tuttu l'annu. L'amuri ca mi dasti te le turnu*

Lu sabatu si sapi allegra cori. »

« Fleur, fleur, fleur, je te rends l'amour que tu m'as donné.

Le samedi, c'est connu, réjouit les cœurs. »

Samedi, demain, Juan doutait que son cœur soit réjoui.

« *Delitto d'onóre.* » Pour pouvoir continuer à sortir la tête haute, Pasquale Vitali avait assassiné Manuele et provoqué la mort d'Agathe.

Pour l'honneur, par amour, Juan vengerait Agathe en soustrayant Mano au clan.

Il a eu hâte d'agir.

« Fais attention, quand même ! » lui avaient recommandé avec un bel ensemble Armelle et Marc. Que risquait-il ? Tout au plus un interrogatoire musclé, quelques bleus. Pasquale ne ferait pas disparaître un reporter connu de la presse internationale.

Aucun courage dans le désir de Juan de s'affronter à lui.

Ni dans les « bonsoir » qu'il a adressés de la main aux sbires chargés de le surveiller, avant de quitter la terrasse : « Bonne nuit, les petits. »

Il a sorti le plateau sur le palier et remis la chaise sous la poignée de la porte. Non pour se couvrir, lui, mais pour protéger un précieux flacon, un très précieux borsalino.

« De la part d'Agathe... »

Son pendule s'est manifesté. Violemment.

Était-ce bien ce qu'avait chuchoté Carmella en lui mettant le chapeau de Manuele sur la tête ? Avec, dans la voix, la même demande de pardon qu'en lui tendant le flacon ?

Pardon pour quoi ?

« De la part d'Agathe... »

Dont Carmella avait évité de prononcer le nom durant leur rencontre, comme si elle voulait la tenir à l'écart ?

Pourquoi ?

Cherche, creuse, là se trouve ce qui t'échappe, a murmuré Quentin.

La sonnerie de son portable a interrompu sa réflexion. Il a semblé à Juan qu'il retombait brutalement sur terre. Pourtant, il n'avait pas bu !

Aucun nom ne s'affichait sur l'écran de l'appareil dont il avait laissé le répertoire vide. Il n'avait donné son numéro qu'à quatre personnes : Armelle, Vic, Manon, Marc. Ils étaient convenus que ce serait lui qui appellerait au cas où ils le dérangeraient en « rendez-vous ».

Qui ?

Il avait eu Marc la veille et Armelle en début d'après-midi. Restaient Vic et Manon.

Manon ?

Les battements de son cœur se sont accélérés.

L'image d'un répondeur clignotant à son retour de Londres : « Rappelle, rappelle... » lui est revenue. Déjà, au bout du fil, n'était-ce pas la fauvette qui l'attendait ?

« Réponds, réponds... »

Les trois sonneries écoulées, l'appareil s'est éteint.

Quelques secondes plus tard, deux bips impératifs ont annoncé une enveloppe.

Il l'a ouverte.

« C'est Manon, j'avais quelque chose à vous dire. Pas grave. Tant pis. »

Ses doigts ont fiévreusement formé le numéro gravé dans sa mémoire. Au moment d'établir le contact, il a hésité.

« Vous me direz tout ? »

S'il lui parlait, qu'aurait-il d'autre à lui offrir que de l'horreur ou du mensonge ?

Éteignant son portable, renonçant à entendre sa voix, il a compris ce que voulait dire le mot « courage ».

41.

Palerme
Samedi 5 juin

Les rugissements d'une voiture-poubelle le tirent du lit. 6 h 30. S'il ne savait que les « nuits blanches » n'existent pas, il jurerait qu'il n'a pas dormi.

« Pas grave », a-t-elle dit. Si, ma chérie, grave.

Quand une fauvette vous casse le sommeil en prenant ses aises dans votre cœur. Quand chaque minute qui vous prive d'elle prend des allures d'éternité. Que le manque vous broie le ventre et vous brouille la vue et la jugeote. Quand vous la détestez et jurez de mettre fin à la Calamity dès que vous rentrerez. Quand vous n'aspirez plus qu'à rentrer pour la prendre, la garder, l'aimer. Quand, du corps et du cœur, vous ne savez lequel bande le plus pour elle. Que vous lancez votre oreiller sur les pales d'un ventilateur qui ne cesse de répéter un nom, son nom, ton nom. C'est grave !

Une serviette autour de la taille, Juan-le-possédé sort sur la terrasse. Un reste de fraîcheur rôde. Délivrées des touristes, les statues de la Vergogna ne prennent plus la pose, redeviennent des corps de pierre nus, des seins, des fesses, des sexes figés qui parlent des pathétiques combats du désir.

Deux commères en noir, auxquelles on ne la fera plus, panier au bras, têtes jointes, passent, bras dessus bras dessous, patati patata, y a du complot dans l'air. Cet homme coiffé d'un panama, lunettes noires, un journal déployé devant lui, est-il là pour toi, Juan ? Et cet autre, plus loin, appuyé au mur, qui parle dans son portable, annonce-t-il ton réveil au boss ?

Il passe sous une douche froide pour se raffermir avant l'attaque. Ce soir, sur quel corps l'eau ruissellera-t-elle à nouveau ? Corps de vainqueur ou de vaincu ?

Pour le grand rendez-vous, il choisit une chemise Lacoste – qu'avait dit Vic, déjà ? « On peut compter sur la petite pour plonger droit dans la mare aux crocodiles » – et une veste kaki, joliment nommée « cargo », à multiples poches qu'il s'était amusé à compter avec le vendeur lorsqu'il l'avait achetée : huit.

« Avec ça, vous pourrez faire face à toute éventualité », avait prédit celui-ci.

Juan y pare en répartissant ses biens dans les poches du « cargo ». Passeport, portefeuille, menue monnaie. À portée de main, mobile et étui à cigares – il lui en reste trois, ça devrait aller. Enfin, après avoir hésité, le flacon aux Coton-Tige.

Il glisse son béret – c'est le grand jour, Quentin ! – sous sa ceinture, coiffe le borsalino et, avant de sortir, jette dans la corbeille la vilaine casquette à carreaux dont il n'aura plus besoin : sans regret !

Le plateau-pizza n'est plus devant sa porte. Personne dans l'escalier. Un homme de ménage passe mollement l'aspirateur dans le hall. On se demande qui tire l'autre. Pas de patron à l'horizon. Dommage ! Il serait content de voir son client entrer enfin dans la salle à manger.

Juan y pille le buffet. Depuis combien de temps n'a-t-il pas pris un vrai repas ? De quoi se composera le prochain ? Quoi qu'il en soit, pas question de se presser : ces messieurs attendront.

Il est 8 heures lorsqu'il quitte l'hôtel. La place s'est animée. Comme le ciel est bleu quand l'inconnu vous guette. Comme le soleil vous rappelle les jours de paix. Ils sont deux, un courtaud et une armoire à glace. Ils ne cherchent pas à se cacher. D'un même pas lourd, ils convergent vers lui. D'un pas vif, Juan va à la fontaine, toujours délaissée. Il s'y penche et, ni vu ni connu, laisse glisser son portable dans l'eau. Même avec un répertoire vide et des messages effacés, on ne sait jamais.

Les compères se sont rejoints. Ils se concertent en regardant la petite foule grossir de minute en minute autour d'eux. Juan peut lire dans leurs pensées : sera-t-il bien prudent d'agir ici ? Imaginons que la « cible » résiste.

Il leur facilite la tâche en s'engageant dans la rue du marché aux agrumes où, la veille, il a repéré une poubelle près du kiosque à journaux. Tout en marchant, il sort le flacon de sa poche, dévisse le couvercle et, Coton-Tige ici, récipient là, il jette les pièces à conviction. Il aurait mieux fait de s'en débarrasser à l'hôtel, mais l'idée de tirer la chasse d'eau sur les empreintes génétiques de la sœur de Manuele ne lui plaisait pas trop : un grand sentimental, comme Lazaro.

Distrayant de voir ses féroces poursuivants récupérer le flacon vide, l'examiner d'un air perplexe, finir par le rejeter avec dégoût. Y a pas de honte à ne pas connaître le terme « frottis buccaux ». Pasquale aurait sans doute été plus regardant.

— Si vous voulez nous suivre, *signore*.

C'est le petit qui l'a abordé ; ton ferme et poli.

— *Con piacére*.

Demi-tour. Une centaine de mètres plus loin, dans une rue tranquille, comme un requin noir, une longue voiture aux vitres teintées l'attend, un troisième homme au volant. Pas besoin d'employer la force pour qu'il y monte. On n'est pas dans un film.

À peine les portières refermées, ses anges gardiens – pardon Vicarmelle – procèdent à la fouille des poches du « cargo ».

Aucune arme sur lui.

Autre qu'un borsalino.

42.

Le quartier général du clan se trouvait dans la Kalsa, non loin de la Via delle Arti : un immeuble rénové aux allures de palais.

Dans la vaste entrée, affalés sur une banquette, jambes écartées, têtes renversées, deux hommes somnolaient. L'arrivée de Juan les a propulsés sur leurs pieds. Ils ont pris la relève de ses deux ravisseurs – petit personnel nombreux chez les Vitali – et lui ont ordonné de vider ses poches sur le marbre gris d'une console sculptée qui aurait ravi City.

Lorsqu'il a exprimé le désir de conserver son étui à cigares et son chapeau, cela lui a été refusé. Il a pris son béret à la main.

Solidement encadré, il a monté le solennel escalier de marbre, longé un couloir au plancher brillant comme un miroir, jusqu'à une porte entrouverte qu'ils ont poussée sans frapper ; il avait été annoncé.

Qui Juan a-t-il vu en premier dans la pièce aux volets tirés, *mèzz'ómbra, mèzz'sóle* : Pasquale ou Ernesto ?

Assis derrière un bureau recouvert de cuir foncé, un bel homme dans la cinquantaine, cheveux poivre et sel, visage dur, regard sombre : Pasquale.

Derrière lui, dans un cadre en bois doré, la quarantaine, cheveux sans sel, visage aux traits moins affirmés, courte barbe, dessinée au pinceau plus sensible, une réplique de l'aîné : Ernesto.

Oui, cet homme-là avait pu aimer sincèrement Agathe. Juan n'a pas vu d'arme dans sa main.

Dans celle de Pasquale, si.

Le caïd s'est levé, grand pour un Sicilien, vêtu d'un costume sombre, chemise blanche, cravate grenat, souliers de cuir noir à bout trop pointu, faute de goût comme la bague pleine d'or et de morgue à son annulaire.

Il a tendu la main.

— Monsieur Santès ?

— Monsieur Vitali ? a répondu Juan, ignorant celle-ci.

Les yeux bruns se sont brièvement enflammés.

— Désirez-vous boire quelque chose ?

— Merci, non.

Juan a désigné le paquet de cigarettes posé sur le bureau :

— Pour moi, c'est l'heure du cigare. Les miens m'ont été confisqués à mon arrivée. Puis-je les récupérer ?

Il a souri :

— Vous avez ma parole qu'ils ne contiennent aucun explosif.

Vitali a lancé un ordre aux hommes restés près de la porte. L'un d'eux a disparu.

— Veuillez vous asseoir.

Le temps que Juan prenne place dans un fauteuil de cuir fauve aux larges accoudoirs – la carcasse de Lazaro y aurait-elle tenu ? –, l'étui à cigares lui était rendu. Il l'a posé devant lui sur le bureau. Un bureau de ministre totalement vide en dehors d'un sous-main aux initiales dorées, un massif briquet de marque, cendrier assorti, et le paquet de cigarettes repéré à son entrée. Les dieux restaient de son côté.

— *Lasciatecci*, a aboyé Vitali dans son dos.

La porte s'est refermée. Une seconde, Juan a posé la main sur son béret : « Nous y sommes, Quentin. »

Tandis que Pasquale regagnait sa place sous le regard d'Ernesto, une exaltation mêlée de jouissance l'a tendu. Même si depuis son arrivée, très exactement quarante-huit heures, il avait beaucoup appris, c'était pour ce moment-là qu'il avait fait le voyage, pour ce face-à-face avec le bourreau d'Agathe. Et, à l'idée que Manon aurait pu se trouver à sa place, un frisson de colère l'a traversé. Le crocodile n'aurait fait qu'une toute petite bouchée de toi, la fauvette.

Le regard du caïd est passé du crâne rasé de Juan à son bras mutilé, les associant comme tout le monde au mot « guerre ». Les lèvres aussi étaient différentes de celles de son frère : carnassières chez l'un, gourmandes chez l'autre.

— Votre séjour chez nous se passe-t-il bien, monsieur Santès ?

— Au-delà de mes espérances.

Les épais sourcils se sont froncés.

— Vous avez trouvé ce que vous étiez venu chercher ?

— Si vous voulez parler des circonstances de la mort d'Agathe Vignon, la réponse est oui.

Dans le silence qui a suivi, Manuele Greco s'est invité. Le regard de Juan est monté sur le tableau. Qu'était venu faire Ernesto à Toulon ? Peu lui importait. Il y rencontre Agathe et en tombe fou amoureux. Assez fou pour la ramener sur son île. D'emblée, Pasquale déteste la trop jolie intruse qui a embobiné le petit frère dont il connaît la faiblesse. Il ne lui cache pas son aversion. Agathe s'en balance. Avec son père, elle a appris, au quotidien, à se défendre. Le défie-t-elle ?

— Dans quel but êtes-vous venu à Palerme ? a repris Pasquale.

Juan a désigné, sur un autre mur, une toile plus discrète représentant un couple âgé dans un jardin.

Elle, la *mamma* sicilienne, trône sur un siège de rotin, appuyant au dossier son lourd chignon blanc. Son visage est solide, serein : celui d'une femme qui a accompli son destin, résumé par la croix d'or qui brille au col de sa robe noire. Lui est debout à côté d'elle, visage buriné de maquisard, regard rusé sous la broussaille des sourcils. Malgré son âge, il porte beau, il porte fier. Pour peu que Pasquale vive aussi longtemps que le père, il aura ce visage-là. Ernesto a pris davantage de la mère.

— La famille..., a répondu Juan. Ici, vous en connaissez l'importance. Celle d'Agathe Vignon n'a jamais rien su de l'homme que leur fille avait suivi. Ni de la façon dont elle vivait avant de disparaître. Je suis venu à sa demande pour en savoir davantage sur votre frère.

— *Quattro anni* ont passé.

— L'ignorance entretient les grandes douleurs. À l'époque du drame, je n'étais pas disponible.

Vitali s'est tu quelques secondes.

— *E allóra ?* Avez-vous été renseigné là aussi... au-delà de vos espérances ? Qu'avez-vous trouvé ?

Juan a plongé ses yeux dans ceux de son adversaire.

— L'amour... la haine... la mort, a-t-il résumé en détachant ses mots pour mieux faire passer le message.

L'amour d'Ernesto pour Agathe, la haine du chef du clan, l'assassinat.

Pour la première fois, le masque d'impassibilité

plaqué sur le visage de Pasquale s'est fissuré. Le feu de la rage y a flambé tandis que ses poings se crispaient sur le bureau. « Si on ne l'avait pas arrêté, il aurait piétiné le peu qu'il restait de votre Agathe », avait dit Lazaro.

— *La Francése* croyait qu'elle ferait ce qu'elle voudrait d'Ernesto, a-t-il grondé.

Il a eu un rire sinistre :

— Elle s'imaginait qu'elle dirigerait la *casa*.

— Et vous y avez mis bon ordre.

— Ce ne sont pas les femmes qui commandent ici.

Agathe se rebelle. Pasquale intervient auprès du faible petit frère. Combien de temps celui-ci résiste-t-il ? Les premières disputes éclatent au second étage de la Via delle Arti. Les yeux d'Agathe s'ouvrent : elle a tout quitté pour suivre un lâche. Et la lâcheté, plus qu'à toute autre femme, lui fait horreur. Elle en a vu les ravages chez sa mère. Le mépris succède à l'amour. L'amour ? Ou le désir de fuir le plus loin possible de son père ?

Juan revoit la photo de la femme au visage dur, assise sur un muret : femme piégée.

— Pourquoi ne l'avez-vous pas laissée partir ?

— Ernesto.

Lui continue à l'aimer. Même si elle se refuse à lui et qu'il a les filles du bar pour se consoler.

Puis vient Manuele, le coup de foudre qui donne toutes les audaces, tous les courages. Elle met leur enfant au monde en secret.

Et la force qu'éprouve Juan, cette impression d'invulnérabilité, c'est un petit garçon au regard bleu qui les lui donne. C'est un secret qui rendrait fou son adversaire s'il l'apprenait. C'est la « sainte obligation », comme dirait Lazaro, de lui soustraire l'enfant pour venger Agathe. Et satisfaire sa « dame ».

43.

— Sans *la Francése*, Ernesto vivrait encore, a tonné Vitali.

— Sans vous, Agathe Vignon aurait rejoint sa famille en France.

Le visage du caïd s'est empourpré.

Calmement, Juan a ouvert son étui à cigarillos et l'a poussé devant lui.

Pasquale a hésité : un geste de raillerie ? Défi ? Menace ? Juan pouvait lire dans ses pensées. Refuser ? Un aveu de faiblesse : « Je me garde de tes cadeaux empoisonnés. » Accepter ? « Je domine la situation. »

Accepté.

Après avoir pris l'étui et s'être servi, il l'a rendu à Juan qui s'est servi à son tour. Les yeux dans les siens – je domine la situation –, Pasquale lui a présenté la flamme du briquet avant d'allumer son propre cigare. L'odeur du Pavot s'est répandue. Il a semblé à Juan que c'était celle du bonheur. Sa poitrine s'est dilatée.

— Où avez-vous passé la journée d'hier, monsieur Santès ? a repris son interlocuteur d'une voix glacée.

— Ne comptez pas sur moi pour répondre à cette question. Comme vos hommes ont pu le constater en fouillant ma chambre, mon job fait de moi le chasseur, pas le gibier.

— QUI AVEZ-VOUS RENCONTRÉ ? a crié cette fois Vitali.

— La Beauté, l'Histoire avec un grand H. Celle où il est souvent question d'Honneur, grand H également. Un mot qui, chez vous, rime avec silence. Il se trouve qu'à ma façon, je partage ce sentiment et qu'il m'oblige à me taire.

Le message était clair : « Je ne dirai rien. »

Vitali s'est levé. Avec lui, la fureur a tournoyé dans la pièce comme une boule de feu. Le temps s'est arrêté. Le corps de Juan n'a plus été qu'un pendule douloureux oscillant entre le meilleur et le pire. Le caïd allait-il accepter sa défaite ou décider de le faire parler ?

Il est revenu au bureau où il a écrasé son cigare dans le cendrier.

— Quand avez-vous l'intention de partir ? a-t-il sifflé entre ses dents.

— Aucune idée, a menti Juan, lui offrant l'occasion de retrouver un peu de fierté.

— Ce sera aujourd'hui !

D'un pas rapide, Pasquale est allé à la porte.

MAINTENANT !

Juan a approché le cendrier. Il a échangé son cigare éteint contre celui du frère d'Ernesto qu'il a glissé dans l'étui.

Les larbins étaient de retour. Juan a remis l'étui dans sa poche, le béret à sa ceinture et il s'est levé.

— On va vous raccompagner à l'hôtel et de là à l'aéroport, a grondé Pasquale. Sachez que nous ne souhaitons pas vous revoir chez nous.

Restait à Juan à se ménager une sortie tranquille.

Une confiscation de ses biens en guise de représailles ne l'arrangerait pas.

— Mon travail à Palerme est terminé, en partie grâce à notre rencontre. Vous ne m'y reverrez plus.

Sans mentir.

Dans les yeux du chef de clan, a-t-il vu passer une nuance de respect ?

Cette fois, Pasquale ne lui a pas tendu la main.

Ses biens lui ont été rendus. Coiffant le borsalino, il a compris qu'un instant il avait redouté de tout perdre.

La fanfare du soleil l'a accueilli à sa sortie. Il avait soif à en crever. Comme on a soif avant l'amour. Comme on a soif, le péril passé.

Le courtaud et l'armoire à glace ont eu la bonté de lui accorder quelques minutes seul dans sa chambre pour boucler son sac. Il en a profité pour sortir délicatement de l'étui le cigare à empreintes et l'entourer d'un plastique avant de l'y remettre. Lazaro serait content. Armelle ne pourrait pas lui reprocher de n'avoir pas fait les choses dans les règles.

Le patron n'était pas là lorsqu'il a réglé sa note.

Il y avait de la place sur le vol de 16 h 30, arrivée à 19 heures à Roissy. Il n'a pas eu à enregistrer son bagage : un peu de temps gagné pour la recherche de la Vérité. V majuscule. N'était-ce pas la journée des grands mots ?

Il a fait confiance à ses anges gardiens pour ne replier leurs ailes que lorsqu'il a été sous la protection de celles de l'avion. Aussitôt sur son siège, il a pris ses plus beaux yeux de loup pour demander à sa voisine de bien vouloir lui prêter son portable quelques secondes, et il a formé le numéro du Pavot.

— Une minute, très chère madame, a répondu Armelle en reconnaissant sa voix.

Il a réprimé un fou rire. Promesse de secret tenue ! Durant sa brève attente, a-t-il entendu un rire d'enfant ?

Elle l'attendrait à l'aéroport et ils fileraient directement à Garches où les analyses seraient pratiquées dans la nuit. Si les résultats étaient probants, tout serait mis en œuvre pour que les enquêteurs ne rendent pas visite à Pasquale Vitali.

Mission Fauvette accomplie.

Puis un grondement parcourt l'avion. Un frémissement le tend comme il roule, impatient, sur la piste. Le tonnerre retentit lorsqu'il prend son élan et s'arrache au sol. Déjà loin, sulfureuse, secrète et passionnée, l'île aux trois volcans, fille d'Héphaïstos, dieu du feu, se dissout dans les vapeurs d'un songe.

Juan appuie sa tête au dossier. Il ferme les yeux.

Il revoit le visage fier de Pasquale et le mot Noblesse lui apparaît. Grand N. « *Delitto d'onóre* »... Comprenne qui voudra, dans tout duel, même avec le diable, il arrive que la noblesse se mêle à la tradition.

Il revoit, sur le visage d'Ernesto, la sensible faille par laquelle, depuis toujours, se glisse l'amour qui vous fauchera le cœur.

Le regard suppliant de Carmella : « Ne réveillez pas les morts. »

L'amour, la haine, la mort. La vie se résume-t-elle à ces mots-là ?

Ou existerait-il autre chose, logée sous des boucles châtaines, dans trois centimètres de peau douce, si douce : le repos, la tendresse. Aussi.

Dès son retour à Paris, il va avoir une nouvelle bataille à livrer.

Troisième partie

MONAGATHE

44.

Lorsque mon portable a sonné sous mon oreiller – déconseillé ; moi, ça faisait huit jours –, j'ai su que c'était lui. Il avait promis : « Samedi ou dimanche. » Dimanche.

— Juan ?

— C'est moi, Manon. Je ne vous réveille pas ?

— Oh non !

Alors que je m'étais promis de rester calme, je n'arrivais plus à respirer. Alors que je m'étais juré de me montrer réservée, j'ai bredouillé :

— Est-ce qu'on peut se voir ?

— C'est prévu. Vers 13 heures au Pavot. Marc sera là.

— Pas au Pavot, s'il vous plaît !

Pas avec tout le monde, trop de monde, sans pouvoir se parler tous les deux.

Il a ri. Très doucement.

— Et où cela vous chanterait-il, mademoiselle la fauvette ?

— Est-ce que je peux venir chez vous ?

Là, un silence. Forcément. Il ne devait pas s'attendre à ce que je lui demande ça. Moi non plus, du reste.

Au point où j'en étais, j'ai ajouté : « Maintenant, si c'est possible. »

Avant qu'elles se réveillent.

— Adresse et code, tu as ? a-t-il demandé, là, d'une voix un peu brusque, comme s'il se préparait à des ennuis.

— Ils sont sur le répertoire du Pavot.

— Alors dépêche-toi, je t'attends.

On a raccroché en même temps. Pour s'empêcher de changer d'avis ?

« Dépêche-toi, je t'attends... » Il y avait en moi un sourire tremblant. Un de quand on n'arrive pas tout à fait à y croire, de quand à la fois la joie enfle et qu'on est sûr qu'elle va vous exploser à la figure. J'ai fait une chose idiote, j'ai appuyé mes lèvres sur mon mobile. J'ai embrassé sa voix, ses mots, l'espoir.

7 h 30. Maison silencieuse. Vite ! Avant que Vic et Armelle se réveillent. Le dimanche, c'est rarement tôt. Et avant qu'elles se montrent, dans leur majesté, on entend des rires dans la chambre « femme ». Cette nuit, c'était une dispute qui avait éclaté. Pas étonnant ! Prétextant un rendez-vous professionnel, Armelle avait disparu toute la soirée. Pas signe de vie au dîner. Portable éteint. Entre rage et inquiétude, Vic nous avait fait passer une soirée infernale. Armelle était rentrée à minuit passé.

Je me suis levée et, sur la pointe des pieds, je suis allée tirer les rideaux « nénuphars ». Ciel brouillardeux. Écoutez, il est là ! Il est revenu ! Pas de douche à cause du bruit, toilette de chat au lavabo. Pantalon blanc, chemisette claire, préparés la veille sur une chaise. Un peu de brun aux cils, de rose aux joues – on se maquille, maintenant ?

J'ai brossé mes cheveux et mis l'élastique. Retiré l'élastique, remis l'élastique. « Pardonne-moi, mais j'en rêvais depuis dimanche... », avait dit Juan en l'arrachant. Finalement, je l'ai gardé. On verrait bien.

Porte-monnaie, clés, mouchoir-on-ne-sait-jamais, mes chaussures de tennis à la main, je suis sortie dans le couloir. Silence dans la chambre « femme ». Fredonnement dans la « bambou » occupée par Mano et Maï. J'ai descendu l'escalier collée à la rampe, là où j'ai remarqué que les marches craquent moins. Ne pas faire craquer les marches, avec papa, on était devenues expertes, Agathe et moi.

Agathe... Quelles nouvelles me rapportait Juan ? Mon cœur s'est serré ; je savais bien quels mots je redoutais d'entendre.

Il y avait de la lumière dans la cuisine : Maï. Toujours le premier levé. S'il me surprenait sur la dernière marche de l'escalier, nouant mes lacets, il ne me poserait pas de question. Depuis que le raz de marée suivant le tsunami a emporté son toit et sa famille, plus rien ne l'étonne. Sinon, sans doute, d'être encore en vie.

Pour ne pas faire crisser le gravier, je suis passée par la pelouse trempée de rosée. Un ballon de foot au pied d'un arbre fredonnait lui aussi l'enfance. Ce n'est qu'arrivée à la grille que j'ai osé me retourner. De toute façon, si on m'appelle, je galope ! Personne ne m'a appelée. Hormis ceux de ma chambre, tous les rideaux étaient tirés. Mine de rien, c'était gai : ça faisait habité.

J'ai gardé quelques secondes la poignée dorée de la porte dans ma main. Tout à l'heure, quand je reviendrai et que je la serrerai à nouveau, serai-je la même ou ma vie aura-t-elle changé ? Il m'arrive souvent de faire ce geste, de me poser cette question lorsque je quitte un lieu familier.

« Cela veut dire que tu attends quelque chose, Doudou », m'a expliqué Armelle.

Cette chose que je ne peux nommer, il me semble que je l'attends depuis toujours.

Il y avait plusieurs taxis à la station. En claquant la portière du mien, je me suis dit : « Sauvée ! » J'ai également toujours peur d'être arrêtée dans mon élan. J'ai donné l'adresse de Juan puis j'ai appuyé ma tête sur la banquette et j'ai fermé les yeux.

« Adresse et code, tu as ? » Comment aurait-il pu se douter qu'hier matin, j'étais venue en repérage jusque chez lui. Que j'avais formé son code, poussé la large porte vitrée, lu son étage sur l'Interphone : « Juan Santès, cinquième gauche » – cinquième, comme moi –, joué à me faire peur en caressant le bouton. Et, plus tard, revenue dans la rue, j'avais découvert sa terrasse, du vert et des fleurs montant la garde devant les stores baissés. Y viendrais-je jamais ?

« Ne jamais dire jamais, un croche-pied à l'espoir. »

Aujourd'hui !

— Quand on pense qu'il faisait si beau hier, a soupiré le chauffeur en me regardant dans le rétroviseur. Décidément, on ne peut plus rien prévoir pour le temps.

Ni pour le cœur, monsieur.

Quand avais-je commencé à aimer Juan ? Dimanche dernier – huit jours seulement, était-ce possible ? – lorsque, au Pavot, il avait dit « nous » et prononcé le nom d'Agathe comme s'il la connaissait ? Ou mardi, chez moi, quand il m'avait prise contre lui, si tendrement ?

« Il n'a qu'à les regarder avec ses yeux de loup et elles tombent toutes, méfie-toi, le moineau, m'avait avertie Vic avant de me présenter. D'ailleurs, il n'en peut plus. »

— Nous y voilà, mademoiselle.

Le taxi s'est éloigné.

Le store était relevé. Comme je pénétrais dans le hall, j'ai croisé un homme âgé tenant un chien en laisse.

Il m'a saluée en soulevant sa casquette. Ça m'a intimidée. J'ai attendu qu'il soit parti et je me suis arrêtée devant la glace qui ornait l'un des murs : une fille mince, une fille « pas mal ». Aucun risque que Juan « n'en puisse plus pour moi ». Une petite sœur à protéger : voilà ce que je représentais pour lui.

J'ai éteint mon portable et appuyé sur le bouton de l'Interphone.

— Viens vite ! a dit sa voix.

Il m'attendait devant sa porte ouverte. Je ne me souvenais pas qu'il était si grand, si beau. Il m'a ouvert les bras. Je m'y suis jetée.

45.

Vous voyez ça dans toutes les gares du monde. C'est le départ ou le retour : je vais te perdre, je te retrouve. Un homme et une femme enlacés, immobiles, silencieux, se nourrissant l'un de l'autre : n'oublie pas, mon amour, que nous ne formons qu'un. Autant de tendresse que de désir, autant de joie que de plaisir.

Dans les bras de Juan, je me posais enfin : un voyage de tant d'années ! « C'est que tu attends quelque chose », m'avait expliqué Armelle. Je ne savais pas que c'était quelqu'un, lui. L'errance était terminée. Je ne serrerais plus la poignée des portes dans ma main en espérant qu'au retour ma vie aurait changé. J'étais arrivée.

Et, dans le regard de mon voyageur, lorsque nous nous sommes séparés, j'ai lu que lui aussi m'avait attendue.

Il a pris ma main et il m'a menée dans une grande pièce baignée de lumière, ouverte sur la terrasse. « Là », a-t-il ordonné en me désignant le canapé. Lui s'est assis dans un fauteuil en face de moi comme il l'avait fait à la maison mardi dernier.

— J'ai tout plein de choses à te dire, la fauvette.

Il préférait « fauvette » à « moineau », moi aussi.

— Pour commencer, j'ai un aveu à te faire, j'espère que tu ne m'en voudras pas.

Il était arrivé hier dans la soirée et il ne m'avait pas appelée tout de suite, comme il l'avait promis. Il me rapportait une grande nouvelle dont il voulait, avant de me l'annoncer, vérifier certains points avec Armelle pour ne pas me faire de fausse joie ; c'était bon.

Et la dispute de cette nuit était éclaircie...

— Prête pour la vraie joie ? a-t-il demandé.

Bien sûr, quand il avait parlé de « grande nouvelle », j'avais déliré : Agathe...

— Je crois, ai-je murmuré.

— Nous n'avons plus rien à craindre de Pasquale Vitali. Mano n'est pas le fils d'Ernesto. Son père porte le beau nom de Manuele Greco.

Un éclair a traversé mon cerveau. J'ai bredouillé :

— Manuele... Mano ?

— Tu peux ajouter « Manon », toi qui aimes à associer les noms, a dit Juan avec tendresse.

Manuele-Manon-Mano... L'émotion faisait battre mon cœur. C'était comme une lettre d'amour.

— Pour Manuele, c'est sûr ? ai-je demandé.

— Veux-tu qu'on appelle Vicarmelle pour confirmer ?

— Oh non !

— Dans ce cas...

Juan s'est levé et il est allé débrancher son téléphone fixe. Il a posé son portable à côté. J'avais éteint le mien avant de monter. Tous deux coupés du monde, seuls comme je l'avais souhaité. Un moment rare.

— À présent, je vais te raconter une longue histoire, a-t-il dit en reprenant place en face de moi. Une histoire simple, finalement. En tout cas bien davantage que nous ne l'imaginions. N'hésite pas à m'interrompre si tu as des questions. Je te promets de ne plus rien te cacher. Même si ça doit te faire un peu mal, d'accord ?

— Pour le mal, je crois que c'est fait..., ai-je constaté.

Lettre d'amour. Lettre posthume ?

La tête appuyée au dossier du canapé, je l'écoutais me parler d'Agathe. En suivant Ernesto Vitali, elle avait espéré se libérer du joug du dictateur, elle s'était retrouvée prisonnière d'un caïd. Pasquale Vitali avait tout de suite détesté la *Francése* sûre d'elle et autoritaire, ramenée par son faible petit frère. Il avait eu vite fait de les séparer.

Délaissée par Ernesto, qui n'avait pas pour autant accepté de la laisser rentrer en France, sans argent, probablement privée de ses papiers, que pouvait faire Agathe ?

La femme au visage dur sur le muret...

Avec Manuele, artisan qui travaillait pour les Vitali, l'amour avait fait irruption dans sa vie, le vrai, cette fois. Agathe s'était retrouvée enceinte. Si elle avait dissimulé sa grossesse, c'est que l'enfant était de son amant, preuve rapportée par Juan la veille. Elle avait accouché avec l'aide de Carmella, infirmière, sœur aînée de Manuele, à laquelle le nourrisson avait été confié.

Et, bien sûr, elle n'avait plus pensé qu'à s'enfuir, retrouver son bébé, et son pays.

Juan s'est interrompu. Il a posé sa main sur la mienne, et j'ai su ce qui allait suivre. Et j'ai essayé de me faire toute petite, d'offrir le moins de prise possible au malheur.

Au rez-de-chaussée de l'immeuble d'Ernesto, où vivait Agathe, se trouvait un bar à entraîneuses ouvert une partie de la nuit. Durant la nuit du 16 juillet, Manuele avait provoqué une panne d'électricité, comptant sur le désordre qui s'ensuivrait pour permettre à Agathe de quitter la maison sans être vue. Pasquale les avait surpris. Il avait tué Manuele. Au cours d'un affrontement entre Agathe et Ernesto, une lampe à pétrole, s'écrasant sur le sol, avait déclenché l'incendie.

Je connaissais la suite.

Dans mes larmes, j'ai revu l'améthyste calcinée. Et, malgré l'évidence, j'ai demandé pour la dernière fois : « Alors, Agathe est vraiment... »

Juan a incliné la tête.

— Dis-toi qu'elle est partie en aimant et en étant aimée. Il me semble que c'est important.

Partie en espérant. Non par désespoir.

Il parlait à présent de Carmella, d'Eduardo et de Filomèna, ces noms que nous avions entendus si souvent dans la bouche de Mano. Les grands-parents Greco avaient recueilli le petit. Où ? Juan l'ignorait. Très certainement loin de Palerme afin d'éviter que Pasquale n'apprenne son existence. Au bord de la mer, ainsi qu'en témoignaient ses dessins.

La maison bleue, la cheminée, l'arbre et l'oiseau.

Ils avaient élevé l'enfant dans le but de l'amener en France et de me le confier comme Agathe l'aurait souhaité, comme l'attestaient les quelques « trésors » qu'elle avait remis à Carmella avec le nourrisson. Ils lui avaient montré les photos et appris à me connaître afin que, le jour venu, il ne soit pas dépaysé.

— Tu es Manon ? Je m'appelle Mano Leprince.

Et tandis que Juan racontait, une sorte de paix, mêlée de chagrin, s'étendait en moi : deux mains que l'on desserre après les avoir trop longtemps crispées sur un espoir vain. Je lâchais prise. Pour la première fois depuis que mon père m'avait appris la mort de ma sœur, je pouvais prononcer le mot. Pas encore tout haut ; au bord de mon cœur. Accepter que je ne reverrais plus Agathe. Mon Agathe.

Manuele-Manon-Mano. Me sentir pardonnée.

Juan s'est tu. Il s'est levé et il est allé au bar. Machinalement, j'ai regardé ma montre. 10 heures. Il avait parlé pendant un peu plus d'une heure. Était-ce possible ? Son récit avait duré quatre ans.

Il a rapporté une bouteille de jus de fruits : pamplemousse. Pamplemousse rosé. Quand votre vie bascule, vous vous souvenez de ces détails-là. Il a rempli mon verre. Nous avons bu en silence, puis il a demandé :

— Ça va ?

— À peu près.

— Sais-tu ce que nous ferons quand l'existence de Mano sera officielle ? Une grande fête ici avec les Greco.

— Et Lazaro..., ai-je ajouté.

Le médecin qui lui avait révélé l'existence de Manuele.

— Et Lazaro, où ai-je la tête !

Ses yeux brillaient. Je crois qu'il avait compris que c'était ma façon de lui dire que j'acceptais.

— Pas d'autre question, la fauvette ? a-t-il demandé très doucement.

— Je ne crois pas.

— Ai-je le droit d'en poser une ?

— Si tu veux.

— Quel enthousiasme ! a-t-il remarqué avec un sourire : « un peu », « si tu veux », « je ne crois pas »... Il faudra que tu apprennes les « beaucoup », les « des masses, des tonnes ». Prête pour la question ?

J'ai souri à mon tour.

— Couci-couça.

— Avant-hier, mon dernier soir à Palerme, tu m'as envoyé un texto. Du genre : « J'avais quelque chose à vous dire, pas grave, tant pis. » C'était quoi, le « pas grave-tant pis » ?

J'ai senti la chaleur envahir mes joues.

— Rien de spécial, j'avais juste envie d'entendre votre... ta voix.

— C'est tout ?

— Envie que tu sois là, ai-je murmuré.

— Rien d'autre ?

Il s'est levé. Il est passé derrière moi et il a retiré, cette fois avec douceur, lenteur, l'élastique de mes cheveux. J'ai su que je ne lui échapperais pas. De toute façon, je crois qu'il l'avait deviné. Alors, je l'ai dit.

— J'avais des tonnes d'envie d'être dans tes bras.

— Eh bien voilà ! C'était si difficile que ça à sortir ?

Il est revenu en face de moi. Il avait son regard de loup.

— Pour les « tonnes d'envie », en ce qui me concerne, c'est depuis la première fois que je t'ai vue, la fauvette.

46.

Il s'accroupit, entoure mes jambes de son bras, me soulève, m'emporte au fond de son loft – son antre – vers un grand lit ouvert devant lequel il me pose avant de s'asseoir sur le bord et de m'attirer entre ses genoux.

— Commençons par les choses sérieuses. Côté sida, je suis clean. Dernier test à ta disposition. Et toi ?

— Moi, je ne sais pas.

— Comment ça, tu ne sais pas !

— Ça m'est arrivé avec seulement deux personnes. Et la première, c'était juste une nuit.

Il se retient de rire.

— Bravo ! On se donne au premier venu ? Pour le second triste sire, inutile de me donner son nom : Marc.

Je fais oui.

— Et avec lui, caoutchouc ?

— Il m'a dit que je pouvais lui faire confiance.

— Et elle l'a cru ! Ne jamais faire confiance à son avocat. À propos, pourquoi il t'a laissée tomber, ce con ?

— Ce n'est pas lui, c'est moi. Ça ne marchait pas trop bien entre nous.

— Tiens, tiens ! Pas trop bien comment ?

Je ne réponds pas. Impossible. Face à mon père, j'ai

su montrer du courage. Celui de venir toute seule à Paris, sans argent et sans toit. Pour te sauver, mon Agathe, je me serais jetée dans les flammes. Mais devant cette question, je me sens la dernière des lâches. Si je dis la vérité, Juan voudra-t-il encore de moi ?

— Alors ?

J'attends. Un bon moment. Lui aussi. Je finis par avouer, le plus bas possible.

— Il y a un pépin. Je suis frigide. Enfin, un peu...

— Patatras ! Moi qui espérais une bombe sexuelle. Eh bien, on fera avec ce qu'on a. Tu n'auras qu'à te dire que ce n'est qu'un mauvais moment à passer.

Et c'est son sourire qu'il m'a communiqué.

Sans me lâcher des yeux, du bout des doigts, il fait le tour de ma bouche. Celle d'Agathe était plus ronde, plus charnue. Il lui arrivait de l'appuyer contre la glace et de s'embrasser. Moi, je n'aurais jamais eu l'idée. Maintenant, Juan approche sa tête et appuie ses lèvres sur les miennes, c'est tout. Je crois qu'il veut que ce soit moi qui commence. Alors je les entrouvre et, délicatement, nos langues se rejoignent, s'apprivoisent, s'interrogent. Et ça dure, ça dure. Et quand il s'écarte, j'ai envie qu'il revienne.

Ses doigts descendent sur ma chemise dont il défait un à un les boutons. Était-ce pour qu'il les ouvre que je les fermais en tremblant un peu ce matin ? Il écarte les pans, sa main passe sur mon soutien-gorge.

— Mais où tu as chapardé ça ? demande-t-il. Faits sur mesure pour moi : 75 fillette.

Avec Agathe, on comparait. Malgré ses deux années de moins, elle m'avait très vite dépassée, elle, bonnets C. Un jour, on avait vu à la télévision des strip-teaseuses américaines qui faisaient danser au bout de leurs seins de petites chaînettes ornées de pierres de couleur. Elle plaçait sur les siens les boucles d'oreilles de la grand-mère aux améthystes. « Les tiens sont trop petits, ça ne marcherait pas, c'est pour ça que tu as eu la bague. » Elle ramenait tout aux améthystes.

Quand Juan soulève le tissu et mordille, je frissonne : les crocs du loup. Puis il se recule et ses yeux ont changé de couleur.

— Tu me retires tout ça. Oublierais-tu que je n'ai qu'une main ? Je ne peux pas être partout à la fois.

Pour sa main, c'est vrai que je n'y pense jamais. C'est lui. À son tour, il retire tout et je vois comme il est tendu. Ma tête tourne un peu. Allons-nous vraiment faire l'amour ? Alors qu'il vient de m'annoncer que c'était fini pour Agathe ? Elle disait : « Qu'est-ce que tu attends pour te lancer ? » Elle plaisantait : « Tu veux que je t'aide ? » Si elle nous voyait, elle serait bien capable de me dire « Enfin ! » Peut-être qu'elle m'aide, finalement.

En attendant, nue devant Juan, je ne sais plus quoi faire de ce corps que je n'ai jamais aimé montrer. Aimé, tout simplement ? J'ai hâte d'être sur le lit, moins exposée, la tête cachée dans son épaule. Mais je commence à le connaître, inutile de compter sur lui pour m'aider à me dérober. Il me maintient sur ses genoux. Il fait pire. Il ordonne : « Écarte-moi un peu ces pattes, la fauvette, j'aime bien savoir où je vais. » Il se penche et m'explore avec sa bouche, ses lèvres, sa langue. Je ferme les yeux et il me semble me tendre moi aussi malgré la honte. Et ça aussi, ça dure longtemps, avant qu'il dise « Viens » et m'autorise à le rejoindre.

C'est à mon tour de le caresser, au sien de fermer les yeux. Tes joues, ton torse rugueux planté de broussaille soyeuse. Je descends plus bas, là où se dresse un ordre, une menace aussi. Là où c'est doux comme de la soie, dur comme le mât que la tempête fait osciller. Même ça, je le trouve beau. Vu mon passé, il faut vraiment que je sois une inconditionnelle !

Puis, d'un mouvement brusque, il s'est redressé. Ses yeux étaient noirs. Il m'a semblé qu'il ne me voyait plus vraiment. Je me suis ouverte à lui. Il a dû forcer pour me pénétrer. Ça m'a brûlée mais ça ne faisait rien. Je lui donnais cette douleur en plus.

Il y a des femmes qui jouent la comédie. Elles disent que c'est comme ça qu'on garde un homme. La comédie, moi, je n'ai jamais su. Pour rien. Si j'essaye, ça se voit tout de suite. Juan l'aurait vu. Alors, j'ai fermé les yeux et je l'ai accompagné, tous deux joints sans que je le rejoigne là où il partait. Et son « mauvais moment à passer », même sans plaisir, c'était du bonheur.

Il ne m'avait pas encore dit qu'il m'aimait, ça ne m'empêchait pas de le lui répéter tout bas, pendant qu'il prononçait les mots violents de la possession. Et quand il a crié « je ne peux plus attendre », et qu'il s'est abandonné avec un râle avant de tomber sur moi, je l'ai entouré de mes bras comme un enfant blessé, un guerrier vaincu, comme un homme que je craignais d'avoir déjà perdu.

Il a bien choisi son moment pour me dire « Je t'aime ». Et il a ajouté, avec une sorte de colère :

— Tu es la première à qui je le dis, depuis mes dix-sept ans.

J'ai répondu :

— Toi, tu es le premier depuis toujours.

Et dans ses yeux, l'enfant est revenu.

Un peu plus tard, c'était la tendresse. Il m'a demandé :

— Alors, ça n'a pas été trop désagréable, la fauvette ?

J'ai répondu :

— Tu veux la vérité ? Ça a été le top !

Il a ri.

— Attends de connaître la suite. Tu n'as rien vu.

Il était presque 13 heures. Nous venions de nous installer sur la terrasse : café, biscuits, tablette de chocolat, les moyens du bord. Il était plein soleil, plein bonheur, quand l'Interphone a carillonné.

— Puisque de toute façon il faudra y passer, que dirais-tu de s'en débarrasser tout de suite ? a-t-il soupiré.

J'ai répondu « Oui ». Le fou rire montait déjà.

Vic est apparue la première. Elle nous a regardés, moi dans mon tee-shirt XXL, Juan en boxer-short, poitrail à l'air, et, pour une fois, elle a eu le sifflet coupé. Trois secondes.

— Ne me dis pas que toi et ce prédateur ?... a-t-elle soufflé.

— Et si ! ai-je répondu avec fierté.

Le regard d'Armelle nous a enveloppés d'une caresse maternelle. Il est vrai qu'elle nous avait un peu faits, un peu refaits, tous les deux.

— Pardonnez cette intrusion, mais il semble que vos téléphones soient tombés en panne. Marc est arrivé au Pavot. Au cas où vous seriez disponibles, nous avons un certain nombre de choses à étudier ensemble.

47.

« Décidément, on ne peut plus rien prévoir pour le temps », avait remarqué, désabusé, le chauffeur de taxi ce matin, en me conduisant vers le bonheur.

Et j'avais pensé : « Ni pour le cœur. »

Dans la voiture d'Armelle, roulant vers le Pavot, ciel dégagé, atmosphère à l'allégresse, comment aurions-nous pu prévoir que nous y attendait un nouvel orage ?

Marc était venu avec Liliane et Jade. Nous avons pris, sur la pelouse, un déjeuner-goûter concocté par Maï, composé de salades variées, fromages divers et farandole de desserts qui s'est prolongé jusqu'à 17 heures.

Avec ses boucles blondes, ses yeux clairs et sa robe à smocks, Jade avait rendu Mano complètement idiot. Pour l'épater, il se roulait dans l'herbe, poussait des cris d'Indien, déversait tous ses jouets devant ses sandalettes à bride, revenant de loin en loin, heureux et essoufflé, pour se blottir dans mes bras.

Un jour, mon cœur, je te raconterai comme ta maman était belle et combien elle t'aimait.

— Où tu vas à l'école ? a demandé Jade, faisant son importante.

— Où je vais à l'école, moi ? m'a demandé Mano.

« Pour qu'il puisse aller à l'école », avait dit Carmella à Juan lorsqu'il l'avait interrogée sur la brusque décision de m'amener l'enfant. Et il avait senti qu'elle mentait.

Le repas terminé, nous nous étions retranchés dans la véranda pour parler de la nouvelle donne concernant Mano après les résultats inattendus, inespérés, du voyage de Juan. Conviés à nous rejoindre, Liliane et Maï avaient décliné, préférant rester au jardin avec les petits pour profiter de la douceur de cette fin d'après-midi.

Douceur ?

— C'est vrai, qu'on va enfin pouvoir inscrire l'oisillon à l'école ! s'est réjouie Vic. Quatre ans, c'est quelle classe déjà ? Ça ne manque pas de boîtes super dans le quartier. On lui choisira la meilleure.

C'est là que le premier nuage est apparu.

— Ne nous emballons pas, l'a tempérée Marc. Avant de penser à l'école, il reste quelques problèmes à régler.

Il s'est tourné vers Juan :

— J'ai appelé le juge vendredi, après ta visite à l'institut médico-légal. Sache qu'il était heureux pour l'enfant. Mais les « recherches dans l'intérêt des familles » ne s'arrêtent pas pour autant. C'est du côté Greco que les enquêteurs vont porter à présent leurs efforts. Ils seront demain à Palerme comme prévu.

Juan s'allumait un cigare. Son geste s'est figé.

— Mais on n'a plus besoin des enquêteurs ! s'est écriée Vic. Puisque c'est les Greco eux-mêmes qui nous ont confié l'enfant.

Marc lui a adressé un sourire apaisant.

— Il se pourrait qu'ils nous soient quand même utiles, a-t-il répondu légèrement. Par exemple pour nous indiquer l'âge de Mano et son lieu de naissance.

Tous détails qui risquent de t'être réclamés quand tu l'inscriras à l'école. Et qui nous dit que les grands-parents siciliens ne seraient pas heureux de se voir confier de temps en temps leur petit-fils ? Ils n'ont pas dû s'en séparer de gaieté de cœur.

Juan s'est levé. Je l'ai entendu ce matin : « Quand tout sera officialisé, on fera une grande fête avec les Greco. » J'ai détesté Marc. Il gâchait tout.

— Et comment tes foutus enquêteurs comptent-ils procéder ? lui a-t-il demandé d'une voix d'orage.

— Tout d'abord en s'adressant à Carmella.

— Et tu t'imagines que Pasquale Vitali n'en saura rien ?

— Ils ont pour consigne de se montrer discrets. Et tu nous as confirmé qu'il ignorait l'existence de l'enfant.

— Pas pour longtemps ! a tonné Juan.

Il a écrasé son cigare dans le cendrier et il est allé à la fenêtre, ouverte sur le jardin. En se redressant un peu, on pouvait voir les enfants courir sur la pelouse. Maï et Liliane bavardaient sous le saule du sorcier, Liliane dans un transat. Elle avait retiré ses souliers.

— Tu veux que je te dise comment ça va se passer ? Dès demain, ou un peu plus tard, qu'importe, Pasquale apprendra qu'un homme et une femme, venus de France, s'intéressent à Carmella Greco. Tu sembles avoir oublié que, d'après celle-ci, il a tué son frère. Tu ne crois pas que, dans sa petite tête, ça ne va pas bouillir un peu ? Et s'ils étaient là pour lui ? Probable qu'il ira, lui aussi, dire deux mots à Carmella. Moins gentiment. Et il n'aura pas grand mal à remonter jusqu'aux parents, deux pauvres vieux qui, s'il emploie la manière forte, ne lui cacheront pas longtemps l'existence de l'enfant. Voilà le tableau. Merci, monsieur le juge ! J'espère au moins que tu ne lui as pas parlé de Lazaro.

— Il a bien fallu. Il n'a rien dit aux policiers. On peut compter sur sa discrétion.

— Permets-moi d'en douter. Comme désormais de ta parole, a lancé Juan d'une voix cinglante.

Et il a quitté la pièce.

Le cœur plombé, tandis que la discussion reprenait entre mes amies et Marc, je regardais l'homme que j'aimais arpenter la pelouse, son portable à l'oreille, entouré des petits. Il y a quelques heures, il était si heureux de m'annoncer sa grande nouvelle : nous n'avions plus rien à craindre de Pasquale Vitali !

Mano s'était emparé de la manche vide. Pour lui, l'infirmité de Juan en faisait un héros. Les larmes me sont montées aux yeux. Un jour, mon cœur, je te raconterai ce que le héros a fait pour toi. Il t'a donné ton nom, tout simplement. Sans lui, tu te serais appelé Vitali. J'ai le vertige en y pensant.

Plus tard, alors que nous nous séparions, Juan m'a paru moins soucieux. Il avait réussi à joindre Carmella et l'avait avertie de l'arrivée des enquêteurs le lendemain. Elle mettrait ses parents en garde et le tiendrait au courant. Il avait également appelé Lazaro.

Il ne m'a pas, comme je l'espérais, proposé de me ramener chez lui.

Lundi, en fin de matinée, il m'a appelée à Téléphare. Londres le réclamait pour parler d'une nouvelle mission. Accepterais-je de lui consacrer la nuit prochaine avant de venir agiter mon mouchoir sur le quai de l'Eurostar ?

— Tu repars déjà ? me suis-je alarmée.

— Certainement pas avant que les choses se soient éclaircies sur le front sicilien.

Sur le front de l'amour, cette nuit de lundi à mardi, alors qu'il m'aimait, j'ai senti sourdre au creux de mon ventre comme une chaleur. Puis c'est passé. J'ai préféré attendre pour le lui dire. Trop tôt. Pas sûre.

Nous avons pris un petit déjeuner de roi à la gare. Il me manquait déjà. Il m'a promis de faire son possible pour me regarder jeudi.

— Tu passes bien de 13 h 30 à 14 heures ?

En Sicile, Lazaro recevait la 5. Il ne voyait pas pourquoi il ne me capterait pas à Londres sur son iPhone. « Me capter », ça lui allait.

— Quand ma vedette sera sous les projecteurs, elle est priée de ne penser qu'à moi, de ne parler que pour moi. Je veux des tonnes de messages subliminaux.

Vous voyez ça dans toutes les gares. C'est le départ ou le retour...

Imbriquée à Juan, me nourrissant de son souffle, nos corps, nos cœurs accordés, n'aspirant déjà qu'à son retour, comment aurais-je pu me douter qu'une réplique du tsunami s'apprêtait à m'emporter loin de lui ?

48.

Mercredi, bientôt midi à Téléphare. Avec Damien, assistant de production, même âge que moi, un ami, nous travaillons à l'émission du lendemain où je recevrai Antoine Lebret, trente-huit ans, ingénieur à Dijon.

« Je veux que ma vedette ne pense qu'à moi », m'a ordonné Juan.

Je pense déjà à toi.

La femme d'Antoine a péri il y a quatre ans dans un accident de voiture où leur fils, Paul, a perdu l'usage de ses jambes. Un camion fou. Pour sa grande souffrance, Antoine était au volant. C'est au nom de son fils qu'il vient.

Paul a onze ans et il a suivi jusqu'ici sa scolarité par correspondance. Il vient d'être admis en sixième, la « grande école ». Son rêve est d'entrer au collège, participer à une vraie classe, côtoyer d'autres enfants, se faire des copains.

Mais, depuis plusieurs mois qu'il frappe à toutes les portes, Antoine n'a essuyé que des refus. Chaque fois, une même réponse : manque de moyens pratiques et financiers pour assurer l'encadrement d'un enfant paraplégique. Il n'a plus d'espoir qu'en nous. Il sait que notre public met un point d'honneur à exaucer les vœux de nos invités. Et il est vrai que, jusqu'ici, la plupart des demandes ont abouti. Reconnaissons que nous procédons à un tri sévère entre les postulants. On ne peut demander un miracle. Même si, paraît-il, nous en accomplissons.

Notre Dijonnais arrivera gare de Lyon dans la matinée. Une voiture ira le chercher pour l'amener à Téléphare où un repas léger lui sera servi. Nous verrouillons les derniers détails lorsque mon portable se manifeste dans ma poche. Juan ?

Mme Silva, la gardienne de mon immeuble.

— Mademoiselle Manon, un paquet vient d'arriver pour vous. C'est marqué « Urgent ». J'ai pensé que je devais vous prévenir.

— Vous avez bien fait.

Instinctivement, je me lève et m'éloigne de Damien. Un paquet pour moi ? J'ai un peu de mal à respirer. Je demande à voix basse :

— Ce paquet, vous pouvez voir d'où il vient ?

— Sur le timbre, il y a marqué « Sicilia ». Mais on ne voit pas très bien. Le papier est tout froissé et il y a plein de tampons.

Je quitte le bureau, m'appuie au mur du couloir. Sicilia ! D'un seul coup, je suis en eau.

— Et au dos, madame Silva ? Au dos, l'expéditeur ?

— Il n'y a rien de marqué, j'ai regardé.

Me calmer.

— Je viens tout de suite. Vous serez là ?

— Je serai là, mademoiselle Manon.

Je bredouille un « merci » et raccroche. Ma tête tourne, monte une nausée. Le dernier envoi de Sicile, c'était Mano sur mon paillasson. Suivi d'une enveloppe renfermant les cheveux de ma sœur.

Je ferme les yeux. Dans le brouillard qui envahit ma

tête, un ordre, une consigne impérative : ne rien montrer. Personne ne doit savoir. Attention !

Je m'accorde le temps de retrouver ma respiration et regagne le bureau. Damien est debout.

— J'allais te chercher.

Il regarde mon visage :

— Ça ne va pas, Manon ? Une mauvaise nouvelle ?

Je parviens à sourire, appuie la main sur mon front.

— Juste un coup de migraine. Ça cogne.

Par chance, si l'on peut dire, j'y suis sujette.

— Va vite te reposer. De toute façon, nous avions pratiquement fini.

— Merci, Damien. On se retrouve après le déjeuner ?

Autre chance : Vic n'est pas là. Un rendez-vous avec l'un des responsables de notre chaîne. Elle est partie ce matin toute guillerette. Elle espère une bonne nouvelle. Elle doit passer me chercher sur Gélinotte en seconde partie d'après-midi.

Vite ! Me voici dans l'avenue. Grosse circulation, mauvaise heure, aucun taxi en vue. J'aurais dû en commander un, nous avons un abonnement. Mais non, voyons ! Mme Silva n'a pas appelé, aucun paquet n'est arrivé pour moi, de Sicile ou d'ailleurs.

« Il faut que je réfléchisse... Il faut que je réfléchisse... » Dans la voiture enfin trouvée, le manège s'emballe à nouveau. J'ai l'impression d'un vertigineux retour en arrière. Seule différence avec avril dernier, sur l'enveloppe contenant la tresse, un nom était inscrit : « Monagathe ». De la main de ma sœur.

Madame Silva me guettait. À peine suis-je dans l'entrée qu'elle sort de sa loge, le paquet à la main. Je m'entends chuchoter :

— Est-ce que cela peut rester entre nous ?

— Bien sûr, mademoiselle Manon. Vous pouvez compter sur moi.

Je crois qu'elle en veut à mes amies de m'avoir enlevée. Tant mieux ! Je l'embrasse en lui disant merci.

Je monte l'escalier, m'interdisant d'ouvrir le paquet avant d'être chez moi, et même de le regarder. Derrière la porte de la mamie, la télévision marche à fond. Demain, elle regardera mon émission. Elle aimerait tant que je revienne ici, elle dit que je lui manque. J'ai peur, madame, j'ai peur.

Avant d'ouvrir la porte de mon appartement, je me retourne pour m'assurer que personne ne m'a suivie. Complètement parano, la fille ! Je ferme tous les verrous, cours au canapé, pose le paquet sur la table basse.

C'est bon, Manon. Tu peux y aller.

49.

Au creux d'une vieille boîte en carton, nichée dans du coton, une boucle d'oreille appelée « dormeuse », formée d'une améthyste au bout d'une courte chaînette en or, brillait. La chaînette était légèrement roussie, implacablement roussie. Instinctivement, je l'ai respirée puis portée à mes lèvres.

« Viens ! a crié la voix lointaine d'Agathe.

— Oui », ai-je répondu.

« Même la nuit », disait-elle. Même lorsqu'on vous croit endormie pour toujours.

Un rire nerveux, mêlé de sanglots, m'a secouée. C'était tellement ma sœur, ça ! Se manifester au moment où je me résignais enfin à sa mort. « Tu imaginais vraiment que j'allais disparaître comme ça ? »

Mais cette mort, y avais-je jamais vraiment cru ? Une mèche de cheveux arrachée, enfermée dans la main d'un homme haï, même portant son ADN, représentait-elle une preuve suffisante ? Comme les quelques bribes de vêtements retrouvés éparpillés dans sa chambre. Comme cette améthyste calcinée, sœur de celle que je pressais contre mes lèvres.

« Viens ! »

Quelqu'un retenait de force Agathe en Sicile. Si Juan

avait échoué à me la ramener, c'était qu'une seule personne le pouvait : moi.

Lorsque je me suis sentie suffisamment forte, je me suis relevée et je suis allée à la cuisine où j'ai bu un grand verre d'eau. Cela a fait du bruit dans ma gorge en passant.

Et maintenant ?

Surtout, ne rien dire à personne. Chut ! Mon premier réflexe avait été le bon. Si je parlais de l'améthyste à mes anges gardiennes, elles avertiraient Juan et ils m'empêcheraient de partir.

Mais partir pour aller où, Manon ?

On verra ça plus tard. Je ne suis jamais venue rue Keller.

J'ai mis la boîte et l'enveloppe dans un sac en plastique, la boucle d'oreille dans son coton au fond de ma poche. Je n'avais pas touché aux stores. J'ai descendu l'escalier sans rencontrer personne, la lumière de la loge était éteinte, l'heure était meilleure, j'ai trouvé un taxi sans difficulté.

Durant le trajet, j'ai fouillé fébrilement dans mon porte-monnaie. Il me restait juste assez pour payer la course. Le rire nerveux m'a reprise : Agathe ne m'avait-elle pas toujours piqué mes sous ?

Tout ce que tu veux, ma sœur !

J'ai appelé le gentil Damien. Cela ne s'arrangeait pas pour ma migraine, j'étais au Pavot. Pouvait-il avertir Vic ? Et qu'il ne s'inquiète pas pour notre émission. Demain matin, première heure, je serai sur le pont de Téléphare.

— Avec toi, Manon, je ne m'inquiète jamais. Tu aimes trop ton travail.

Cela m'a fait du bien. Comme désaltérée.

Il n'était que 15 h 30 lorsque je suis arrivée à la villa. Des pétales de fleurs tapissaient joliment les allées : on aurait dit que se préparait une procession. Maison et jardin silencieux : l'heure du square. Maï y emmenait Mano chaque jour pour qu'il puisse jouer avec d'autres enfants. « Je m'appelle Mano Leprince. » Quand aurait-il droit à son véritable nom ? Quand Vic pourrait-elle l'inscrire dans la meilleure école du quartier ? Les enquêteurs étaient arrivés à Palerme depuis deux jours... Une boucle d'oreille dans ma poche rendait tout cela dérisoire.

Quand retrouveras-tu ta maman ?

Je suis montée directement dans ma chambre dont j'ai fermé la porte à clé. Après avoir ouvert la fenêtre pour être avertie du retour des garçons, j'ai sorti l'améthyste brûlée du tiroir où je la cachais. Pourquoi n'en avais-je pas parlé à mes anges gardiennes ? Seulement à Juan – oh, Juan ! « On ne s'en séparera jamais... » Parce qu'elle était la preuve qu'Agathe ne reviendrait plus, ce que je refusais d'accepter ?

Je l'ai posée à côté de celle qui venait de m'être envoyée, l'une calcinée, l'autre presque intacte. D'un côté la mort, de l'autre la vie. « On n'a pratiquement rien retrouvé d'elle. » Seule la personne qui m'avait envoyé le paquet connaissait la réponse.

J'ai déployé le papier d'emballage sur le plancher, je l'ai défroissé du plat de la main, cherchant fébrilement un signe d'Agathe, notant et renotant tout ce qui y était inscrit.

« Manon Vignon », sans « mademoiselle ». Plus familier ? Mon adresse avec un gros FRANCIA souligné. Le timbre « Sicilia ». Deux tampons à l'encre effacée. Pas de Palerme. Plusieurs fois la lettre S. Rien au dos.

« Viens ! »

Mais où ?

« De la part d'Agathe... » La phrase qu'avait prononcée Carmella, en mettant le chapeau de son frère sur la tête de Juan, m'est subitement revenue en mémoire. Phrase murmurée, avec des larmes dans les yeux, avait dit Juan. Carmella dont il avait senti qu'elle lui cachait quelque chose.

« Vous vous ressemblez », avait-il plaisanté. « Aussi têtues l'une que l'autre. »

Rencontrer Carmella, trouver ce qu'elle cachait. On verrait bien laquelle des deux se montrerait la plus têtue !

Dès demain, demander son adresse à Marc. Sous quel prétexte ? Demain, mon émission.

« Il faut que je réfléchisse... Il faut que je réfléchisse... »

Maï et Mano sont rentrés vers 17 heures. Je les attendais à la cuisine.

— Déjà là, Manon ?

— Depuis un moment : mal à la tête.

— Je vous prépare une infusion.

Un petit garçon qui sent les pâtés de sable, blotti dans mes bras. « J'ai reçu un message de ta maman, mon cœur. Je vais tout faire pour la retrouver. »

Un petit garçon qui passe le doigt sous mes yeux.

— Pourquoi tu pleures, Manon ?

— Je ne pleure pas, bêta, j'ai bu trop vite. Je me suis brûlé la langue.

— Faut souffler avant de boire.

Comme on souffle sur un bobo pour que le mal s'envole ?

Juan a appelé vers 19 h 30. Je m'étais préparée.

— Comment va ma fauvette ?

— Une petite migraine... en voie de disparition.

Version identique pour tout le monde.

Il a ri :

— La fameuse migraine des dames qui espèrent

échapper aux horreurs de l'amour ? N'y compte pas. J'ai l'intention de t'enlever ce week-end.

— Pour aller où ?

— Si je te le dis, ce ne sera plus qu'une banale promenade.

— Tu reviens quand ?

— C'est un interrogatoire ? Vendredi soir.

J'ai encore demandé, je devais savoir, et il était normal que ma voix tremble.

— Tu as eu des nouvelles ?

— De Sicile ? Aucune. Tu sais bien que si j'en avais eu, je t'aurais appelée tout de suite.

« Je te promets de ne plus rien te cacher. Même si ça doit te faire un peu mal... »

En déboulant sans préavis dans ma chambre, Mano m'a sauvée : du mensonge, de l'hypocrisie, de la trahison.

« Rends-moi la jolie demoiselle que j'aime », lui a dit Juan après un dialogue animé « entre hommes », et mon cœur a chaviré. Il commençait seulement à pouvoir conjuguer le verbe « aimer ».

Vicarmelle sont rentrées à quelques minutes d'intervalle. Cela m'arrangeait. Moins difficile de tricher que dans un face-à-face. Mano était au lit. Maï nous a rejoints dans le bureau : heure sacrée de l'apéritif, des retrouvailles après le boulot.

— Damien m'a dit pour ta tête. Tu en es où ? m'a demandé Vic.

— C'est passé.

La main d'Armelle a caressé mon front tandis que ses yeux plongeaient dans les miens.

— Un peu trop fréquentes à mon goût, ces migraines ! Je vais prendre rendez-vous pour toi à l'hôpital.

Si nous avions été seules et qu'elle m'avait demandé : « Qu'est-ce qui ne va pas, Doudou ? », aurais-je craqué ?

— Scanner ou IRM ? ai-je plaisanté.

— Simple entretien pour commencer.

— Simple ? Jamais avec cette femme, m'a avertie Vic en jetant à City un regard brûlant. N'y va pas. Sauf si tu tiens à te retrouver allongée entre les pattes crasseuses d'un psy. J'ai mieux à t'offrir.

Elle a levé sa coupe.

— À l'irrésistible ascension du moineau-Manon.

À la 5, la chaîne qui diffusait l'émission, on n'avait pas tari d'éloges sur moi : mon empathie, ma façon de mettre mes invités à l'aise, de les considérer comme s'ils étaient de la famille. Le climat d'émotion que je savais créer.

— L'émotion... ils n'avaient que ce mot à la bouche. Ce qui fait courir les gens dans notre monde de brutes. Et aussi, pardonne-moi, Manouchka, le fait que tu ne sois pas une pin-up, que tu ne te prennes pas pour une star.

— C'est ça, les grandes vedettes : naturellement stars, a glissé Armelle, cette fois gratifiée d'un baiser par Vic, et j'ai su qu'elles feraient l'amour ce soir. J'avais appris à le deviner.

— Bref, il serait question que tu officies à une heure de plus grande écoute, genre avant les infos. Chante pas trop vite, ce n'est pas fait.

Comme, hier encore, j'aurais chanté !

Afin d'être en forme pour mériter les éloges de sa chaîne, l'antistar a obtenu d'aller se coucher après un potage et un fruit.

La porte de la chambre « nénuphar » refermée, je suis tombée sur mon lit, épuisée. J'avais tenu. Elles ne se doutaient de rien. Seul Maï ? Mais, Maï, le moindre souffle de vent, il frissonne. Et il garde ses frissons pour lui.

Pas un bain, une douche. Vite ! Toujours cette hâte en moi, comme une flèche tendue. Dans le brouillard.

« Je viens ! »

Mais où ?

Décider demain. Après l'émission.

Il y a eu des rires et des soupirs dans la chambre « femme ».

À minuit, ne parvenant pas à m'endormir, j'ai pris un léger somnifère. Cela m'arrive de temps en temps, comme les migraines.

L'idée m'a réveillée à 3 heures du matin. Foudroyante.

Soufflée par Vic. Applaudie par Agathe.

50.

Il est midi trente, ce jeudi 10 juin, une heure avant mon émission.

Ce matin, en quittant le Pavot, je n'ai pas entouré de ma main la poignée de la grille en me demandant si quelque chose aurait changé à mon retour. Tout sera bouleversé, forcément. Dans les bras de Juan, dimanche, j'avais cru le voyage terminé. On n'arrive jamais.

Le voyage d'Antoine Lebret s'est bien passé. Damien est allé le chercher à la gare et l'a amené directement à Téléphare où un plateau-repas lui a été servi dans sa loge. Christophe, le réalisateur, retrace une dernière fois avec lui les différentes étapes de l'émission. Si l'on retire générique et publicité, notre invité aura, avec mon concours, vingt-trois minutes pour exposer son cas et présenter sa requête.

Antoine porte la tenue conseillée : veste sport, chemise sans rayures – qui rendent l'image floue –, pas de cravate. Pourra-t-il garder ses lunettes ? À la rigueur, il peut s'en passer.

— Comme vous préférez, Antoine. Comme vous vous sentirez le mieux.

Je lui demande :

— Est-ce que votre petit garçon va vous regarder ?

— Avec sa grand-mère, répond-il. Vous savez, Manon, de nous deux, je crois que c'est lui le plus fort.

Il est une heure moins dix. Nous passons dans la cabine de maquillage où officie Pascal. Je regarde le pinceau poudrer de clair le visage marqué de souffrance de notre ingénieur. Antoine n'est pour rien dans la mort de sa femme, l'infirmité de son fils, mais personne, jamais, ne l'empêchera de se répéter encore et encore : « Il aurait suffi que nous quittions la maison, que je prenne le volant, quelques minutes plus tôt ou plus tard. »

Je porte ma « tenue de scène » : jupe longue, top fantaisie, socquettes roulées dans des sandales en cuir. Une tenue sage qui convient à la fille « antistar » appréciée par le boss de la 5.

« Je ferai mon possible pour te capter, jeudi », m'a promis Juan avant de monter dans l'Eurostar.

S'il te plaît, ne me capte pas...

Fond de teint, paupières ombrées, cils allongés, lèvres nacrées. Certes, je me trouve plus jolie, mais est-ce bien moi, dans le miroir ? Pas question d'élastique dans mes cheveux. Pascal, qui fait également office de coiffeur, s'est contenté de les ramener en arrière au moyen de pinces ornées de perles de couleur. Pinces de jeune fille qui plairaient à Juan, qu'il prendrait plaisir à me retirer.

Pardon, Juan.

Il est 13 h 10. Nous montons, Antoine et moi, sur le plateau et nous installons côte à côte à la table de bois clair, en demi-lune, dans laquelle est incrusté un petit écran sur lequel je pourrai suivre l'émission. Un technicien fixe nos micros-cravates. Je règle l'oreillette grâce à laquelle je resterai en contact permanent avec la régie, derrière la longue vitre éclairée, là-haut. Entourant l'ingénieur du son, je peux y voir Christophe, Vic et Damien.

Cette oreillette permettra à Damien de m'indiquer régulièrement où nous en sommes pour le temps, et à Christophe de me guider en cas de pépin. Dans le direct, le tournage en temps réel, voulu par Vic – ce tête-à-tête, les yeux dans les yeux avec le public –, l'incident est toujours possible. On ne peut pas couper, rectifier, reprendre. Pas de session de rattrapage. Une seule obligation : aller jusqu'au bout. Si possible avec le sourire. On parle du « stress » du direct. Un bon stress qui rend l'émotion plus palpable. Un « maintenant ou jamais » que tout le monde ressent. J'irai jusqu'au bout !

Le décor est simple. Sur un panneau, en noir et blanc, des gens qui marchent dans un parc. La photo a dû être prise un dimanche. Il y a des familles, des groupes d'amis, des esseulés. Il y a des rires, des sourires, des visages soucieux, des mains qui se tendent. C'est vous, c'est moi : nous pouvons tous, un jour, demain peut-être, avoir besoin d'aide.

Pascal effectue un bref tour sur le plateau pour repoudrer nos nez, les empêcher de briller : on étouffe sous les projecteurs.

— Attention, deux minutes ! annonce Damien dans les haut-parleurs.

Les trois caméras sont allumées, les opérateurs prêts. Eux, c'est Christophe qui leur indiquera les mouvements à effectuer. Rouge, la lampe au-dessus de la porte du studio, ainsi que celle au centre de la table. Plus personne ne rentre. Silence. Tournage imminent.

— Antenne dans trente secondes, avertit Damien.

Je souris à Antoine : « Ça va aller. » Il boit quelques

gorgées au verre d'eau posé devant lui. Je l'imite. De nous deux, lequel a la gorge la plus sèche ? La plus grosse partie à jouer ?

— Ça va ? demande Vic dans mon oreillette.

J'incline la tête.

— Top générique. Antenne.

Une musique entraînante s'élève tandis que les mots : J'AI BESOIN DE VOTRE AIDE s'affichent sur l'écran. Les noms défilent, le mien en gros.

« Je serai la vedette, tu seras la présentatrice... »

Me voilà, Agathe.

Je souris à la caméra.

— Bonjour à tous et à toutes. Bonjour, la fraternité. Aujourd'hui, c'est Antoine qui va vous demander votre aide. Je suis certaine que vous répondrez à son appel.

Tandis que je présente brièvement mon invité, la caméra montre son visage, beau et sensible. Puis il prend la parole et raconte l'accident de voiture, la mort de sa femme, leur fils pour toujours privé de l'usage de ses jambes. On le sent ému. On le sent résolu lorsqu'il parle de la scolarité de son petit Paul et de l'ardent désir de celui-ci d'entrer en sixième au collège, partager la vie d'autres enfants, se faire des copains.

— Un désir que nous comprenons tous, Antoine. Et vous n'avez pas parlé des excellents bulletins de votre fils. Pourtant, c'est un véritable chemin de croix que vous parcourez depuis des mois. Racontez-nous.

Antoine raconte comment il a frappé en vain à toutes les portes, recevant toujours la même réponse : la prise en charge d'un enfant paraplégique – sa voix faiblit sur le mot, se redresse, son fils l'écoute – nécessite une personne pratiquement à temps complet. Ce à quoi il faut ajouter les aménagements nécessaires pour le fauteuil roulant, l'accord des professeurs, la préparation des élèves. Trop lourd. Trop coûteux.

Il se tait, baisse la tête.

— J'ai beau faire, j'y arrive pas.

L'aveu d'impuissance, exprimé avec les mots de tout le monde : « J'y arrive pas. » Presque des mots d'enfant, tombés de la détresse. Certainement pas ceux que l'ingénieur cultivé avait prévu de prononcer.

À présent, il boit une gorgée d'eau. Et tous ceux qui le regardent, je le jure, ont la gorge sèche, boivent avec lui. Je respecte son silence. Il relève les yeux.

— Cette nuit, j'ai fait un rêve. Je me trouvais devant une muraille de dossiers où s'était perdu celui de Paul. Je ne parvenais pas à le retrouver.

Une muraille... un dossier perdu, un nom impossible à retrouver, oh, Antoine, si vous saviez ! Il paraît que je considère mes invités comme étant de ma famille. Vous en êtes.

— Quinze minutes, annonce la voix de Damien dans mon oreillette. C'est bon, tu es dans les temps.

Je me reprends.

— Il y a un instant, Antoine, vous avez prononcé le mot « beau ». « J'ai beau faire ». Dites-nous : que peuvent faire de « beau » ceux qui vous écoutent pour vous aider ?

Il formule sa demande : si quelqu'un dans l'enseignement, ou qui en connaisse les rouages, quelqu'un de bien placé, l'écoute, pourrait-il obtenir de l'inspecteur de l'académie de Dijon, ou du recteur, que la petite brique appelée Paul soit sortie de la muraille afin que celui-ci ait une chance d'être un peu un enfant comme les autres.

— Voilà, c'est tout.

C'est toute sa vie qu'il joue, ses espoirs, le bonheur de son fils. Il dit : « c'est tout » et, emporté par l'émotion, il accomplit le geste non prévu, celui qui fixera dans les mémoires, le SOS d'un père éploré : il retire ses lunettes embrumées, sort de sa poche un large mouchoir à carreaux, un « mouchoir de rhume », disait maman, et les essuie longuement.

— Magnifique ! applaudit Damien dans mon oreillette. Tu as quatre minutes pour conclure et remercier. Puis tu annonces ton prochain invité. Sept minutes en tout. OK ?

— OK.

« Magnifique ». On ne pourra pas dire que je n'aurai pas bien fait mon boulot jusqu'au bout.

Quatre minutes pour conclure et remercier. Je contiens la bourrasque qui monte dans ma poitrine.

Conclure...

Je souris à Antoine.

— Une dernière chose. C'est votre petit Paul qui, m'avez-vous confié, vous a demandé de venir ici. En ce moment, il nous regarde. Et il y croit !

Remercier...

Je fixe la caméra.

— Il croit de toutes ses forces que, grâce à vous, si fidèles, si ardents dans votre volonté d'aider ceux qui « n'y arrivent pas », son rêve se réalisera. Alors, une fois encore, merci.

Il me reste, avant d'annoncer Jasmine, l'invitée de jeudi prochain, un peu plus de cinquante secondes. Je me suis minutée plusieurs fois.

C'est maintenant.

Je ne regarderai plus la régie.

Au vu de tous, je retire mon oreillette. Je me débranche de ceux qui me font confiance. Je coupe les ponts avec ce que j'ai passionnément voulu, construit. De sous mes papiers, je sors la photo d'Agathe, la présente aux caméras.

— J'ai besoin de votre aide. Cette photo a été prise à Palerme, en Sicile, il y a quatre ans. Cette femme est ma sœur. Elle s'appelle Agathe Vignon. J'ignore où elle se trouve. Si l'un ou l'une d'entre vous a croisé son chemin, s'il vous plaît, appelez-moi.

Je donne ma ligne fixe, rue Keller. Je répète le numéro.

J'annonce Jasmine dans les temps.

— Merci encore, la fraternité. À jeudi prochain.

Musique.

Générique de fin.

51.

Les lumières sont passées au vert. Un silence de plomb a envahi le studio. Tous les yeux étaient fixés sur moi. Dans ceux d'Antoine, une interrogation intense : mon appel était-il prévu au programme ? Dans ceux de l'équipe, la stupéfaction. La panique ?

C'est fait, Agathe.

M'interdisant toujours de regarder la régie, j'ai posé micro et oreillette sur la table, puis je me suis levée et j'ai serré la main de mon invité. Il devait commencer à comprendre car il m'a soufflé « Bon courage ».

Je remettais la photo dans mon sac à dos, laissé au pied de l'estrade, quand Vic a surgi. Elle a attrapé mon bras et, sans un mot, tandis que nous longions les couloirs au pas de course, m'a tirée jusqu'à son bureau dont elle a claqué la porte. Le téléphone sonnait. Elle l'a ignoré.

— Maintenant, tu m'expliques ! a-t-elle crié.

La colère déformait ses traits, l'enlaidissait. J'aurais accompli ce prodige ! J'ai sorti les « dormeuses » de ma poche et je les lui ai montrées. Pas de trop près de crainte qu'elle me les arrache. Elle a aboyé :

— C'est quoi, ça ?

— Les boucles d'oreilles d'Agathe. Tu les as vues

dix fois sur les photos. Celle qui est brûlée avait été envoyée à mon père par la police, il y a quatre ans. L'autre m'est arrivée hier par la poste, rue Keller. De Sicile.

— De Sicile ? Rue Keller ? a-t-elle répété, incrédule. Et qui te l'a envoyée ?

— Agathe.

Son regard, horrifié, m'a transpercée.

— Mais Agathe est morte, Manon, a-t-elle crié à nouveau. Juan t'en a apporté la preuve. Qu'est-ce qu'il te faut de plus ?

— Trouver la personne qui m'a fait parvenir la boucle d'oreille. De sa part.

Vic a eu un rire horrible. Dévastateur.

— Et c'est pour ça que tu bousilles mon émission ? Tu comptes sur nos téléspectateurs pour te donner le nom du plaisantin qui joue avec tes nerfs ? Tu crois qu'à la 5, ils vont laisser passer ça ? As-tu oublié que la règle d'or dans le métier était de ne jamais s'impliquer personnellement ? Ils vont te le faire payer cher, Manon. Et toute l'équipe avec.

— Tu n'auras qu'à leur dire la vérité : personne n'était au courant de rien.

— Jusqu'à nouvel ordre, je suis responsable de mes collaborateurs.

J'ai revu les regards paniqués. Celui de Damien, plein de reproche muet, et mon cœur s'est serré. Je n'avais pas pensé à l'équipe. Si j'y avais pensé, cela n'aurait rien changé. J'ai remis les améthystes dans ma poche.

Vic m'a tourné le dos. Elle a pioché un cigare dans le gobelet d'argent, sur son bureau, l'a allumé, puis elle est allée ouvrir la fenêtre. Respect de l'autre, également la règle d'or ici. Je pouvais voir ses larges épaules secouées de vagues. J'avais bousillé son émission, mis le bateau en danger.

Une fois encore, une fois de plus, le téléphone a sonné. Il n'avait pratiquement pas arrêté. Elle a continué à l'ignorer. Et chez moi ? Ce matin, avant de venir à Téléphare, j'avais fait un saut rue Keller et laissé le message adapté : « Merci infiniment pour votre appel. Je reviens très vite. Surtout, laissez-moi votre nom et votre numéro. »

Qu'est-ce que j'attendais pour rentrer ?

Vic s'est retournée.

— Et ton Juan, tu l'as averti ? Après tout le mal qu'il s'est donné pour toi, tu crois que ton intervention de merde va lui faire plaisir ?

— Quand il saura pour la boucle, il comprendra.

— JAMAIS ! a-t-elle aboyé. Jamais il ne comprendra que tu ne lui en aies pas parlé.

— Si je lui en avais parlé, il m'aurait empêchée d'agir. Armelle et toi aussi.

— On t'aurait empêchée de faire une immense connerie. « Je cherche ma sœur, Agathe Vignon... » Pourquoi pas Agathe Greco pendant que tu y étais. Et pourquoi n'as-tu pas cité Mano ? « Appelez-moi »... Tu as saccagé tout le boulot de Juan. On va devoir recommencer à planquer le gamin. Au moment où on allait aboutir.

Je n'avais pensé qu'à lui redonner une mère.

Deux coups ont été frappés à la porte et l'assistante de Vic est entrée. Elle a évité de me regarder.

— Vic, la 5. Ça fait bien dix fois qu'ils appellent. Ils veulent absolument te parler.

— Qu'ils attendent !

J'ai ramassé mon sac :

— Donne-leur ma démission, ça arrangera peut-être les choses. Je dois rentrer.

J'ai ajouté plus bas, sans pouvoir empêcher ma voix de dérailler :

— Tu me diras si tu veux que je revienne... plus tard.

— Mais écoutez-la, a hurlé Vic. Elle vous fout dans la merde et elle se casse : *bye bye*, à plus tard. Elle n'a rien pigé. Droit dans la gueule du loup !

Elle a fait un pas en avant.

— Je t'interdis de sortir d'ici, Manon. Si tu passes cette porte, je ne veux plus te revoir, c'est TERMINÉ, tu m'entends ?

Le regard de son assistante a cherché le mien, suppliant. Ai-je hésité ? Le téléphone s'est remis à sonner. Je l'ai entendu chez moi.

— Tant pis ! ai-je répondu.

J'ai passé la porte en courant.

À l'abri du taxi, quand j'ai eu cessé de trembler, j'ai allumé mon portable. N'y trouvant aucun message, un bref soulagement m'a emplie. Juan n'avait pas regardé l'émission. Vic était-elle en train de l'appeler ? Sans doute commencerait-elle par Armelle ? Je ne perdais rien pour attendre.

« Jamais il ne comprendra que tu ne lui en aies pas parlé », avait-elle crié.

Me pardonnera-t-il ?

« Si tu passes cette porte, c'est terminé. »

Me pardonnera-t-elle ?

— Nous y voilà, mademoiselle.

15 h 20. Je ne cessais de regarder ma montre : deux heures depuis que j'avais lancé mon appel. « Je reviens très vite. Surtout, laissez-moi votre nom et votre numéro. » J'avais mal minuté mon retour. Comment avais-je pu espérer échapper aux foudres de ma productrice ?

La porte de la loge était ouverte. Mme Silva me

guettait. Elle m'a arrêtée. Ses yeux étaient rouges. Il n'est pas rare que les gens pleurent en regardant *J'ai besoin de votre aide*.

— Je suis restée pour vous, mademoiselle Manon. Si je peux faire quelque chose.

Sur son visage, ni reproches ni colère, seulement de la compassion, la fraternité. Les larmes que je retenais depuis que les lumières du studio étaient passées au vert ont jailli d'un coup.

Elle m'a prise dans ses bras.

— Vous allez voir, a-t-elle chuchoté à mon oreille. Moi, je vous dis que vous allez la retrouver, votre sœur.

52.

Mon téléphone sonnait quand j'ai ouvert ma porte. Je me suis précipitée avant que le répondeur se déclenche. Le clignotant indiquait que j'avais eu un appel.

— Allô ?

Armelle. Voix calme.

— Je viens d'avoir Vic. Je voulais être sûre que tu étais bien rentrée chez toi.

— J'arrive seulement.

— Écoute, j'ai encore deux rendez-vous. Que dirais-tu si je passais après ? On pourrait parler de tout ça tranquillement.

« Tout ça »...

— Armelle, j'ai besoin d'être seule.

— Je comprends. Des appels ?

— Seulement un. Je n'ai pas eu le temps de l'écouter.

— Doudou, tu vas en avoir de toutes sortes, quelques-uns sans doute... désagréables.

— Comme après chaque émission. On a l'habitude des cinglés à Téléphare. Et qu'est-ce que je risque ? Je n'ai pas donné mon adresse. Vous m'avez mise sur liste rouge.

Après le dépôt de divers paquets : dont un enfant.

— Puis-je au moins te demander de n'accepter aucun rendez-vous ? En tout cas, pas sans m'en avoir parlé ? Contente-toi de noter noms et numéros.

— Promis.

— M'autorises-tu à te rappeler plus tard ?

— D'accord. Sur mon portable, s'il te plaît.

— C'est entendu, Doudou. À tout à l'heure.

Elle a raccroché.

Doudou... Je suis restée quelques minutes sans bouger, reprenant mon souffle, me reprenant. La douceur d'Armelle était infiniment plus dangereuse que la colère de Vic. Ne pas me laisser détourner de mon but.

J'ai posé les améthystes sur la table, pris un bloc et un crayon et, le cœur battant, j'ai appuyé sur le bouton « écoute ».

« Ici, André Merlin, pour vous parler de votre sœur. Je vous laisse mon numéro. » Voix âgée. Un Français.

Pour me parler de ma sœur ? J'ai formé le numéro. Voix chevrotante, cette fois : l'émotion ? En vacances à Rome avec son épouse, mon interlocuteur pensait avoir aperçu Agathe dans une pizzeria. Une jolie blonde avec de très beaux yeux, Française. Malheureusement, il ne se souvenait pas de la rue où se trouvait le restaurant. Si je voulais, il interrogerait son groupe. Il y en aurait bien un qui s'en souviendrait. Je n'avais pas trop à m'en faire, ma sœur semblait en parfaite santé.

À Téléphare, les appels de ce genre étaient classés dans la catégorie « Bonnes volontés ». Agathe en parfaite santé à Rome, Mano ici ? Impossible. J'ai remercié André Merlin. S'il retrouvait le nom de la rue, pourrait-il me le laisser sur mon répondeur ? Sur le bloc, à son nom, j'ai marqué BV. Bonne volonté.

J'avais à peine raccroché que la sonnerie se manifestait à nouveau : papa ! J'avais envisagé tous les appels, sauf le sien, oubliant que la femme de son clerc m'enregistrait pour lui. « Ma fille passe à la télévision et je me priverais du plaisir de la regarder ? »

— Qu'est-ce que j'apprends ? Tu as parlé d'Agathe à la télévision ? Tu as montré sa photo ? Mais pourquoi, Manon, pourquoi ? Ça fait quatre ans...

Sa voix était altérée. Sans doute pensait-il, comme Vic, que j'avais perdu la raison. Mon père qui ignorait qu'il avait un petit-fils.

— Je ne peux rien te dire maintenant. Un jour, bientôt peut-être.

Quand Mano serait hors de danger.

« Tu as tout saccagé. On va devoir à nouveau planquer le petit », avait crié Vic.

— Qu'est-ce que tu me caches, Manon ? Parle-moi, je t'en prie. Je suis ton père, quand même !

Le cri de « King Kong », notre routier, cherchant sa mère, m'a frappée en pleine poitrine : « Maman, maman, où tu es, maman ? »

— S'il te plaît, papa, n'insiste pas. Je te rappellerai. Promis.

J'ai raccroché, comme on ferme une porte sans la claquer. Où es-tu, papa ? Nous retrouverons-nous un jour ?

Presque 16 heures ! J'ai retiré mes sandalettes et je suis allée à la cuisine. Cela sentait le renfermé. Il y avait un siècle, après mon travail, j'aimais y déballer des petits plats achetés chez le « Chinois » voisin. J'avais l'impression de voyager.

J'ai allumé la bouilloire et, pendant que l'eau chauffait, je me suis préparé un plateau : bol, cuillère, sucre, café, lait en poudre. J'ai porté le tout sur la table basse. Le tout ? Le rien. Si je voulais tenir le coup, il faudrait que je mange quelque chose. Pas de petit déjeuner. Déjeuner réduit au minimum.

Tandis que je buvais mon café au lait à petites gorgées, les yeux sur les dormeuses, j'ai reçu deux autres appels. À chaque sonnerie, mon cœur s'emballait. Deux femmes, deux Françaises. L'une avait de bons amis à Palerme, l'autre passerait ses vacances dans la région en août prochain. Toutes les deux voulaient avoir davantage de détails sur ma sœur : sa taille, sa coiffure, son âge exact : plus jeune ou plus âgée que moi ?

Je n'avais pas envie de leur répondre. Deux BV, limite « Importunes », autre catégorie bien connue à Téléphare, sans aucun renseignement à donner. Je me suis forcée à les écouter jusqu'au bout, à être aimable. Je les ai forcément déçues. Elles étaient si sincèrement désireuses de m'aider. J'ai raccroché avec soulagement.

Le cinglé a appelé vers 17 heures. Un Français. Voix éructante. J'ai compris tout de suite. Il savait où Agathe était retenue. Il l'appelait « Agathe », c'était horrible. Nous devions nous rencontrer d'urgence, question de vie ou de mort. Il voulait mon adresse.

J'étais glacée : « question de vie ou de mort »... C'était bien ça ! Vie ou mort d'Agathe. Et, de nous deux, lequel délirait le plus ? Quand j'ai refusé de lui dire où j'habitais, il a commencé à m'insulter. Je lui ai raccroché au nez.

Il m'a fallu un instant pour retrouver ma respiration. Le sang battait violemment à mes tempes. Mon premier geste a été de cacher les améthystes, de les remettre dans leur boîte. Le fou les avait souillées. Et désormais, à chaque sonnerie, je redouterai d'entendre sa voix.

Je ne l'ai pas inscrit sur le bloc. De toute façon, il n'avait pas laissé son nom.

53.

Juan m'a appelée sur mon portable un peu avant 18 heures. Vic venait de le mettre au courant. Sa voix était triste, lasse.

— Mais qu'est-ce que tu m'as fait, ma fauvette ?

J'ai bredouillé : « Pardon. »

Tout ce que j'aurais pu dire pour ma défense, il le savait.

— Bien, a-t-il soupiré. Essayons d'être pratiques. Cette boucle que tu as reçue, tu es sûre que c'est la bonne ?

— Sûre ! La chaînette est roussie. Je les ai comparées. Tu dois me croire, Juan !

Le désespoir m'avait fait hausser la voix.

— Évidemment, je te crois ! Tu as gardé l'emballage ?

— Je l'ai mis dans un plastique.

— Dis-moi exactement tout ce qu'il y avait marqué dessus.

— Mon nom et mon adresse. Pas « mademoiselle ». Un timbre de Sicile. *Francia* souligné. Des tampons. Pas Palerme, c'est sûr. Plusieurs fois la lettre S. Rien de l'expéditeur.

— L'écriture ?

— Je ne la connais pas.

— Tu me laisses ça dans le plastique. On le donnera à un spécialiste. Des appels ?

— Quelques-uns. Aucun intéressant.

Je n'ai pas parlé du fou.

— Tu n'as pas fini d'en recevoir. Écoute... Si tu laissais ton répondeur en marche et que tu retournais au Pavot ? Je n'aime pas te savoir seule chez toi. Je vais essayer de rentrer plus tôt demain. On écoutera ensemble.

— Je préfère rester. Si tu veux, je peux demander à la gardienne de monter dormir avec moi ? Son mari ouvrira l'œil en bas.

« Je peux », pas « je vais ». Pas tout à fait un mensonge. Il a hésité.

— Fais ça, a-t-il répondu. Je te rappelle plus tard.

Il a raccroché. Cette froideur ! Je t'aime, Juan. « Mais qu'est-ce que tu m'as fait, ma fauvette ? » Il n'avait pas prononcé une seule fois le nom d'Agathe. Pourquoi ?

« Évidemment, je te crois ! »

Qui, selon lui, m'avait envoyé l'améthyste ?

« Un plaisantin qui joue avec tes nerfs », avait crié Vic.

Elle m'a appelée sur mon portable à 20 heures.

— Je suis avec Armelle. T'as dîné ?

— Pas encore.

— Il paraît que ta Mme Silva va monter ?

Elle avait eu Juan.

À elle, j'ai menti sans hésiter.

— Elle va monter.

— Enfermez-vous à double tour, *please*. Je passe te prendre sur Gélinotte demain à 8 h 30. Tu n'as pas le choix. Si tu me veux pas, ça sera Armelle.

Je me suis écriée :

— Je te veux, et j'ai ajouté tout bas : Avec la 5, ça s'est arrangé ?

— On dirait. Faut-il que tu sois précieuse.

Les sanglots m'étouffaient quand j'ai raccroché.

J'ai trouvé une boîte de potage Campbell à la tomate au fond d'un placard. Il y a un siècle, j'ajoutais de la crème et des croûtons et je partais en Amérique grâce à un peintre nommé Andy Warhol, fasciné comme moi par le petit écran.

J'ai apporté mon bol sur la table basse. Neuf noms sur le bloc. Six BV et trois « Importuns » qui n'avaient appelé que dans le but de parler à la vedette ; sur son téléphone perso, chance inespérée ! Pas la moindre information sérieuse à m'apporter. Parmi eux, un Italien, mon premier, qui s'était proposé comme « chevalier servant ». Qu'avais-je espéré pour me sentir si déçue, éprouver un tel vide ? J'ai eu du mal à avaler le potage Andy Warhol. Ce soir, pas de place pour le rêve.

21 heures. Je suis passée à la salle de bains. Si mes interlocuteurs avaient pu voir leur vedette dans sa tenue froissée, maquillage dégoulinant, ils auraient déchanté.

Je me suis offert le luxe de leur tirer la langue.

J'ai pris ma douche, porte ouverte sur le salon, au cas où. Téléphone muet. Voilà que j'en étais soulagée. Sur le canapé, j'ai disposé couette et oreiller. Je me donnais jusqu'à demain, 8 h 30, jusqu'à Vic, pour attendre d'éventuels autres appels. Me fixer une limite m'a soulagée.

« Si tu ne me veux pas, ça sera Armelle. » Pourvu qu'elles ne s'aperçoivent pas que j'avais subtilisé le double de mes clés, gardé au Pavot, afin d'éviter qu'elles ne viennent me chercher de force ! Mes anges gardiennes... Voici que j'éprouvais à nouveau du bonheur à les appeler ainsi.

Vers 21 h 30, mon portable a sonné : Juan. Il y avait plein de bruit derrière lui, des voix, des rires, de la musique. Il dînait avec son boss dans un pub et s'était échappé pour prendre des nouvelles.

— Rien de neuf ?

— Rien.

— Ta Mme Silva est là ?

— Elle est là.

— Vic m'a dit qu'elle passait te chercher demain ?

Ils complotaient dans mon dos. Ça m'a réchauffée.

— Oui. Et, si tu veux, Juan, on reviendra ici écouter les messages ensemble.

— Deviendrais-tu raisonnable ?

Il rentrerait dans l'après-midi, après sa réunion. Il viendrait ici, nous... Nous, quoi ? On s'entendait mal. Trop de bruit dans son pub, trop de cris dans ma tête. Mme Silva n'est pas là, Juan, je t'ai menti. Comment ne l'as-tu pas senti ? Raisonnable ? Je ne sais plus où j'en suis. Agathe m'appelle ! Je ne sais pas comment faire. Tant pis ? Non, pas « tant pis ». J'ai l'impression d'avoir tout bousillé pour rien. Dis, où comptais-tu m'enlever ce week-end ?

— Je te laisse, c'est le diable pour s'entendre. Je te rappelle.

Il a raccroché.

« Je te laisse. »

Il ne m'avait pas appelée « la fauvette ». Il ne m'avait pas dit qu'il m'aimait.

On ne mesure le désespoir que lorsqu'on a espéré.

Il était un peu plus de 23 heures. Je n'avais laissé allumée qu'une petite lampe au pied du canapé, j'essayais en vain de dormir, lorsque le fixe a sonné. Le « cinglé » ? J'ai décroché quand même.

— Manon ? Manon Vignon ?

Une voix masculine, calme, douce. Un accent italien.

— C'est moi.

— Le petit *va bène* ?

Le mot de passe.

— Très bien.

— *Domani*, à Syracuse. Vous, possible *venire* ?

Syracuse. Les « S ».

— Oui.

— Vous avez papier pour écrire ?

J'ai tourné la page du bloc. J'étais totalement calme. L'homme s'est excusé pour son mauvais français. Je ne devais pas hésiter à lui faire répéter si je ne comprenais pas bien.

Un avion de la compagnie Alitalia partait le lendemain matin à 8 h 35 de l'aéroport de Roissy-Charles-de-Gaulle pour Fontanarossa de Catane, en Sicile. Il m'a donné le numéro du vol.

C'est lorsqu'il parlait italien que j'avais du mal à comprendre. Je lui ai fait répéter le nom de l'aéroport d'arrivée ainsi que le numéro du vol.

— Vous pourrez être là ?

Pas une seconde, il ne semblait douter de ma venue. Pas une seconde, depuis ses premiers mots, je n'avais hésité.

— Je serai là.

— Je vous attendrai, a-t-il dit.

— Mais comment vous reconnaîtrai-je ? me suis-je inquiétée.

— C'est moi qui vous reconnaîtrai, Manon.

Et, avant de raccrocher, il a ajouté : « *Prego*, pas un mot à personne. »

54.

Il n'était pas loin de 9 heures du matin, Juan sortait de sa douche dans la royale salle de bains de son hôtel quatre étoiles de la City, où se tiendrait, un peu plus tard, l'importante réunion avec ces messieurs des assurances pour décider de sa prochaine mission, lorsqu'il a eu enfin Armelle à l'appareil.

— Pas trop tôt, a-t-il râlé. Combien de messages doit-on te laisser pour que tu rappelles ? Idem pour Vic. Vous vous êtes donné le mot ou quoi ? Aux abonnées absentes ? Où est Manon ?

L'inquiétude montait en lui depuis son réveil : Manon aussi, Manon surtout, ne répondait pas. Fixe muet, portable sur répondeur.

— C'est le problème, Juanito, on ne sait pas où elle est, a répondu Armelle d'une voix tendue, rarissime chez le patron en gynéco.

Venue chercher la petite rue Keller à l'heure convenue, Vic avait trouvé porte close. Elle avait eu beau carillonner, puis tambouriner avec l'énergie qu'on lui connaissait, aucune réponse.

— Vous possédez bien un double des clés ?

— Justement, a soupiré Armelle. Je ne l'ai pas retrouvé dans le secrétaire. Apparemment, elle l'a pris.

Le ventre de Juan s'est noué tandis qu'une alarme retentissait dans sa tête.

— Vas-y, continue, a-t-il ordonné. TOUT.

« Tout », c'était Manon qui, après l'arrivée du paquet contenant la boucle d'oreille, avait fait promettre à sa gardienne de ne rien dire à personne. C'était l'aveu que celle-ci, bousculée par Vic, venait de faire : Manon ne lui avait jamais demandé de dormir chez elle. Elle avait passé la nuit seule dans son appartement.

L'angoisse a explosé dans la poitrine de Juan : elle donne son adresse à un inconnu dont l'appel lui semble intéressant, elle lui ouvre sa porte... Il l'a imaginée, gisant sur le sol.

— Mme Silva affirme n'avoir entendu aucun bruit anormal, a poursuivi Armelle, devinant, comme toujours, ses pensées. En revanche, elle est incapable de dire qui est monté ou descendu cette nuit. D'abord, la nuit, elle dort. Et comment veux-tu, avec deux escaliers... En plus, elle n'était pas inquiète. Nous non plus, enfin, pas trop. Quand Vic a appelé Manon, ça avait l'air d'aller. Et toi, tu l'as eue ?

— Bien sûr ! Et elle m'a dit que sa gardienne était là et qu'on reviendrait ensemble écouter les appels dès que je serais rentré.

C'était même ça qui avait rassuré Juan : « revenir » signifiait qu'elle avait l'intention de quitter l'appartement avec Vic ce matin.

— Qu'est-ce que vous attendez pour la forcer, cette foutue porte ? a-t-il aboyé.

— Tu penses bien que c'est en route, a répondu Armelle, apaisante. Vic a appelé SOS Serrurerie. Compte sur elle pour presser le mouvement. Je file là-bas. Je te rappelle dès que c'est fait.

Et, avant de raccrocher, elle a ajouté un tendre, un

tueur : « Je suis avec toi, Juanito. » Avec lui, en cas de malheur ?

Il s'est arraché du lit, au bord duquel il était assis. Tout son corps n'était qu'un cri : « Ma fauvette, ma fauvette ». Il est allé à l'une des hautes fenêtres, ornées de rideaux damassés à « embrasses » – ça s'appelait comme ça –, terminées par des « glands » – ça s'appelait aussi comme ça – formés d'un entrelacs de fils verts et grenat : l'espérance et le sang ? Et il a pressé son front contre le carreau. Calme-toi !

9 h 20. Sur l'avenue, la circulation était intense : cabs noirs, bus rouges, vélos, motos et, sur les trottoirs, avançant d'un même pas, des hommes en uniforme sombre, mallette à la main, certains coiffés d'un chapeau melon. Le bruit, assourdi par le double vitrage, lui paraissait venir d'une autre planète, en dehors du temps. Hier encore, il l'habitait.

Ne pas subir. FAIRE.

Il est revenu dans la chambre et il a appelé James Lewis, le grand patron de la compagnie d'assurances avec lequel il avait passé la soirée de la veille. Numéro privé, à n'utiliser qu'en cas de décision majeure à prendre.

Jusque-là, il avait mis un point d'honneur à se débrouiller tout seul, comme on change.

— Juan ? *How are you ?*

— Un pépin.

Il n'assisterait pas à la réunion. Il devait rentrer d'urgence à Paris. Lewis le connaissait assez pour savoir qu'il était inutile d'insister.

— *If I can help...*

— *Thank you.*

Il a raccroché. « Quentin, où es-tu ? » Il n'emportait jamais son béret à Londres. Les compagnies d'assurances ne branchaient pas son frère de combat.

9 h 30. Les yeux sur son portable : « Appelle, appelle... », il a formé cette fois le numéro de la réception.

— *Please*, à quelle heure est le prochain Eurostar ?

— Un instant, monsieur.

De la table roulante sur laquelle on lui avait monté son breakfast – œufs au bacon, toasts, marmelade, jus de pamplemousse – s'élevait une écœurante odeur de café froid.

— À 10 h 45, *sir*.

— Pouvez-vous me réserver une place ?

— Nous allons faire l'impossible.

— Et un taxi, dès que l'impossible sera fait.

L'homme a ri. Juan a essayé. Toujours ça de pris, même si l'essai était raté.

Il a jeté ses quelques affaires dans son sac, glissé son mobile dans la poche de sa veste et claqué la porte de la chambre.

SOS Serrurerie...

« C'est vrai que vous savez ouvrir toutes les portes ? » avait demandé naïvement Manon.

Pas toutes, ma chérie. Et pas à distance.

Il venait de monter dans le cab, vitre tirée entre le chauffeur et lui, quand Armelle a rappelé.

— On y est. Elle n'est pas là.

Et, sans laisser à Juan le temps de parler :

— Aucun désordre. Personne ne l'a emmenée de force.

L'impression douloureuse de revivre, le sang qui circule à nouveau dans les veines gelées.

Armelle pouvait même dire à Juan que Manon avait dormi sur le canapé : couette et oreiller s'y trouvaient encore. Elle avait débranché son fixe et effacé tous les messages sur son répondeur, mais oublié sur la table basse un bloc avec des noms et des numéros. Très certainement les appels reçus après l'émission.

— Ce qui nous soucie, c'est son portable. Elle l'a laissé à côté du téléphone.

Pour couper les ponts ? Empêcher toute tentative de la joindre ? Toute tentation pour elle d'appeler ? Son portable dont le sésame était la date de naissance d'Agathe. Et vice versa. Quelque part, en Sicile se trouvait un mobile que la date de naissance de Manon ouvrait. Entre les mains de qui ?

— Vic va rappeler les gens inscrits sur le bloc, a poursuivi Armelle. On ne sait jamais.

— Essayez de voir dans quelle tenue elle a filé, a suggéré Juan.

City a eu un rire triste.

— En tout cas, pas dans celle qu'elle portait hier à la télévision ; on l'a retrouvée dans la salle de bains. Quant à ses autres « tenues », comme tu dis, tu la connais, elle n'en a pas trente-six.

Le cab s'est arrêté.

— Nous y sommes, *sir.*

Ils étaient à la gare. 10 h 15.

— Une minute, Armelle. Surtout, tu ne quittes pas.

Juan n'attendait pas sa monnaie. Il pénétrait en trombe dans la gare Saint-Pancras, sac à l'épaule, portable à l'oreille – ne quitte pas, surtout, ne quitte pas – poursuivi par l'image de la fauvette, si fluette, si vulnérable, dans son jean, son chemisier à boutons, ses baskets, l'élastique dans ses cheveux...

Suivi par le regard des voyageurs – ne quitte pas, ne quitte pas –, il galopait le long d'un train à gueule de requin, présentait son billet au contrôleur, montait sur la plate-forme, laissait éclater sa colère.

— On n'aurait jamais dû la laisser seule après son

émission. Comme si on ne la connaissait pas. Pour retrouver sa sœur, elle est capable de tout !

— Mais Juan, Agathe est morte, lui a rappelé Armelle.

L'Eurostar a démarré.

« Mais Juan, Agathe est morte... »

La tête appuyée aux coussins du siège, les yeux fermés, à bout de souffle, il luttait.

Contre ce qu'il appelait le « syndrome des Quattro Canti », la place où se dressaient quatre fontaines, chacune dédiée à l'une des patronnes de la ville : Christine, Nymphe, Olivia, Agathe...

Il luttait contre les paroles de Carmella, mettant sur sa tête le borsalino de Manuele : « De la part d'Agathe. »

Contre la folle hypothèse qui ne cessait de lui vriller le cerveau depuis l'arrivée, rue Keller, de la seconde boucle d'oreille.

« De là-bas, elle me fait signe. »

Combien de fois avait-il entendu Manon prononcer ces mots ? Sans vouloir les entendre.

Sa femme, sa petite fille, son amour, sa catastrophe.

Elle reçoit l'appel attendu. Elle s'envole. Jamais Juan n'a éprouvé une frousse pareille.

Où es-tu, ma fauvette ? Dans quel piège t'es-tu jetée ?

55.

— *Signorina*, nous sommes arrivés.

La voix de l'hôtesse de l'air, sa main qui me tapote l'épaule, m'arrachent des limbes où j'ai sombré après une journée folle et une nuit sans sommeil, sitôt l'avion envolé. Libérée de la crainte absurde que quelqu'un ne surgisse sur mon chemin et ne m'empêche de rejoindre Agathe.

J'ai quitté la maison à 6 heures. À 7, j'étais à Roissy. Et si le vol était complet ? Si ma carte d'identité ne suffisait pas ? Si Vic ou Armelle appelaient chez moi et, ne recevant pas de réponse, devinaient où je m'apprêtais à partir ?

« *Prego*, pas un mot à personne. »

Ne plus penser à mes amies, à leur angoisse en ne me trouvant pas à la maison. Ne plus entendre la voix de Juan : « Mais qu'est-ce que tu m'as fait, la fauvette ! » Lorsqu'ils apprendront qu'Agathe est vivante, ils comprendront.

Si l'homme à la voix fraternelle a répondu à mon appel, s'il m'a demandé de venir en Sicile sans délai, n'est-ce pas qu'elle vit ?

Limbes... Ni paradis ni enfer, lieu en attente de lumière. En attente de revoir ma sœur.

Mais, tandis que, dans les couloirs de l'aéroport au si joli nom, je suis la foule joyeuse des passagers, tous ces gens venus vers le soleil, l'étreinte bleue de la mer et du ciel, en moi, l'ombre s'étend. Soudain, je doute.

« Viens » ?

J'ai beau tendre l'oreille, la voix d'Agathe s'est éteinte. Des limbes, vais-je tomber directement en enfer ?

Dans le hall d'accueil, découvrant parmi ceux qui guettaient l'arrivée des leurs, l'homme en soutane – courte barbe, lunettes – j'ai tout de suite su que c'était lui ! « *Padrino* »... le cri de Mano s'élançant vers Marc. *Padrino-padre*. Nous nous en étions émus et amusés.

Il a tendu les mains vers moi. J'ai lâché mon sac et j'y ai mis les miennes. Dans son regard, la joie, mais aussi quelque chose... quelque chose...

Porté par une vague irrépressible, déchirant ma poitrine, le nom est monté. Je l'ai lancé comme une prière : « Agathe ? » Sans pouvoir aller plus loin, à bout de souffle, au bout de ma course.

Et, en même temps qu'il murmurait « oui », de l'eau coulait derrière les lunettes du *padre*, qu'il a tenté de me cacher en me prenant dans ses bras. Ce n'était pas la peine, allez ! Son regard me l'avait appris : j'étais venue voir ma sœur, avant qu'elle reparte.

Cette fois pour toujours.

Plus tard, il m'a écartée de lui.

— *Vieni*. Nous avons un long trajet. Je vous dirai...

Il a ramassé mon sac et je l'ai suivi.

Dire, raconter, parler. Il y en a des façons de faire la lumière ou de voiler la lampe. D'éteindre l'espoir, de préparer au désespoir. Raconter une histoire, une histoire simple, de celles réservées aux grandes personnes, ou soi-disant, une histoire qui se termine dans la nuit.

Sur la route de Syracuse, sous le regard d'une montagne dont la couronne blanche, proche du ciel, cachait les fureurs de l'Etna, longeant une mer turquoise sur laquelle dansaient des bateaux, traversant des plaines semées de violettes et de vignes en fleur, le père Anastase – c'était son nom – effaçait un à un tous les points d'interrogation, éclairait toutes les zones d'ombre de l'histoire simple d'Agathe Vignon.

Elle avait réussi à s'échapper de la chambre en flammes. Grièvement brûlée, où avait-elle puisé la force de descendre les trois étages, quitter le bâtiment par la cour emplie de fumée, à la sortie de laquelle attendait la voiture de Carmella où Manuele aurait dû prendre place à ses côtés ? L'amour, sans doute.

Enveloppée dans une couverture par l'infirmière qui lui avait dispensé les premiers soins, elle avait survécu au voyage jusqu'à l'hôpital Santa Lucia à Syracuse où exerçait le *padre*. À son arrivée, il lui avait administré les derniers sacrements. Après de longs jours entre la vie et la mort, la vie avait semblé l'emporter. Semblé...

Le père Anastase a posé la main sur mes doigts serrés. J'ai attendu le pire : il est venu.

Agathe n'était jamais ressortie de l'hôpital. Alors qu'elle commençait à se rétablir, un cancer de la peau, un carcinome, s'était développé sur ses brûlures. Il ne lui restait que quelques jours à vivre.

J'ai entendu la voix de mon invité, hier. Hier, vraiment ?

« Voilà, c'est tout ! »

Pour Agathe, si vibrant soit l'appel que j'avais lancé, si ardente la fraternité, le miracle ne se produirait pas.

Voilà, c'était tout.

56.

— Buvez, *cara*.

Le *padre* m'a tendu une petite bouteille d'eau – intacte –, apportée pour moi ? J'ai bu au goulot, sans avoir vraiment soif, sans avoir vraiment rien. Pour revenir à moi, j'avais avant tout besoin de silence. Il l'a compris et il s'est tu.

Le volcan coiffé de neige a laissé place à une montagne aux flancs couverts de pins, mêlés à une végétation vert tendre. Ici l'hiver, là le printemps. Ici la fin, là le début.

Puis, à perte de vue, sont apparus des champs semés de fleurs que la chaleur faisait vibrer, transformait en mirages. Et toujours le turquoise de la mer. Finalement, j'avais vidé la bouteille.

— Et Mano ? ai-je demandé.

L'histoire simple a repris. En avril dernier, apprenant que ses jours étaient comptés, Agathe, qui n'avait jamais cessé de redouter que Pasquale Vitali ne découvre l'existence du petit, avait chargé Eduardo de me l'amener, accomplissant, en l'éloignant d'elle à jamais, le plus grand des sacrifices, le plus noble acte d'amour.

— Mais pourquoi ne m'a-t-elle pas appelée ? me

suis-je révoltée. Je serais venue, je me serais occupée de lui, d'elle. Pourquoi ne m'a-t-elle rien dit durant toutes ces années ?

— Elle ne souhaitait pas que vous la voyiez telle qu'elle est.

Le *padre* a eu un geste vers son visage. Le mot « défiguré » était-il donc si difficile à prononcer, même pour un homme de Dieu qui croyait à la résurrection des morts ?

— Mano l'a bien vue, lui ! Ça ne doit pas être si épouvantable.

— Il ne l'a vue que sur des photos, Manon. Où elle se trouvait avec vous. Pour le protéger, on lui avait dit que son papa était parti, que sa maman était au ciel.

« Ma *mamma morta.* »

Le *padre* a tendu le doigt.

— Regardez, *cara.*

Au loin, blanche teintée d'ocre et de bistre, armée des mille lances de ses clochers, Syracuse se dressait dans un halo doré.

— C'est là que Mano a grandi.

Dans la presqu'île d'Ortygie, près de la mer, bercé par son souffle, élevé par ses grands-parents dans un seul but : le préparer à venir un jour en France et y vivre avec moi, comme Agathe le souhaitait.

— Et vous lui avez appris à parler français...

— Quelques mots.

— « *Padrino* »... Vous êtes vraiment son parrain ?

— Je le suis devenu le jour où je l'ai baptisé. Carmella est sa marraine.

Carmella que j'avais songé à appeler.

Nous pénétrions dans l'haleine brûlante de la ville, roulant au pas le long d'une large avenue emplie de cris – la vie –, de rires et d'injures – la vie –, de musiques de toutes sortes qui, mêlées à la rage des klaxons, formaient une grandiose, une infernale cacophonie – la vie.

Entre les véhicules se faufilaient les Vespa reines dont Juan m'avait parlé avec, dans la voix, un frémissement excité qui indiquait qu'il s'y serait bien vu. Le long des boutiques de fripes – Agathe aurait voulu essayer cette robe –, des étalages croulant sous les fruits – Agathe aurait croqué dans cette pêche –, des échoppes exposant des bijoux...

— La boucle d'oreille, c'est vous qui me l'avez envoyée ?

— Votre sœur me l'a demandé. Elle la gardait pour vous.

— Et vous m'avez vue à la télévision ?

Le *padre* a eu un rire léger. Il n'avait ni télévision ni portable : pas le temps. Un ami à lui m'avait entendue et l'avait appelé.

— Il faut que je vous avoue quelque chose, Manon.

Je n'ai pas serré les poings : avouez, avouez, *padre*, vous m'avez déjà offert le pire des aveux.

— Agathe ne sait pas que vous venez.

Avant de m'appeler, il avait consulté les Greco. Il hésitait. C'étaient eux qui l'avaient convaincu qu'il était juste de me permettre de dire adieu à ma sœur avant son départ. Juste ?

— Agathe s'y serait opposée.

Là, c'est moi qui ai ri. Comme si, en m'envoyant l'améthyste, ma sœur ne savait pas à quoi elle s'exposait !

— Pardon, *padre*, mais vous vous trompez. Agathe m'attend. Allons-y, maintenant !

Le père Anastase a souri.

— Nous avons largement dépassé l'hôpital et les visites ne sont autorisées que l'après-midi.

Il a désigné mon tee-shirt. J'avais pris le premier qui

m'était tombé sous la main, offert par Vic, signé d'un grand couturier, orné d'un soleil et de l'inscription : « J'aime la vie. » Mauvaise pioche !

— Vous faites un peu trop Française. Et Agathe n'a pas été inscrite sous son vrai nom. Je vous emmène chez les Greco. Ils vous attendent. Ils vous donneront de quoi vous changer.

« La *Francése... la Francése...* » Pour la première fois depuis l'appel, j'ai réalisé qu'en venant ici, je mettais ma sœur en danger. Pendant que j'y étais, j'avais également passé les enquêteurs à l'as.

« Dès lundi, ou un peu plus tard, qu'importe, Pasquale Vitali apprendra leur présence à Palerme. Que croyez-vous qu'il fera ? » avait crié Juan.

Nous étions vendredi.

Nous avons traversé le grand pont qui reliait Néapolis, la ville nouvelle, à l'ancienne. On aurait dit qu'on entrait dans un décor d'opéra où la main d'un dieu fou aurait jeté, pêle-mêle, des restes de palais, d'altières colonnes sans temples à veiller, des immeubles aux façades somptueuses, dont les fenêtres se gardaient des ardeurs du soleil derrière des balcons surchargés de guirlandes et autres ornements.

Sans oublier les fontaines où des femmes de pierre montaient nues des chevaux cabrés que le ruissellement de l'eau semblait chercher à apaiser.

Le village de Santo Pietro se trouvait tout au bout de l'île. Sur le sable d'une petite baie, quelques barques reposaient sur le flanc. Un peu plus haut, entre les pins, oubliée par le dieu fou, c'était la chanson simple, le calme arpège de maisonnettes de couleur égrenées face à la mer.

Le père Anastase a arrêté sa voiture devant la dernière : une maison bleue.

Tout y était : la cheminée sur le toit, l'arbre dans le

jardin, l'oiseau sur la branche et, bien sûr, au ciel, un beau soleil rond. Mano n'avait rien oublié.

Comme nous traversions le jardin, la porte s'est ouverte. Un homme au visage buriné, une femme au chignon blanc sont apparus sur le seuil. Ils m'ont ouvert leurs bras.

57.

L'Eurostar avait dépassé les tristes champs de betteraves du Nord. Le long de l'autoroute où les voitures semblaient se traîner, il avait pris sa vitesse de croisière : 300 kilomètres à l'heure. Les yeux sur sa montre, il semblait à Juan que chaque minute durait une éternité, une éternité de plomb. Midi ! Plus qu'une heure et il serait arrivé.

Assis près de la fenêtre, face à un couple d'Anglais flegmatiques, à côté d'une compatriote replète qui, depuis le départ, se livrait avec ardeur au fameux grignotage, il tentait en vain de maîtriser son angoisse.

Comment n'avait-il pas senti que Manon lui mentait lorsqu'elle lui avait raconté que sa gardienne était chez elle ? Et pourquoi ne l'avait-il pas rappelée en rentrant à l'hôtel ? Il était minuit passé, il avait craint de la réveiller. « Les » réveiller, bordel !

Son portable a sonné : Vic. Sa voisine formait une barrière infranchissable entre le couloir et lui. Il est resté à sa place.

Sex était à bout de nerfs. Elle avait réussi à joindre toutes les personnes inscrites sur le bloc laissé par Manon : des « Bonnes Volontés » et des « Importuns », comme celle-ci l'avait elle-même noté. Rien d'exploitable. Le téléphone avait sonné plusieurs fois, des cons qu'elle n'avait pu s'empêcher d'envoyer aux pelotes, quelle importance puisque de toute façon, sans le moineau, l'émission était foutue.

— Et qui te dit qu'elle ne sera pas à son poste jeudi prochain ? lui a demandé Juan, la gorge serrée, défiant le destin.

— Qui te dit qu'elle sera encore là tout court ? a répondu Vic, impitoyable.

Tout en jetant des regards noirs sur son portable, la grignoteuse ne se privait pas de tendre l'oreille, sans oublier de reluquer le bas de la manche cousu. Tout lui « faisait ventre », comme on dit. À défaut de l'étrangler, Juan lui a tourné le dos.

Vic avait mis Marc au courant. Bien sûr, il était aux cent coups. Ils avaient décidé de se retrouver rue Keller à 13 heures, l'heure de l'arrivée de Juan, c'était bien ça ? C'était ça. Elle lui avait réservé une moto-taxi, c'était pour ça qu'elle l'appelait. En un petit quart d'heure, il les aurait rejoints, OK ? OK. Il a failli lui demander pourquoi elle ne venait pas le chercher elle-même sur sa Gélinotte. Il ne l'a pas fait. Plus tard, il s'en féliciterait : un peu de temps et de salive gagnés.

À peine avait-il raccroché que son portable se manifestait à nouveau. Aucun nom affiché. Découvrant le numéro – l'Italie – son cœur a bondi, Juan aussi, obligeant cette fois sa voisine à se lever pour le laisser atteindre le couloir, sous l'œil pas mécontent des Anglais.

— Santès à l'appareil.

— Juan, *per favóre*, venez vite !

Carmella.

— Bien sûr, a-t-il répondu. Dites-moi où.

Il se faufilait entre les voyageurs, arrivait à la porte vitrée, celle-ci coulissait.

— À Syracuse. Manon vient d'arriver chez mes parents.

Une vague a déferlé dans sa poitrine.

— Elle va bien ? a-t-il crié.

— *Ma... penso che sì. Non l'hò vista. Io sono a Palèrmo.*

Sur un strapontin, un barbu à l'âge indéterminé, jean troué, baskets immondes, une guitare entre les jambes, le regardait d'un air goguenard. Il l'a ignoré.

— Et qu'est-ce qu'elle fout chez vos parents ? a-t-il demandé en inscrivant dans sa mémoire, en chiffres indélébiles, le numéro de l'infirmière.

Un court silence lui a répondu. Puis une voix étouffée par les sanglots.

— Elle est venue voir Agathe.

Un vertige a scié les jambes de Juan. Il s'est appuyé à la cloison. Bien sûr, il le savait. Il l'avait toujours su.

— Alors... elle est vivante, a-t-il constaté dans un souffle.

Les sanglots ont redoublé.

— *Sì. Ma* elle va *morire*, Juan. Pardon. Je ne pouvais pas vous le dire. Elle avait défendu.

Il a fermé les yeux. « Elle va mourir »... Oh, ma fauvette ! Puis il a « baissé le rideau », leur expression avec Quentin quand la situation exigeait qu'ils se déconnectent des sentiments pour ne plus penser qu'à la survie.

— L'adresse de vos parents, s'il vous plaît, Carmella.

Elle la lui a donnée, cette fois avec empressement. Les Greco habitaient un hameau dans la partie ancienne de la ville, la presqu'île d'Ortygie. Il a inscrit le nom,

Santo Pietro, dans sa mémoire, à côté du numéro de portable.

Un sourire ironique aux lèvres, le barbu à la guitare suivait la conversation sans chercher à s'en cacher. Juan s'est tourné du côté du mur, une carte de France. Comme elle était jolie, la France, aux doux drapeaux colorés de ses régions. Comme elle était vide lorsque Manon n'y était pas.

— Vous allez venir, n'est-ce pas ? a crié à nouveau l'infirmière.

— C'est promis. Maintenant, dites-moi pourquoi vous avez si peur.

Et ce que Carmella a dit, il le savait aussi.

Les enquêteurs étaient venus la voir. Comme Juan le lui avait recommandé, elle avait refusé de leur donner l'adresse de ses parents. Sans doute avaient-ils continué à fureter. Pasquale avait appris leur présence à Palerme. Hier, un ami l'avait avertie que le caïd s'apprêtait à lui rendre visite. Il l'avait hébergée chez lui et, ce matin, appelant ses parents pour les mettre en garde, ceux-ci lui avaient annoncé la venue de Manon à Santo Pietro. Elle s'apprêtait à y partir.

— Pardon, monsieur...

Une jeune femme, poussant un petit garçon devant elle, se frayait un chemin vers les toilettes. À nouveau, Juan a dû faire face au barbu.

— Juan... Imaginez... si Pasquale va chez mon papa et ma maman.

Très bien ! Il l'imaginait comme s'il y était ! Tout ce qu'il avait redouté en encore plus beau : Manon était là-bas et Agathe vivait.

— Carmella, vous savez pourquoi Pasquale vous cherche, n'est-ce pas ? Êtes-vous certaine qu'il a assassiné votre frère ?

Les yeux du guitariste se sont agrandis : oubliée, la virile ironie.

— Mais bien sûr ! Je l'ai vu. J'étais là.

— Calmez-vous. L'avez-vous dit à vos parents ?

— Certainement pas. C'était *pericolóso*. Je ne l'ai même pas dit à Agathe. Comme si elle ne souffrait pas assez comme ça.

— Où est-elle, Agathe ? Chez vos parents ?

— À l'hôpital.

— Et Manon ?

— Aussi. Je pense que le *padre* l'y a conduite.

— Le *padr*e ?

— Le parrain du petit. C'est lui qui l'a appelée.

Les pions se mettaient en place.

— J'ai besoin de réfléchir, Carmella. Laissez-moi quelques minutes. Surtout, restez où vous êtes. Je vous rappelle tout de suite.

Il a raccroché. L'attardé à la guitare semblait vouloir disparaître sous son siège. Le bras mutilé de Juan, son crâne rasé ne plaidaient pas en sa faveur. La musique, pas la guerre ? Si la situation n'avait été aussi tragique, il aurait bien ri, n'est-ce pas, Quentin ?

Rapidement, il a cherché sur son mobile les horaires des vols pour la Sicile, Syracuse. L'aéroport portait le joli nom de « Fontanarossa de Catane ». Un seul vol dans l'après-midi. Les toilettes se sont libérées. Il a laissé passer mère et enfant. L'enfant a pointé le doigt vers son bras. La mère a fait les gros yeux : « Chut ! » Toilettes pour handicapés, parfait ! Il a fermé le loquet avec son coude, rabattu le couvercle du trône et s'y est assis.

Puis il a formé le numéro de Carmella.

Lorsqu'il lui a demandé de rappeler ses parents pour exiger d'eux qu'ils quittent leur maison et se mettent à l'abri, un rire triste, fataliste, lui a répondu. Bien sûr qu'elle l'avait déjà fait. Mais ceux-ci s'y étaient refusés. Dans leur maison se trouvait tout ce qui leur restait de Manuele. Ils préféreraient mourir plutôt que de l'abandonner.

— Alors faites au moins en sorte que Manon n'y mette pas les pieds, a-t-il ordonné, s'efforçant de ne pas trop élever la voix. Débrouillez-vous avec votre *padre*.

Elle a promis. S'il avait bien compris, le *padre* n'avait pas de portable et serait difficile à joindre.

— Eh bien, allez-y !

C'était ce qu'elle s'apprêtait à faire. En prenant le car tout de suite, elle serait chez ses parents en milieu d'après-midi.

— Et vous, Juan ? Quand serez-vous là ?

Lui, en début de soirée. Il n'est pas rentré dans les détails. Il y avait plus urgent.

Si Pasquale se pointait chez ses parents, elle devrait le convaincre qu'elle n'était pas à Palerme le soir de l'incendie : elle n'avait pas été témoin du meurtre de son frère.

« Ne réveillez pas les morts... » N'était-ce pas son propre choix ?

Et, là, il l'a enfin retrouvée : larmes séchées par la haine.

— À Santo Pietro, *tutti* pourront témoigner que j'étais chez mes parents.

58.

Juan a éteint son portable et il s'est levé. Depuis un moment, on tambourinait à sa porte : le contrôleur, averti par « la musique, pas la guerre », qu'un dangereux terroriste se planquait dans les toilettes ?

Il est sorti.

La grignoteuse lui faisait face, l'assassinant du regard.

— Pas trop tôt...

— Allez vous faire foutre, connasse, a-t-il répondu en s'effaçant galamment pour la laisser passer.

Puis il s'est tourné vers « l'amour pas la guerre » – il préférait – et il a plongé ses « yeux de loup » – aurait dit Vic avec raison : il se sentait un furieux appétit – dans ceux de l'agneau.

— Toi, jeune homme, tu la boucles, compris ?

Une heure moins vingt à la montre du pilote ! Voilà que le temps s'emballait. Chaque malheureux mammifère, dit « supérieur », devrait pouvoir disposer à sa naissance d'un petit capital de minutes à placer comme il l'entendrait dans sa courte existence. Cela lui éviterait quelques soucis, parfois même préserverait des vies.

Dans son répertoire, il a choisi City.

Elle était avec Vic, rue Keller. Marc venait d'arriver.

— Mets le haut-parleur, lui a-t-il ordonné.

En dépit de l'angoisse, du martyr que lui faisait vivre son bras, prononçant les paroles historiques qui ont suivi, il a éprouvé une joie sauvage : celle de rendre justice à Manon.

— Agathe est vivante !

Un silence splendide a accueilli le scoop.

— Et Manon est à Syracuse auprès d'elle, a-t-il complété.

Lorsqu'il leur a appris qu'Agathe n'avait plus que quelques jours à vivre, Armelle a eu un cri : « Oh, ma Doudou ! » Et, pour la première fois depuis qu'il la connaissait, un bail quand même, il l'a entendue pleurer.

Tandis qu'il résumait la situation, le défilé incessant des voyageurs désireux de parvenir en tête du train et de sortir les premiers, comme à chaque arrivée en gare, ne cessait pas, l'obligeant à se coller à la paroi. Tiens, le barbu s'était évaporé.

— Je pars pour Syracuse. Un avion décolle de Roissy vers 15 heures, on ne sait jamais. Changez la moto-taxi. Et trouvez-moi un champion.

— C'est fait, a répondu Armelle. Cours !

— Bon Dieu, on a tous été des cons, a crié Marc.

— Tu nous la ramènes, le loup, n'est-ce pas ? a supplié Vic.

Au bout du quai, le « champion » brandissait une pancarte à son nom. Ils ont galopé.

En deux minutes, Juan a été harnaché : K-Way sur les épaules, plaid sur les genoux et casque sur crâne sensible. Pour couronner cette ineffable journée de printemps, il pleuvait.

Il a loupé de quelques minutes le vol pour Fontanarossa de Catane et s'est rabattu sur celui de Palerme :

enregistrement 15 h 30, arrivée trois heures plus tard. Cela lui a tout juste laissé le temps d'appeler Londres, James Lewis : urgence, *friend* ! James pouvait-il lui arranger un vol express Palerme-Syracuse ? Il avait repéré une compagnie d'avions-taxis lors d'un précédent séjour.

No problem, on mettrait les moyens qu'il fallait.

— *Good luck*, Juan.

Les yeux fermés, la tête appuyée au dossier d'un confortable siège classe VIP, champagne assuré, Juan se pose tandis que l'avion escalade le ciel.

« Bon Dieu, on a tous été des cons », a crié Marc.

Lui, le premier, qui n'a rien su entendre : ni la fauvette, ni Carmella, ni l'appel de la fontaine des Quattro Canti.

Nous ne sommes plus fichus de voir l'extraordinaire, d'espérer jusqu'à la folie, de violer l'utopie. On devrait toujours croire ce que disent les petites filles têtues.

« Tu nous la ramènes, le loup, n'est-ce pas ? »

« Cours ! »

Quentin, aide-moi, c'est la femme que j'aime.

59.

J'ai dit au *padre* :

— S'il vous plaît, laissez-nous toutes les deux, ça ira.

Je suis entrée dans la chambre et, refermant la porte sur moi, sur nous, quoi qu'il en soit, je rouvrais celle de l'enfance.

Dans un lit à barreaux blancs, reliée à toutes sortes d'instruments barbares, dont un écran bleu où s'inscrivaient les battements de son cœur, une femme au crâne couvert de duvet blond gisait, les yeux fermés. Et cette femme était ma petite sœur que je cherchais depuis si longtemps, que je retrouvais enfin.

Tu vois, Agathe, je suis venue.

J'ai retiré le foulard et les lunettes noires qui, avec la longue jupe, le strict corsage et les souliers empruntés à Carmella étaient censés faire de moi une étrangère, une visiteuse anonyme, et je me suis approchée d'elle.

Son visage était coupé en deux. Il y avait le côté de l'améthyste brûlée, avec des cicatrices brunes serpentant du front jusqu'au cou, s'infiltrant sous la chemise, comme les tentacules d'une pieuvre, et le côté de l'améthyste intacte, lisse, à l'éclat précieux de nacre.

Je me suis assise sur la chaise, le plus près possible

du drap où était posée sa main. S'il n'y avait eu ces barreaux pour me l'interdire, je me serais étendue près d'elle : « Cette fois, c'est moi qui suis venue dans ton lit comme tu le faisais autrefois, les nuits d'angoisse. » Et il m'arrivait de lui dire : « Fous le camp, tu m'empêches de dormir, moi, je travaille demain. » Et, bien sûr, elle n'écoutait pas. Ça l'aurait même plutôt encouragée à rester. Avec Agathe, les « fous le camp, tu m'empêches de travailler », ça n'avait jamais marché.

La preuve !

J'ai posé ma main sur la sienne et j'ai dit :

— Me voilà.

Elle a soulevé lentement les paupières, dont l'une portait le sceau de la pieuvre et, dans les yeux émeraude, j'ai lu une sorte de prière, ou de défi, je ne sais pas.

Ses lèvres ont frémi.

« N'essayez pas de la faire parler. Ne la fatiguez pas », m'avait recommandé le *padre*. C'était à cette condition, et sur son insistance, que ma visite avait été autorisée. Alors, je me suis contentée, si l'on peut employer ce mot, de sortir de ma poche la « dormeuse » qu'elle m'avait envoyée. Je l'ai levée devant ses yeux et j'ai dit :

— Même la nuit, tu te souviens !

Ses yeux m'ont dit oui.

Je m'étais fait le serment de ne pas pleurer, Agathe détestait les larmes, elle trouvait que j'en abusais, il lui arrivait de m'appeler « Manonfontaine », je n'étais pas la seule à marier les mots. De toute façon, je n'étais pas venue pour lui plomber le moral, pour ça, elle n'avait pas besoin de moi, alors je suis passée au registre rose.

— Hier, j'ai parlé de toi à la télévision. J'ai montré

ta photo à des millions de gens. Que tu le veuilles ou non, tu as été la vedette.

Pour les « millions », j'exagérais un peu, mais n'était-ce pas ce que nous nous promettions ? « Tu seras la vedette, etc. » Et puis, à en croire ma productrice, l'heure de « grande écoute », souhaitée par ma sœur, n'était pas loin. Elle risquait seulement d'arriver un peu tard.

Un sourire a étiré ses lèvres. Ses doigts ont serré les miens. Ils étaient si maigres, si secs, que j'avais l'impression de tenir un petit fagot de bois mort. Elle a murmuré :

— Mano ?

— Alors là, attends-toi à une surprise !

J'ai sorti de mon sac la première photo que nous avions faite de lui au Pavot. Dans la tenue de champion offerte par Vicarmelle, monsieur crâne, un pied sur son ballon neuf. On a élagué la broussaille de ses cheveux, ses yeux resplendissent, ceux d'un enfant heureux.

Arrivée à la maison bleue, lorsque j'avais montré cette photo à ses grands-parents, Filomèna avait pleuré de joie. Dans le regard du pêcheur, un éclair de fierté était passé : « Manuele », avait-il constaté.

Parmi les nombreux portraits qui se trouvaient sur le buffet, il en avait choisi un qu'il avait posé à côté de celui de Mano, réunissant pour moi le père et le fils. Mis à part la couleur des yeux, c'était quasiment trait pour trait.

— Mano le prince, a dit Agathe.

— Le prince Greco.

La porte s'est ouverte sur une infirmière. J'ai vite caché la photo dans la poche du corsage de Carmella, côté cœur. L'infirmière m'a souri, je crois qu'elle n'a rien vu.

Elle est allée se pencher sur ma sœur.

— Alors, *signóra*, nous avons de la visite ?

Agathe a incliné la tête.

Après avoir vérifié le goutte-à-goutte, elle s'est tournée vers moi et elle a désigné la sonnette à côté du lit.

— *Se ha bisógno di me, signorina, mi chiamà.*

J'ai acquiescé et elle nous a laissées.

« *Signóra... Signorina...* » Quelle importance, Monagathe ?

Elle avait fermé les yeux. Très doucement, comme à l'oreille d'un enfant trop épuisé pour dormir tout de suite, je lui ai parlé de son fils.

Je lui ai décrit le jardin, le portique acheté en son honneur, les dizaines de ballons, la garde-robe, et aussi les frites, le ketchup, la mayonnaise en tube – sa préférée –, les tonneaux de Coca-Cola, et Maï qui l'avait adopté comme petit frère.

— Il parle tout le temps de toi. Il dit que tu es au ciel avec les anges.

Je lui ai parlé de mes anges à moi, pas très catholiques mais aux ailes de géantes. Parfois, elle serrait ma main pour dire : « Je ne dors pas, continue », et, sous les paupières closes, je sentais passer le fragile frémissement du bonheur. Elle aussi, elle avait attendu ces retrouvailles. Elle aussi, elle avait craint qu'elles n'aient pas lieu. Mais jamais désespéré.

Le *padre* est passé. J'en ai profité pour aller à la fenêtre reprendre un peu de forces. Comme dans tous les hôpitaux du monde, il y avait une cour qui, même peuplée, semblait vide, quelques fleurs dans des bacs qui retenaient leurs odeurs, et le silence du temps compté.

Le *padre* est venu près de moi. J'ai essuyé mes yeux. Il m'a demandé si je préférais rentrer tout de suite ou rester encore un peu.

Je préférais rester le plus longtemps possible. Nous sommes convenus qu'il viendrait me reprendre vers 18 heures, la fin des visites.

Lorsque j'ai prononcé le nom de Manuele, le regard d'Agathe s'est empli de peine et d'un regret immense. J'ai posé mes lèvres sur la joue nacrée comme il l'aurait fait et je lui ai annoncé la grande nouvelle :

— Tu n'as plus à t'en faire. Nous avons la preuve que Manuele est le père de Mano. Même si Pasquale apprenait son existence, la justice l'empêcherait de nous le prendre. Dès septembre prochain, il entrera à l'école, la meilleure de Paris, sous le nom de Mano Greco. Doué comme il l'est, pas de souci, il fera des étincelles.

Pour les étincelles, vu le contexte, ce n'était pas bien trouvé, mais je les ai vues dans les yeux de ma sœur avant que les larmes les noient. Pour une fois, c'était elle qui pleurait. Il faut un début à tout.

C'est après que je l'ai eue rassurée sur son fils qu'elle s'est endormie pour de bon. Et lorsque l'infirmière est revenue, il a suffi que je mette un doigt sur mes lèvres en la désignant pour qu'elle soit rassurée à son tour et nous laisse.

Il me restait à lui annoncer que j'aimais. Il s'appelait Juan et c'était le plus beau, le plus tendre et le plus vaillant des hommes, mis à part son Manuele, naturellement. À toute heure du jour, soudain, je me disais : « Il existe », et le chemin devenait simple et lumineux, et le monde pouvait bien s'écrouler, comme le chantait Piaf.

Je n'ai pas caché à Agathe qu'il me restait quelques progrès à faire pour devenir totalement sa femme – tu vois ce que je veux dire, je compte sur toi pour m'y aider, je te raconterai. J'ai ajouté que c'était grâce à Juan que j'étais là.

À 18 heures, lorsque le père Anastase est venu me chercher, elle dormait toujours. Et comme j'avais peur que ce soit « pour toujours », j'ai fait jurer à l'infirmière qu'elle serait encore là demain quand je reviendrai.

— *Sì, signorina, sì...*

Le *padre* me tirait par le bras. Je me montrais imprudente : « la *Francése*, la *Francése...* », mais j'aurais tellement voulu pouvoir lui dire que c'était ma sœur, ma petite sœur. Tellement aimé le crier sur les toits de Syracuse, de Palerme et d'ailleurs, bref aux quatre coins du monde.

Parce que, quand tu parles du monde, dans les chansons comme dans les poèmes, tu parles forcément d'éternité. D'immortalité, si tu oses.

60.

Syracuse

Iphigénie a été séparée toute jeune de son petit frère Oreste. Celui-ci n'a jamais cessé de hanter ses pensées : où est-il ?

En songe, Oreste lui apparaît. Elle croit comprendre qu'il est mort et que, de cette mort, elle serait responsable. Pour soulager sa conscience, elle décide de trouver ses assassins et de le venger.

Mais alors qu'elle découvre les persécutions dont il a été l'objet, miracle, son frère, bien vivant, réapparaît.

Iphigénie en Tauride, la tragédie du célèbre auteur grec, Euripide, se donnait ce soir au théâtre antique de la ville, paralysant toutes les rues alentour, bloquant l'accès au pont qui menait à Santo Pietro où m'attendait la famille Greco, « ma » famille.

Peu m'importait les embouteillages, je n'étais pas pressée. Je pouvais enfin libérer ma poitrine des sanglots que j'avais retenus durant les heures passées avec ma sœur. Et tandis qu'à ma demande, le père Anastase me rappelait les diverses péripéties de la tragédie qu'Agathe et moi avions étudiée au lycée, voici que la fièvre remplaçait les larmes.

Une sœur séparée de son frère par la mort...

Un désir ardent de vengeance...

Un frère retrouvé vivant...

N'était-ce pas notre histoire qu'Euripide avait racontée, tant de siècles auparavant ? À cette différence près qu'Iphigénie cherche un frère et non une sœur.

Mais quoi d'étonnant ? Le rôle du créateur n'est-il pas de nous éclairer sur nous-mêmes à travers son œuvre ?

Cette phrase de Corneille, autre tragédien, m'est revenue : « Pour grands que soient les rois, ils sont ce que nous sommes. »

Des hommes.

Enthousiaste, le *padre* ! À son affaire ! Une affaire de dieux qui, de l'Olympe, leur résidence, jouaient avec nos destinées : dieux vengeurs, dieux cléments. Il en profitait pour ramener la couverture au sien, son Dieu unique, de pardon, de miséricorde et de vie éternelle.

Une heure était passée lorsque nous avons enfin traversé le Ponte Nuovo.

Dans l'île, baptisée le « balcon sur la mer », les dieux cédaient à la douceur des choses.

Sur les terrasses des palaces, entre les palmiers nains, la tremblante lumière des photophores lançait un discret signal au soleil qui zébrait l'horizon de rouge. Devant les tables nappées de blanc, accompagnés par un orchestre, des couples en tenue de soirée dînaient. Face à cette harmonie, mon cœur a débordé et je me suis dit que, si la beauté est source d'une telle émotion, c'est que nous savons tous que vient fatalement le moment où le soleil se noie dans la mer, où la musique s'éteint, où l'amour prend fin.

Et nos vies aussi.

— Que se passe-t-il ? a demandé soudain le *padre* d'une voix inquiète.

Nous arrivions aux paisibles maisons de Santo Pietro. Paisibles ? Tout au long de la ruelle qui traversait le hameau, des hommes, appuyés aux murs, silencieux, le visage dur, se tenaient à l'affût : des sentinelles.

Avant que nous ayons atteint la dernière maison, la maison bleue, un petit groupe nous a barré le chemin.

— Restez là, *cara*.

Le *padre* est sorti de la voiture et, tandis que les hommes l'entouraient, parlant vite et tous à la fois, j'ai découvert, près de la haie qui délimitait le jardin des Greco, la voiture noire aux vitres teintées, au volant de laquelle un homme, coiffé d'un chapeau de paille blanc à ruban noir, attendait.

Le père Anastase a repris place sur son siège et a relevé la vitre.

— Nous allons faire demi-tour, Manon. Les Greco ont de la visite.

Le nom a jailli spontanément de mes lèvres :

— Pasquale Vitali.

« Il n'aura pas de mal à remonter jusqu'aux parents », s'était révolté Juan.

Le *padre* a incliné la tête. Il a désigné les sentinelles.

— Vous n'avez pas à vous en faire. Ils ne le laisseront emmener personne.

Il a tourné la clé de contact. J'ai revu le visage coupé en deux de ma sœur, les tentacules de la pieuvre imprimées sur sa joue, descendant jusque dans son cou, j'ai vu les larmes noyer ses yeux, et la haine, comme une boule de feu, m'a propulsée hors de la voiture.

J'ai couru vers la maison, le *padre* criait mon nom. Qu'il garde pour lui sa miséricorde et son pardon. J'ai franchi le portail, traversé le jardin, atteint la porte. Un petit homme moustachu a tenté de me barrer le passage, trop tard ! Je l'ai ouverte, il s'est emparé de mon bras en criant lui aussi.

— Laisse-la, a ordonné Pasquale.

La porte s'est refermée sur moi.

Il était grand, large, élégant. Il portait des souliers de cuir verni. Il était tel que Juan me l'avait décrit. Avec un regard de tueur.

De l'autre côté de la table où nous avions pris le repas de midi, surveillés par un colosse aux yeux méchants, Eduardo, Filomèna et une jeune femme aux longs cheveux bruns et aux formes rondes, Carmella sans aucun doute, étaient assis, serrés les uns contre les autres, la consternation et l'effroi peints sur leurs visages.

Pasquale a souri.

— Toi, la *sorèlla*, a-t-il dit. Je t'ai vue sur les photos.

Son sourire de mépris, son tutoiement, m'ont giflée. Je lui ai fait face.

— Pas « tu », « vous ». Et moi aussi je vous connais, Pasquale Vitali.

Même si je tremblais toute entière, je n'éprouvais aucune peur, presque une sorte de soulagement. Cette rencontre avec le bourreau de ma sœur devait se produire. Nous y étions.

— Et qui t'a parlé *di me* ?

— Qui « vous » a parlé, l'ai-je repris à nouveau. Agathe, dans ses lettres.

Et j'ai ajouté :

— Avant de mourir par votre faute.

Un éclair de colère a fait flamber les yeux de l'assassin. Le gardien-colosse a avancé d'un pas.

— Et qu'est-ce que tu fais là ?

— « Vous », l'ai-je repris pour la troisième fois,

m'accrochant à mon refus d'être tutoyée comme à une arme que nul ne pourrait me retirer, à moins de me bâillonner : aveu de faiblesse.

J'ai désigné les photos de Manuele, exposées sur le buffet. Et, tandis que Pasquale suivait mon doigt, j'ai senti la terreur des Greco.

— Je suis venue rencontrer la famille de l'homme qu'Agathe aimait.

— *La Francése ama Ernesto*, a-t-il crié, perdant pour la première fois son calme.

Sa soudaine colère m'en a rappelé d'autres, nées du refus d'entendre la vérité. J'y avais été préparée par mon père.

« Ils ne le laisseront emmener personne », avait dit le *padre*. Mais qui empêcherait Pasquale de faire du mal, dans leur propre maison, à ceux qui avaient si généreusement élevé l'enfant ? À Carmella qui avait sauvé Agathe ?

J'ai su comment je pouvais détourner son attention d'eux, les sauver peut-être. Car, de l'amour entre ma sœur et Manuele, il ne savait rien. Moi, si ! Suffisamment pour le défier.

— Vous voulez savoir ce que « *la Francése* » me disait dans ses lettres ? Que vous la reteniez prisonnière, qu'elle avait rencontré un homme et décidé de quitter la Sicile avec lui. Que vous ne lui faisiez pas peur.

J'ai rencontré le regard de Carmella. Qu'essayait-elle de me faire comprendre ? Que craignait-elle ? Ne voyait-elle pas que, face au bourreau de ma sœur, à l'assassin de son frère, je me sentais capable de tous les exploits ? Même celui de mentir avec conviction, moi qui n'avais jamais su.

Pasquale a suivi mon regard. Qu'a-t-il lu dans celui de l'infirmière ? Il a retourné sa colère contre elle.

— *E te ?* Tu la connaissais aussi, *la Francése* ? Tu étais là quand elle a mis le feu à la maison ?

Carmella s'est levée. Le feu était dans son regard : celui de la haine.

— J'étais ici. Avec mes parents. Nous attendions mon frère et Agathe. Ils ne sont jamais venus. Vous savez très bien pourquoi.

Filomèna a caché sa tête dans ses mains et elle s'est mise à pleurer. Eduardo s'est levé et il est venu à côté de sa fille. Pasquale a fait signe au colosse qui a attrapé le bras de Carmella et l'a tirée vers nous. Elle ne s'est pas défendue. Je me suis placée entre Pasquale et elle. Je suis parvenue à rire : papa ne supportait pas les rires.

— Allez-y, emmenez-la ! De toute façon, ils ne vous laisseront pas passer.

Le savait-il ? Il s'est tourné vers moi et j'ai reconnu la rage qui déformait ses traits : celle du dictateur quand Agathe lui résistait. Cette rage qui, un jour de fête au lycée, dans l'impossibilité où il se trouvait de l'empêcher de s'y rendre pour monter sur une scène de théâtre, l'avait conduit à massacrer ses cheveux. Je me suis revue devant la porte de la chambre, le regard de maman me suppliant de ne pas intervenir. Je n'étais pas intervenue. J'avais détesté ma mère.

— Vous n'avez qu'à m'emmener, moi.

— Non ! s'est opposée Carmella.

« On se demande laquelle des deux est la plus têtue », s'était amusé Juan.

Pasquale a eu un rire.

— *Perché nò ?* À Palerme, il y a des endroits où on sait dresser les petites *puttane* récalcitrantes.

« Ça te plaît de ressembler à une putain ? » avait demandé papa à Agathe. Et elle avait répondu : « Pourquoi pas ? »

— Pourquoi pas ?

Le caïd a fait signe à son doberman qui a lâché Carmella.

— *Avanti*, a-t-il ordonné.

Après, tout a été très vite.

Je me baisse pour ramasser mon sac. La photo de Mano tombe de ma poche. Je pose le pied dessus. Pasquale s'empare de mon bras et me tire vers la porte.

Celle-ci s'ouvre à toute volée.

— Lâchez-la, crie Juan.

61.

L'immonde salaud, l'ordure a lâché le bras de la fauvette. Sur son visage, un mélange d'incrédulité et de fureur.

— Viens, a ordonné Juan.

Et, tout naturellement, elle est venue à son côté.

— *Perché ?* a crié le caïd.

— Parce que c'est ma femme.

Manon s'est serrée un peu plus contre lui.

— *Lèi è sposata ?*

— *Sì.*

Tandis que Pasquale digérait la nouvelle, en un regard, Juan a évalué la situation. La famille Greco était apparemment intacte, du moins physiquement, sous la lourde surveillance de l'armoire à glace, vieille connaissance, comme le « courtaud » qu'il avait trouvé à l'entrée. Au clin d'œil que Juan lui a adressé, il a répondu par un regard courroucé et, béret ou non, Quentin s'est marré.

— Vous aviez promis ! a aboyé Pasquale.

— De ne plus venir à Palerme. Pas de ne pas venir à Syracuse.

— Deux policiers...

— Pas des policiers, des enquêteurs, l'a coupé Juan. Envoyés par moi.

— *Per cercare* quoi ?

Avant qu'il ait pu répondre, la fauvette s'est tournée vers lui, une alarme dans les yeux.

— Je viens de le lui dire : les lettres d'Agathe... Je cherchais la famille de SON Manuele.

Les lettres, « son » Manuele... Quelle fille ! Elle lui balisait le chemin.

— Ma femme vous a répondu.

Manon a frissonné.

— Vous ne m'aviez pas parlé des Greco, a accusé Pasquale.

— Vous ne m'aviez pas parlé de Manuele.

Dans le silence qui a suivi, une balle a sifflé – « tu sais que je sais »... Pasquale s'est tourné vers Carmella – « tu n'es pas certain qu'elle était là »...

— Et elle, vous l'avez rencontrée ? a demandé le Sicilien en la désignant.

— Pourquoi pas ?

Juan a tendu le doigt vers le buffet, les photos. Il ne manquait que les cierges à la mémoire du pauvre garçon.

— Carmella pleure son frère, vous pleurez Ernesto, ma femme pleure sa sœur. Si on arrêtait les dégâts ?

À présent, lorsqu'il disait « ma femme », c'était Quentin qui rigolait.

Pas l'armoire à glace ! Sourcils froncés, le chien de garde tentait de suivre. Les joutes verbales, ce n'était pas son truc : on ne peut pas cogner les mots.

— Vous laissez ces gens tranquilles et chacun rentre chez soi, a poursuivi Juan.

— Et vos policiers ?

— Mes *enquêteurs*. Leur boulot est terminé.

La fauvette s'est agitée contre sa hanche. Il l'y a

maintenue fermement. À quoi servirait de « réveiller les morts » en se tournant vers la justice ? S'il le faisait, au pire le chef de clan écoperait de quelques mois de prison et les Greco subiraient des années d'enfer. Sans compter la promesse implicite faite à l'ami Lazaro.

— *La paròla ?* a demandé Pasquale.

Cette fois, c'est à son grand-père, qui en avait tant, que Juan a adressé son clin d'œil.

— Parole d'honneur.

Pasquale a relevé le menton : message reçu cinq sur cinq. Même le pire des truands a son honneur. Il lui permet de justifier ses actes, parfois le sens qu'il a choisi de donner à sa vie. On peut le placer bien ou mal, comme la fierté. Il peut rimer avec ferveur, comme avec horreur.

Le caïd a fait signe à son acolyte de le rejoindre. Où celui-ci mettait-il son honneur ? Il écumait. Passant près de Manon, il lui a arraché un morceau de papier qu'elle venait de ramasser et l'a tendu à son patron. Juan a senti Manon trembler. Ce n'était pas un papier mais une photo. Découvrant celle-ci, Juan a frémi : une photo de Mano prise au Pavot. L'inconsciente ! Quentin ne riait plus.

Les sourcils froncés, Pasquale examinait le cliché. Juan a tendu tranquillement la main.

— Notre fils, Mano.

Mano-Manon.

— Six ans, a lancé Manon d'une voix farouche.

Là, elle y allait un peu fort ! Mais si Mano avait six ans, il était né avant qu'Agathe n'arrive à Palerme.

— Il n'est pas grand pour son âge, a ajouté Juan. Mais nous en sommes très fiers.

Il arrive que le plus fieffé des bandits se laisse empaqueter comme un bleu par une petite fille employant dans son innocence les plus grossières des ficelles.

L'innocence était une région inconnue de Pasquale Vitali et, pas une seconde, il n'a songé à mettre en doute les paroles de Manon, s'interroger sur l'âge d'un petit garçon aux boucles sages et aux yeux clairs, vêtu comme un prince, dans un jardin français. L'idée ne l'a pas effleuré de comparer la photo qu'il tenait avec l'une de celles de l'enfant, fils de pêcheur, exposées sur le buffet : le gamin aux cheveux en broussaille et aux yeux sombres, jouant à demi nu au bord de la mer Tyrrhénienne.

Il a rendu le cliché à Juan qui l'a mis dans sa poche. Frappés de paralysie, les Greco se sont ranimés. Quentin a souri.

Pasquale a ouvert la porte. Il s'est immobilisé.

La nuit, presque tombée, bruissait de la présence des hommes massés contre la barrière du jardin. D'autres les avaient rejoints : ils étaient partout. Dans les ruelles, sur les murets, et, plus loin, sur la plage, près des bateaux, bien que ce ne soit pas l'heure de sortir. Vêtus de grosse toile bleue et de polo rayés, leurs pieds comme de la corne, nus ou dans des espadrilles de plastique, ils avaient le visage d'hommes ordinaires, ceux parmi lesquels se puisent les héros.

Juan s'est glissé devant le caïd aux souliers vernis.

— *Tutto va bène*, a-t-il lancé.

Le ciel s'est relâché.

Bien sûr, Manon l'avait rejoint. Il a pris sa main et, dans un silence vibrant – le silence de la fraternité, n'est-ce pas, ma vedette ? –, précédant Pasquale et ses gardes du corps, ils ont traversé le jardin, se dirigeant vers la limousine près de laquelle ils se sont arrêtés.

Un quatrième homme en est sorti, pan de veste écarté pour montrer, à sa ceinture, le baudrier contenant le revolver. Un geste impérieux de Pasquale et le pan est retombé.

Tête haute, sans se soucier de la foule, grand à sa façon, il a tendu la main à Juan. Celui-ci l'a ignorée, le moins qu'il puisse faire pour l'héroïne qui tremblait de fureur à ses côtés.

Alors qu'il s'apprêtait à monter dans la voiture, le caïd s'est ravisé. Il s'est tourné vers elle, elle si petite, lui si écrasant que Juan n'a pu retenir un frisson.

— Vous... *cóme la sorèlla*, a-t-il constaté.

— Oui ! a répondu Manon.

Et elle a relevé le menton avec un sourire inattendu de triomphe.

Tel un requin, la sombre limousine s'est frayée un chemin entre la vague bruissante des pêcheurs qui s'écartaient pour la laisser passer, avant de refermer la voie derrière elle. Elle a disparu.

Carmella et ses parents les avaient rejoints. Avant que Juan ait pu la retenir, la fauvette lui a échappé. Elle est allée chercher parmi les hommes un curé qu'elle lui a ramené, le tirant par la main.

— Voilà le père Anastase, lui a-t-elle lancé. C'est lui qui m'a appelée à Paris.

Et, dressée sur ses ergots, elle a ajouté, victorieuse, magnifique.

— De la part d'Agathe.

62.

Je me souviens d'un haut lit à montants de bois, d'une fenêtre carrée ornée de rideaux de dentelle qu'agitait la brise marine, de tomettes fraîches sous mes pieds et d'une haute armoire, dite « armoire de mariée », à piles de draps et autre linge, fleurant de mystérieuses plantes en sachet glissées entre les plis, comme il y en a un peu partout dans les villages de Sicile et d'ailleurs, renfermant la promesse de noces, des rêves de robe blanche, des carillons d'église, et une musique de danse autour de tables aux nappes froissées, tachées de vin.

Je me souviens, la porte refermée, avoir dit à Juan : « Prends-moi dans tes bras, c'est tout. »

Une semaine auparavant, un matin, après qu'il m'eut annoncé le proche « départ » de ma sœur et que j'ai cru pouvoir desserrer les poings, relâcher la vigilance, nous avions fait l'amour comme on retisse la vie et, pas une seconde, je n'en avais éprouvé de remords : Agathe aurait été d'accord.

Mais cette nuit, Agathe si près, dans la chambre qu'elle aurait dû occuper avec Manuele, c'est moi qui n'étais pas d'accord. Et, comme je ne me voyais pas pour autant séparée de Juan, ne serait-ce qu'une minute, je lui ai dit :

— Dans tes bras, c'est tout.

Il a levé son bras blessé.

— « Mes » bras ? Tu en as de bonnes ! Et me dire : « c'est tout », le jour où je te demande en mariage...

Mais je n'ai pas réussi à rire.

Et, sans faire l'amour, nous avons passé la plus tendre nuit blanche du monde, bien qu'en ce qui me concerne, le monde soit plutôt fracassé, et que le blanc-blanc n'existe pas, demandez aux spécialistes du sommeil, sans oublier les peintres et les poètes.

Je me souviens d'un déjeuner dans le jardin des Greco, de planches sur des tréteaux, d'un chaudron de pâtes « à la *vongole* », c'est-à-dire mêlées aux fruits de la mer, pêchés du matin, que chacun ne cessait d'apporter pour l'associer à la fête. Du *padre* et de Filomèna en robes noires, de Carmella en robe fleurie, du visage fier d'Eduardo et de l'envie que j'avais de brandir aux regards de tous la photo de Mano. Mais c'était trop tôt, selon eux, il fallait encore attendre. Attendre, attendre, je ne faisais que ça depuis tant d'années qu'un jour je finirais par exploser.

Je n'oublierai jamais le moment où Vic et Armelle sont apparues.

Telles deux walkyries, marchant d'un même pas, plus grandes que la plupart des hommes présents, Vic, crinière au vent, body fluo, jean clouté, baskets argent, Armelle, coiffure Ava Gardner, collier de perles, tailleur-pantalon et talons hauts.

Je me souviens du regard de Juan.

Et comme je restais muette devant tant de panache et d'amour, je me souviens de Vic se plantant devant moi, deux perles de larme au bord des cils.

— Alors, on ne dit plus bonjour, maintenant ? Et ne

me raconte pas qu'on n'a plus le droit de se balader le week-end.

Lorsqu'il a été l'heure, Armelle m'a demandé si j'étais d'accord pour qu'elle vienne visiter Agathe avec moi. À toute autre, j'aurais dit non, mais à elle qui avait vu tant de vies dévorées par les pieuvres, de vies aimées, je n'ai pas su refuser.

Carmella lui a prêté une blouse blanche, j'ai remis ma tenue de visiteuse, et nous sommes montées toutes les trois dans la voiture, louée par les walkyries à l'aéroport.

La nuit n'avait pas été bonne pour ma sœur, m'a appris l'infirmière.

— Vous vous appelez Manon, c'est ça ? Elle vous a réclamée.

— Va d'abord, je te suis, a décidé Armelle.

Avant d'ouvrir la porte, j'ai vu les trois femmes en blanc s'éloigner ensemble. Tiens, tiens !

Les yeux d'Agathe étaient grands ouverts. À peine avais-je pris sa main qu'elle m'a lancé, si l'on peut dire, de toute la force qui lui restait :

— Maman ?

Hier, nous n'avions pas eu le temps d'évoquer nos chers parents. Je n'étais pas sûre d'avoir envie de lui raconter ma soirée dans la maison bleue. Entre deux maux...

Je lui ai appris que notre mère s'en était allée. Mais, avant de partir, il faut que tu saches, mon Agathe, que, pour la première fois de sa triste vie, elle a tenu tête au dictateur, exigé qu'on leur envoie tout ce que l'on avait trouvé de toi dans la chambre brûlée. Comme moi, elle voulait croire que tu vivais. Comme moi, s'il avait fallu, elle aurait fait le voyage pour te retrouver.

« Maman, maman, où tu es, maman ? » Un peu tard, elle avait été là.

— Et lui ? a-t-elle demandé plus bas.

Papa, papa, où tu es, papa ?

Je lui ai raconté l'histoire d'un petit garçon appelé Franck, que sa mère avait abandonné alors qu'il était à peine plus âgé que Mano, abandonné en lui volant son seul ami, son chat. Un petit garçon qui avait vécu sans caresses et sans mots, dont le cœur s'était desséché.

Il se marie et il a une première fille, que voilà près de toi. Ce que tu ignores, c'est que lorsque tu arrives à ton tour, il apprend la mort de la fugitive et, comme il ne s'est jamais résigné à sa fuite, le diable lui souffle de donner son nom – moins le « Marie » – à la petite fille nouvellement née, pour la garder un peu, assouvir sur elle son désir de vengeance en la domptant. Une petite Agathe qui, pour son malheur, a hérité des yeux turquoise de la traîtresse.

Je lui ai dit que, dans les yeux de papa, me parlant d'elle, j'avais vu, pour la première fois, des larmes.

— Et, pour terminer sur une note plus gaie, sache qu'il n'a pas tordu le cou du prince comme nous l'en soupçonnions, il l'a donné à la SPA.

Quand j'ai laissé ma sœur, elle souriait.

Armelle avait disparu. Je l'ai retrouvée dans la salle des infirmières, entourée de blouses blanches des deux sexes, donnant un cours magistral dans un italien presque parfait, écoutée religieusement par tous. Grand patron on est, grand patron on reste !

Carmella et elle m'ont entraînée à l'écart.

— Agathe est transportable, doudou. Avec ton accord, et le sien bien sûr, nous allons la rapatrier, m'a annoncé Armelle.

— On voit que tu ne la connais pas, ai-je répondu. Elle vient de me le demander.

Une heure plus tard, dans la maison bleue, tout le monde était sur le pied de guerre. Et quand Armelle, Vic et « l'espion » sont sur le pied de guerre, inutile de s'interroger sur l'issue du combat.

À 5 heures du matin, après avoir embrassé les Greco et juré de se revoir, nous avons repris le chemin de Santa Lucia.

L'ambulance attendait dans la cour. Je me souviens que les ambulanciers fumaient en devisant gaiement.

Dans sa chambre, Agathe était prête au départ, le médecin qui l'accompagnerait jusqu'à l'aéroport à ses côtés.

Je me souviens des yeux écarquillés de la gentille infirmière tandis que le lit roulant – auquel faisait escorte un aréopage d'hommes et de femmes en blanc, dont le directeur de l'établissement – s'est engagé dans le couloir, suivi par le *padre*, ses derniers sacrements sous le coude, au cas où l'appui du Seigneur serait nécessaire à la patiente pour parvenir à bon port.

Je lui ai confié que celle-ci était ma sœur, une grande vedette française que nous rapatriions pour des funérailles nationales.

Lorsque nous sommes arrivés à l'aéroport, le *french doctor* qui se chargerait d'Agathe jusqu'à la Salpêtrière a pris le relais.

Nous sommes montés dans l'avion affrété pour nous, Agathe sur un brancard, suivie par Juan, Armelle, Vic et moi. Cinq comme les cinq doigts d'une main tendue vers ce que certains commettent l'erreur d'appeler « l'impossible ».

Je revois le père Anastase, bénissant l'appareil

marqué d'une croix, alors qu'il s'envolait. Et, comme disparaissaient dans une brume bleutée l'Etna et sa couronne blanche, Syracuse et son théâtre antique, je me souviens de m'être dit que les hommes peuvent en remontrer aux dieux par la seule puissance de l'amour.

63.

Mano appelle ce moment « l'heure d'éteindre », et j'en suis la grande prêtresse. Depuis son arrivée au Pavot, soir après soir, nous en avons mis au point le cérémonial et il ne s'agirait pas d'en modifier le déroulement. On n'apprivoise pas la nuit comme ça.

Son dîner terminé, nous montons tous les deux dans la chambre « bambou », qu'il partage avec Maï. Bain donné par celui-ci avant le repas, il est déjà en pyjama et se débarrasse en vitesse de la corvée brosse à dents, tandis que j'allume sa lampe de chevet : une lampe munie d'un abat-jour représentant le toit d'une maison avec cheminée et oiseau : a-t-on jamais trop de maisons ?

Brossage accompli, il prend ma main et nous allons à la fenêtre souhaiter « bonne nuit » au jardin ; quand bien même celui-ci n'est pas disposé à éteindre. « Bonne nuit », l'arbre. « À demain, le ballon. » « Bons rêves, la balançoire. » Ils transmettront au reste de la bande. Il est temps de faire glisser le rideau le long des anneaux.

Après avoir repoussé la couette, nous prenons place côte à côte dans le nid de l'oisillon, partageant l'oreiller. Et, là seulement, préliminaires accomplis, nous pouvons enfin entrer dans le vif du sujet. Car « l'heure d'éteindre » est en réalité celle de l'histoire du soir, si chère aux enfants.

Il y a celles « en vrai », qui sont arrivées à des personnes de notre entourage, dont quelques-unes de « quand j'étais petite », ses préférées. Et il y a celles que j'invente, auxquelles il est prié d'ajouter sa patoche, y faire entrer ses héros à lui. Il ne s'en prive pas et, lorsqu'un monstre sanguinaire vient tourmenter ma poésie, je me garde bien de le lui reprocher. Les monstres existent. Je peux en témoigner.

Pour cause de voyage à l'étranger, j'ai manqué trois jours. Bien sûr, Maï m'a remplacée, mais ce n'était pas pareil et, ce soir, Mano est tout heureux de reprendre la tradition.

Ce que tu ne sais pas, mon chat, c'est que l'histoire que tu vas entendre, je l'ai minutieusement préparée avec Armelle et que c'est ta maman qui nous l'a soufflée en demandant à rentrer en France afin de pouvoir, avant son « heure d'éteindre » à elle – éteindre pour toujours – poser ses lèvres sur la joue de son petit garçon autrement que sur le papier glacé d'une photo.

Une belle histoire que les psy trouveraient dangereuse pour ton cœur, qui les ferait hurler, mais... entre deux cœurs. Et le *padre* n'a-t-il pas préparé le terrain en te permettant de te balader comme chez toi aux jardins du bon Dieu ?

— Ce soir, c'est une histoire en vrai que je vais te raconter.

— Une qui t'est arrivée ?

— Une qui va t'arriver à toi.

Ses yeux brillent déjà.

— Une histoire sur ta maman qui est au ciel.

— Avec les anges, complète-t-il.

Il se tourne vers son épaule droite, celle derrière laquelle se tient l'ange qui lui est préposé, le tendre gardien auquel je crois comme lui, même que j'en ai deux.

— Quand ta maman est montée au ciel, tu n'étais encore qu'un minuscule bébé. Et comme elle est montée très vite, elle n'a pas eu le temps de t'embrasser. Alors, elle a décidé de rattraper ça en descendant une minute pour te donner un petit bisou.

— Un gros, corrige-t-il. Moi aussi, je pourrai l'embrasser ?

— Évidemment.

Je laisse passer un silence. Le mot « vite » n'existe pas dans « l'heure d'éteindre », ce serait faire injure à la nuit.

— Elle aura sa robe blanche ?

— Jusqu'aux pieds.

— Et ses ailes ?

— Repliées dans son dos. Il ne faut surtout pas les toucher, ça les abîme et après les anges ont du mal à s'envoler.

— Comme les papillons, acquiesce-t-il. Si tu touches leurs couleurs, tu les tues. Paf !

Maï est passé par là. Nouveau silence.

— Tu veux que je te donne un bisou de papillon ? propose-t-il.

Je n'ai pas le temps de répondre qu'une corolle de cils palpite sur ma joue.

— C'est comme ça que je ferai ?

Je pose un doigt sur ses lèvres en forme de cœur.

— Plutôt un vrai bisou, c'est meilleur.

Il laisse tomber sa tête sur mon épaule. À propos de cœur, ça me fait du bien de penser qu'en bas, celui de mes anges gardiennes bat plus vite en pensant à moi.

Même si, ce soir, je n'ai pas l'intention de partager leur champagne.

— Et elle va descendre bientôt, ma maman ?

— Demain matin.

Il jaillit du lit :

— Alors, il faut ranger en vitesse !

Je ne peux m'empêcher de rire. Si tu en avais la force, tu rirais toi aussi, mon Agathe.

— Pas la peine. Elle ne va pas descendre dans ta chambre. Les anges ont besoin de plein, plein de silence et de blanc. Armelle va lui en prêter une à l'hôpital.

L'hôpital, Mano connaît. Il y est allé plusieurs fois lorsqu'on cherchait à déterminer son âge. Il a encore celui de croire qu'une maman peut descendre du ciel.

— Est-ce que je vais avoir peur ? demande-t-il d'une petite voix.

— Forcément ! On a toujours un peu peur à l'hôpital. Mais Armelle et moi, on sera là.

— Je pourrai mettre ma tenue ?

La seule, l'unique, la tenue bleu et rouge du PSG : maillot, short et baskets. On n'est pas « parisien » pour rien.

— Bien sûr.

L'ange n'a plus rien à craindre des microbes ou autres virus venus de l'extérieur. Il est au-delà.

Mano a-t-il senti un petit dérapage dans ma voix ?

— Toi aussi, tu pourras lui donner un bisou, m'accorde-t-il.

C'était comme si un nuage blanc s'était posé dans la chambre où Agathe attendait son fils. Le store baissé ne laissait apparaître qu'un semblant de jour. Un drap cachait les quelques fils et autres tuyaux qui la reliaient encore au monde où se débattent les hommes. Armelle se tenait près d'elle, souriant au champion qui, sa main dans la mienne, avançait sur la pointe des pieds vers le lit.

Étendue sur le côté, dans une longue chemise blanche, un turban autour de la tête, elle n'offrait au regard que la partie nacrée de son visage, légèrement maquillé. Si belle !

Nous sommes arrivés près d'elle et le regard bleu du petit garçon qui retenait son souffle a rencontré celui de celle qui n'en avait presque plus.

— *Mamma ?*

Un pâle sourire a éclairé les yeux lagon. Mano s'est penché. Pas plus haut que le lit, il n'a eu qu'à tendre les lèvres. Agathe présentait les siennes, leur baiser a été commun.

À mon tour, comme il m'y avait autorisée, j'ai embrassé la joue de l'ange.

« Juste un bisou et seulement une minute », lui avais-je à nouveau recommandé dans la voiture.

J'ai entouré son épaule de mon bras.

— Il faut y aller maintenant, ai-je dit tout bas.

Il s'est dégagé brusquement et, cette fois, c'est tout son corps qui est allé vers Agathe, j'ai craint qu'il n'escalade le lit. Ses deux mains ont agrippé les barreaux.

— *Mamma ?*

Armelle était déjà là, elle l'a écarté avec douceur, enveloppé de ses ailes.

— Elle ne peut pas te répondre, mon chéri. Les anges ne parlent qu'au cœur. Dis-lui au revoir avec le tien.

Les regards bleus se sont à nouveau rencontrés, pleins d'embruns. Agathe a refermé les paupières.

— Ça pleure, les anges ? a demandé Mano avec un sanglot, la porte de la chambre refermée tandis que je m'abattais sur la poitrine de Juan.

— Seulement de joie, a répondu Armelle en serrant le petit contre la sienne.

Elle s'est éteinte durant la nuit. Lorsque, sur le lit de camp dressé près du sien, j'ai émergé d'un court sommeil, elle était partie. Ne me faisait-elle pas déjà le coup à Toulon ? Venant m'empoisonner la nuit, s'évaporant à l'aube ?

Comme elle l'avait souhaité, elle a été enterrée près de maman, ce qui m'a donné l'occasion de revoir mon père et de lui faire quelques révélations peu communes. Avec lui, l'histoire simple s'est sérieusement compliquée et, sans mon garde du cœur et du corps, pas sûr que je m'en serais tirée sans dégâts.

Il a insisté pour remonter au Pavot avec Juan et moi afin de faire la connaissance de son petit-fils. Ça devait être la première fois que le notaire annulait tous ses rendez-vous pour raison familiale.

Mano l'a accueilli sans surprise : un grand-père de plus, c'est comme les maisons, toujours bon à prendre.

J'étais à mon poste jeudi à Téléphare. Avant d'annoncer Jasmine, dont la voiture avait brûlé la veille de Noël et qui demandait de l'aide pour s'en acheter une autre, j'ai remercié, avec l'assentiment de ma productrice, les téléspectateurs. Mon appel avait été entendu : j'avais retrouvé ma sœur.

Si vous avez le malheur de bien terminer une histoire, certaines fines bouches crient au mélo même si, lorsqu'il vient à point nommé adoucir un peu la leur, elles ne lui disent pas non.

En ce qui concerne ma propre histoire, pas si propre, je leur ferai remarquer que l'héroïne finit quand même par mourir.

Alors qu'Iphigénie, dans la version proposée à Syracuse, retrouve son frère en bonne santé, se réconcilie avec lui, et qu'ils continuent à vivre, dans les siècles et des siècles, sur toutes les scènes de théâtre du monde, amen.

Alors, pour le mélo, permettez-moi de laisser ça à Euripide.

64.

Il s'est enfin décidé à vider le salon des dossiers poussiéreux amassés à l'époque où il était grand reporter, pour tenir la promesse faite par l'enfant au cœur arrêté de son héros.

Comme Quentin, frère de combat, le pilote ne cesserait pas pour autant de l'accompagner, mais il fallait faire de la place pour la petite à qui il avait demandé de s'installer chez lui ; du moins lorsqu'il ne serait pas en mission.

Ce grand-père, Juan a décidé de le présenter à Manon en l'enlevant durant un week-end ainsi qu'il le lui avait promis... avant qu'elle lui préfère un curé sicilien, drôle d'idée, chienne de vie !

Il lui a conseillé de mettre dans son sac un pull de laine en prévision de probables ondées, des sandales ne craignant pas l'eau salée, une robe élégante pour un souper en bonne compagnie et rien pour la nuit où elle disposerait de « ses » bras, comme elle disait, ajoutant la tendresse au morceau qui manquait, pour la réchauffer. Et il l'a emmenée à la mer.

Pas celle près de laquelle elle avait grandi, qui faisait sa chatte sous un ciel au bleu hypocrite entre deux rugissements de lion irrité par le vent. La mer de son enfance à lui qui, au gré de ciels changeants, ne dissimulait pas ses humeurs bougonnes, se retirait si loin qu'on la perdait de vue, avant de ramener le soleil et jeter triomphalement son écume au seuil de maisons blanches barrées de brun où les chats étaient en faïence sur les toits pentus. Dans un décor de saules qui ne pleuraient pas autant qu'on le prétendait et de pommes dont les fruits écarlates vous emplissaient la bouche d'une acide douceur.

Durant le trajet en train – on viendrait les chercher à la gare –, parlant pour la première fois du grand-père au cœur cassé à celle qui s'était, sans façon, emparé du sien, Juan a senti se desserrer dans sa poitrine les poings d'un petit garçon en bisbille avec la vie.

Ils sont descendus au Grand Hôtel où, chaque été, un demi-étage était réservé à la famille Santès. Chambres donnant sur la digue portant le nom de Marcel Proust, qui avait si bien su parler du remue-ménage de l'amour dans le cœur et le ventre des hommes.

Lorsqu'ils sont arrivés, il était 17 heures. Marée basse, ciel demi-deuil, vent doux : impeccable ! Après une brève halte dans la chambre, il l'a emmenée sur la plage, à la rencontre de la belle, tout là-bas. Ils ont marché longtemps sur les dures rides d'un sable qui collait aux pieds et retenait des flaques d'eau mêlées de goémon où s'agitaient des crabillons. Plus loin, des pêcheurs, pantalons retroussés jusqu'aux genoux, bobs aplatis sur la tête, armés de pelles et de râteaux, sérieux comme des enfants, remplissaient leurs seaux de quelques modestes fruits chapardés à la marée.

Et quand ils l'ont enfin rejointe, répandant ses soupirs de soie ourlés de mousse, Juan s'est agenouillé et il a embrassé la mère de l'humanité.

Le soleil rougissait derrière le drap froissé du ciel

lorsqu'ils sont rentrés à l'hôtel. Ils ont barboté dans la baignoire en se contentant de câlins.

Juan a glissé un foulard dans l'échancrure de sa chemise et revêtu une veste marine en l'honneur du pilote. Manon s'est déguisée en dame et, dans la somptueuse salle à manger, hantée par le fantôme de l'écrivain au regard mélancolique et à la fine moustache soigneusement taillée, qui avait su réunir le passé et le présent pour en faire des instants d'éternité, ils ont, en soupant, tout simplement regardé passer la vie, flâner des couples d'amoureux, courir des enfants rappelés à l'ordre par leurs parents, déambuler ceux que l'on appelle « les jeunes », criant et chahutant avec la joyeuse insouciance de ceux pour qui la mort n'est qu'un mot.

Et, durant un instant, il leur a semblé partager un tremblant armistice.

Dans le vaste lit de la chambre royale, ils ont fait l'amour. Juan a senti Manon vibrer sous ses caresses mais son ventre est resté sans vagues lorsqu'il l'a pénétrée.

Cela ne les a pas empêchés de s'endormir heureux.

Le rire d'acier d'une mouette le réveille. Le jour pointe derrière les rideaux, il entend la mer.

Elle dort.

Nue, abandonnée, elle dort sur le dos, la tête légèrement de côté, au creux de l'oreiller : joues rondes, enfantines, bordées de boucles châtaines, lèvres en forme de cœur.

Penché sur elle, il s'imprègne d'abord de son visage, puis, très lentement, il repousse le drap et dévoile son corps.

Peut-on dire d'un corps qu'il est simple ? Comme

une chanson ou un poème, sans fausse note ni redondance. Un corps de jeune fille en fleur ? Un corps de femme en bouton.

Sa main effleure les seins, l'aréole qui devient grain sous ses doigts. Et, lorsque ceux-ci descendent sur son ventre, elle n'esquisse pas un mouvement, les yeux restent fermés. Peut-être serre-t-elle un peu plus ses paupières comme si elle s'interdisait de se réveiller. Alors, tout bas, à son oreille, sous les boucles, Juan ordonne : « Dors. »

On entend plus nettement l'explosion des vagues. Promis, il ne les a pas convoquées, ces vagues que l'on voit, dans les anciens films, envahir l'écran lors des scènes d'amour pour dire, sans trop en montrer, la violence du désir, la lame de fond du plaisir.

Violent est son désir tandis qu'il écarte les jambes de Manon, dégage, entre les lèvres de son sexe, comme d'un coquillage, le bouton qu'elle aime à lui livrer et qui, sous ses lèvres à lui durcit et se colore – dors, dors –, l'humecte de sa salive, le caresse de sa langue, encore, encore, aussi longtemps qu'il lui faudra, qu'il le pourra, descend plus bas et, pour la première fois, sent couler sa source.

J'étais sur une île, échouée sur le sable, dans la clameur des mouettes, dans la détonation des vagues, émergeant de la nuit, lourde encore de sommeil, quand j'ai senti glisser le drap et que ta main est venue sur mes seins. Et comme je ne voulais à aucun prix quitter l'île, ce merveilleux engourdissement, cette apesanteur entre ciel et terre, j'ai gardé mes yeux fermés.

Ta main est descendue plus bas, tu m'as ouverte et tu as ordonné : « Dors ! » Et certainement je dormais, puisque je rêvais que j'étais ta prisonnière. Tu m'avais bandé les yeux et lié les mains et les jambes, ne laissant exposée, offerte à toi, que cette partie de mon corps si sensible, palpitante, que je sentais enfler sous ta caresse, se dilater, devenir le seul propos, l'unique objectif, l'ultime dessein. « Dors, dors... » Je rêvais que j'étais à ta merci, sans possibilité de me défendre, ni même d'avouer sous la torture de ta langue cette chaleur, jusque-là inconnue, qui montait du plus profond de moi, cet appel qui m'irradiait toute, jusqu'à l'instant où emportée, tous liens rompus, je t'ai désobéi.

J'ai ouvert grands mes yeux, j'ai pris tes hanches dans mes mains, je t'ai ordonné de venir en moi, profond, plus profond, j'ai oublié les bonnes manières, j'ai crié, je me suis approchée de l'abîme, j'ai marché sur sa crête pour plus longtemps de vertige, nous y sommes tombés ensemble, ton cri s'est mêlé au mien. Au fond de moi, pour mieux te happer, te retenir, te prendre, à jamais, s'ouvrait et se refermait la mer. Et alors que je me perdais, j'ai su que j'étais sauvée.

Voilà, c'est tout.

65.

Après le 15 Août, bien que l'automne soit encore loin, j'ai toujours l'impression d'une brisure dans l'été. L'heure de gloire est passée, insensiblement, il rend les armes, le tissu de ses drapeaux commence à flétrir, ses couleurs à faner. C'est comme une maladie de langueur, nom autrefois donné à la déprime, qui le gagnerait peu à peu et, au pied des arbres, montent de la terre que le soleil peine à réchauffer les odeurs d'une lente et inexorable décomposition. Bientôt, le rouge des baies du sorbier, le cri plus sombre des mûres dans les ronciers, lanceront d'ultimes appels au ciel avant la chute.

Mais nous n'en sommes pas là, ce dernier samedi d'août au Pavot, où nous préparons, dans la fièvre, la venue des Greco accompagnés, bien sûr, de *padrino*.

Fallait-il en faire la surprise à Mano ? Il y a eu à ce propos une prise de bec entre les anges.

Vic est toujours partante pour les surprises, les coups au cœur, les feux d'artifice dans la poitrine (à condition que je n'en sois pas l'auteur). Pour Armelle, le cœur de Mano avait déjà subi un choc suffisant avec le « baiser à l'ange » pour qu'on lui en inflige un autre.

Épreuve du baiser apparemment surmontée puisque,

après un gros chagrin et des tonnes de questions, il avait repris ses jeux et ses rires et s'assurait sans méfiance de la présence de son gardien céleste derrière son épaule.

Un jour, bien sûr, il faudrait nous faire pardonner la « belle histoire en vrai ». Et ce serait plus compliqué que le Père Noël où tous les enfants sont logés à la même enseigne de la déception. Mais ce n'était pas de saison.

C'est moi qui ai tranché. Nous lui avons annoncé en douceur l'arrivée des occupants de la maison bleue afin qu'il puisse s'y préparer et s'en réjouir. Ce dont il ne s'est pas privé : avec tambour et trompettes.

Seuls manqueraient à la fête Marc et ses femmes, en vacances en Irlande, et mon père qu'Armelle avait eu le culot de me proposer d'inviter. Facile, la grandeur d'âme pour celles qui, à l'âge tendre, l'ont eue dans le coton.

Juan est parti après le déjeuner chercher les voyageurs à Roissy dans la voiture automatisée de City qui se conduit avec un doigt. Ils devraient arriver d'un instant à l'autre. Depuis une heure, Mano patrouille de l'Interphone, dans le hall, à la grille du jardin, dans la tenue que l'on connaît.

Quatre mois seulement ont passé depuis qu'il a quitté Santo Pietro. L'oisillon apeuré, déposé sur mon paillasson, a laissé place à un petit garçon qui, chaque jour, prend plus d'assurance, exprime plus de joie de vivre. Comment se passeront les retrouvailles avec sa famille sicilienne ? Se reconnaîtront-ils ?

Et il y a aussi Maï. Ce matin, l'aidant à préparer le dîner de fête, je l'ai trouvé préoccupé, moins zen que d'habitude. Sa famille à lui ne se présentera jamais à la grille. Aussi, quand celle-ci s'ouvre enfin, est-ce près de lui que je me glisse, sa main que je serre, sur le perron où le comité des fêtes s'est réuni, laissant Mano aller seul vers les siens.

Le petit galope. Et soudain, voyant apparaître ses grands-parents, Carmella et son parrain, il pile net. Durant quelques secondes, deux ciels, deux mondes se heurtent... avant que Filomèna ouvre les bras. Et, alors que tous l'entourent, c'est un bouquet de boucles où le brun domine, que les accordailles de ces deux mondes nous offrent.

Ce soir, il n'y aura pas d'« heure d'éteindre ». Pour la bonne raison qu'à « pas d'heure », comme on dit, le petit prince squattera le lit de ses grands-parents dans la chambre « iris », qui est la fleur que l'on connaît, mais aussi, si vous y ajoutez une majuscule, une déesse, messagère ailée des dieux.

Le savant, doublé d'un enfant, nous est tombé de Marseille, où il avait passé une quinzaine avec sa mère, le lendemain du débarquement Greco.

Nous déjeunions dans le jardin quand il s'est annoncé. Juan est allé l'accueillir à la grille.

Queue-de-cheval poivre et sel nouée par le lacet, sourcils et joues broussailleux, chemise mal boutonnée, pantalon improbable, il est venu vers nous sur ses larges *desert boots*, un sac de marin à l'épaule et, à la main, une glacière où sa maman avait mis la bouillabaisse pour le soir, sans oublier ail, fenouil et safran.

Il a appelé Mano « fils », et moi « Pavote » car, paraît-il, lorsque Juan lui avait décrit la maison des anges, il ne parlait que de moi. « Fleur d'opium », ça n'était pas pour me déplaire.

Entre Vic et lui, se reconnaissant dans la splendeur et le défi, le coup de foudre a été immédiat.

— Si je te quitte un jour, chérie, ne va pas chercher loin, a-t-elle averti Armelle en sautant au cou du pirate.

— *Io le prèndo tutte due*, a répondu celui-ci, gourmand.

— Pas *d'accòrdo*, ai-je protesté, prononçant, sous le coup de l'émotion, mon premier mot d'italien.

Sous le regard fasciné de Mano, l'ogre a dévoré le gigot, goûté à tous les vins et, le moment venu, fait des ricochets de fumée dans l'air avec les cigarillos de City.

Le soleil déclinait. À l'écart des bavardages plus ou moins ensommeillés des convives, je m'abandonnais au vague à l'âme, quand Lazaro est venu me tendre la main et, dans un français châtié, m'a demandé de lui accorder quelques pas.

Il tombait bien !

— Ça va, Pavote ? a-t-il demandé.

— Non, ai-je répondu.

— Mais encore...

— Je n'arrête pas de rêver que je tue Pasquale. C'est trop injuste qu'il ne soit pas puni.

— Et tu t'y prends comment ? s'est enquis le légiste avec gourmandise.

— Une balle en plein cœur, comme il a fait à Manuele. Dans mon rêve, je prends des cours de tir.

— Ah ah, assassinat prémédité, a-t-il constaté.

Nous arrivions au saule du sorcier, le bien nommé. Nous nous sommes assis côte à côte sous le sombre murmure du roi de la conspiration.

— Juan m'a raconté... Et pour ton papa, comment vous y preniez-vous, Agathe et toi ?

— On ne faisait pas le travail nous-mêmes. Il avait un accident de voiture.

— Freins traficotés ?

J'ai soupiré.

— C'est comme pour le tir. On ne connaissait pas la mécanique.

— *Guardami*, a-t-il ordonné en fronçant ses épais sourcils.

Je l'ai regardé et, tant de bonté dans l'œil d'un légiste, je n'avais jamais vu. Il est vrai que c'était le premier de la profession que je rencontrais.

— Arrête avec les remords, Pavote. Tout le monde rêve de faire disparaître quelqu'un.

J'ai désigné le *padre* qui poussait la balançoire de Mano jusqu'au ciel.

— Pas lui !

— À vérifier. Crois-tu qu'il n'envoie pas certains de ses patients au diable ?

— Pas vous !

— Tu crois ça ? Je rêve souvent d'avoir sur ma table ceux qui ont fait de trop vilaines misères à mes clients. Quant à Pasquale, dis-toi qu'il est déjà amplement puni.

Il a montré le petiot qui poussait à son tour le *padre*, aux anges.

— En rejetant Agathe, voilà de quoi il s'est privé. D'Ernesto, il ne lui reste rien. Et que sait-il de tout cela ? a-t-il ajouté avec un geste large, réunissant le jardin, les quatre saisons, la maison, cris et rires, hôtes et hôtesses, et je ne sais quoi encore. Il ne l'a jamais connu et ne le connaîtra probablement jamais.

Tout cela ! Le bonheur d'être ensemble, de partager amour, vie, mort et résurrection.

Et comme j'avais affaire à un spécialiste, j'ai décidé de renoncer aux cours de tir.

Septembre. Juan part dans huit jours pour une nouvelle mission du côté des pays de l'Est. Top secret ! Il me manque déjà.

Mon émission reprend la semaine prochaine. Pour l'heure de grande écoute, ce n'est pas gagné, Vic dit qu'il y a des envieux. Je ne suis pas pressée : n'ai-je pas fait l'essentiel du boulot en présentant la vedette ! La présentatrice a tout son temps.

Pour une fois, Juan et moi avons invité Vicarmelle à déjeuner chez nous. Un des derniers repas que l'on pouvait prendre sur la terrasse. La bouteille de champagne ouverte, nous leur avons annoncé notre intention de nous marier.

— Mais quelle idée ! Le mariage, c'est complètement ringard, s'est écriée Vic, stupéfaite. À la rigueur, le Pacs...

Juan a levé son bras gauche.

— Pour l'alliance, le support manquait. Le pendule m'a fait remarquer que je disposais d'une autre main. Comme d'hab, il a gagné.

— Moi, j'ai toujours rêvé d'épouser un espion, ai-je déliré.

En désespoir de cause, Vic s'est rabattue sur Armelle.

— Évidemment, toi, tu ne te prononces pas !

Le regard tendre de la médecine m'a enveloppée. Je crois qu'Armelle a deviné. J'aime bien penser que nous avons conçu un petit Cabourgeais en dormant. Nous l'annoncerons en premier à Mano, en veillant à ce que le prince ne se croie pas détrôné. En attendant, il a fait son entrée à l'école. Il est déjà amoureux.

— Le vrai conte de fées, a ricané Vic. Ils se marièrent, vécurent heureux...

Elle a lancé à City un regard assassin :

— Et la grand-mère aida le moineau à accoucher de nombreux oisillons.

— *Perché nò ?* a-t-elle répondu.

— Pas question, ai-je protesté.

— Je ne regarderai pas, a promis la gynécologue. Je me contenterai de t'offrir un petit bout d'aile à serrer.

— Pour le mariage, le plus vite possible au Pavot, c'est possible ? a demandé Juan.

— À voir, a répondu sèchement Vic. Et la robe, vous y avez pensé ? Vous croyez peut-être qu'une robe de mariée, ça vous tombe comme ça du ciel ?

— Au point où on en est, le ciel..., ai-je remarqué.

Cela devrait se faire aux environs de Noël. On espère qu'il neigera. Blanc sur blanc. Même si le blanc-blanc, enfin, vous savez...

Dans les contes de fées, il y a toujours des loups, des méchants, rarement des bons. Ce sont les méchants qui ont la cote. Permettez-moi de préférer les bons qui savent si bien vous dévorer, en commençant par le cœur.

Je te raconterai, mon Agathe.

Cet ouvrage a été composé et mis en pages
par ÉTIANNE COMPOSITION
à Montrouge.